攢峰の軍鞋

西南戦争高千穂異変

馬﨑 智治

この物語は後述している通り虚構を含んでおりますが、実際に、一万三〇〇〇人以上の人々が亡くなられた西南戦争という痛ましい内戦を誠に非礼ながら題材としております。はじめに西南戦争で亡くなられた兵士、兵卒、民衆の方々に対して深く哀悼の意を捧げます。

馬﨑智治

目次

一　勃発

［二月某日〜二月二十一日］

　どの集落も四方全て緑の山並、御一新とはどこで何があったことなのか、明治十年、高千穂は鹿児島県第百大区となっても実り少なく蠅蚋（ようぜい）ばかりが多い辺境の地に変わりはなかった。冬には冷えた雲がいつの間にか山裾を覆い、人と栖（すみか）を覆い隠す。古より地上と隔てられてきたこの雲海の底が、この年六カ月に亘って蹂躙される。その様子を祖母岳と九重の樹木はいかに眺め見たのであろうか。

　まだ夜が終わらない山小屋の中でふと目覚めた那須九蔵は、日中に仕掛けた罠の様子がどうにも気になり出し、僅かな灯りを手に見廻りに出た。勝手知ったる山ではあったが、この日は一歩一歩踏みしめる度に霜柱が砕け、それをどうにかして鳴らすまいと思うのであったが、そのうち鼓動の高鳴りまでもが抑え難くなってきた。

罠で足を拘束された猪が一瞬、もがくのをやめた。恐らく人間の気配と発せられる殺意をその鋭敏な嗅覚で感じ取ったのであろう。今までそこから逃れようと必死であった猪は捕らわれている身でありながら、我が身に向かって徐々に間を詰めて来る人間への敵意を剥き出しにして、何度も突進を繰り返した。頑丈に仕掛けた罠とはいえ、麻苧（あさお）が切られるまでもう幾らもないように思われた。

九蔵は灯りを傍の枝に掛け、膝をついて鉄砲を構えた。暗い中では距離感が掴めず狙いが定まらない。獣の両目が光ったその瞬間、九蔵は引き金を引いた。

九蔵は素早くその場で仕留めた獲物の血抜きを行い、山を下りた。そして家の傍の小川で供え物としての処理を施し、大八車に獲物を載せた。二十貫近い大きな雌猪で、供え物として充分満足出来る代物であった。

なるべく人目に付かないうちに三田井神社の社務所へ運び込もうと考えていたが、少し安心したせいか、体力には自信がある九蔵も、参道まで来て猪の重みが足に掛かり始めた。その場で一旦立ち止まり、一つ息をついて腕と脚に力を入れ直した。

ふと三間程前に人が歩いて来るのが見えた。向こうが灯りを持っていないせいもあったが、全く気が付かなかったことに九蔵は焦った。「身なりからして女のようだ。もうすぐ夜が明ける、こんな時間に願掛けの帰りだろうか」九蔵は訝しく思ったが、とにかく挨拶をしてやり過ごそうと考えた。

「おはようございます。今朝はまた一段と冷えますねえ」

煤けた着物を着ているところをみると、どこかの百姓の女房であろうか。ゆっくりと顔を向けた。顔はこちらに向いているが視線は一向に感じない。九蔵はこういう目を何度となく見てきた。昨晩も見た。「仕留めた獲物の目と同じだ」生気が失われた視線のない目。女は何も言わずに俯き、すれ違った。

数歩進んだ所で背後の女は突然歩みを止めた。それに合わせて九蔵も止める。女の視線が分かる。振り向くと女は荷台の猪を見つめて泣いているようであった。辺りが白んでくる。白い息の中から女の朱い頬が浮かび上がった。

「ちょっ、ちょっとあんた」

女は九蔵に視線を向け、お辞儀をして足早に去って行った。

九蔵が鳥居の前で一礼すると、宮司の田尻が慌てた様子で出てきた。

「おはようございます。お供えする猪を運んで参りました」

「おう首尾よく仕留めたか、御苦労さん」

「ところで九蔵、来る途中、女を見なかったか」

九蔵は只ならぬ様子の女とすれ違ったことを話した。田尻は少し考えた風であったが、そのまま九蔵を社務所へ入れた。猪を下男に引き渡し、九蔵は社務所で女のことを聞いた。女は上野村の百姓、佐藤利兵衛の娘シノであった。

幕末の動乱の足音が聞こえ始めた天保年間、この山間の辺境の地には、圧政と重税が重くのし掛かっていた。高千穂は譜代内藤家延岡藩の支配下であったが、上野村庄屋杉山紋右衛門は国学者との交わりによって、ここが天孫降臨の聖地であるのを強く意識するようになる。一俗藩の支配から脱し、天皇の直轄領とすることが豊かな神領高千穂を復活させる唯一の道であると確信し、高千穂天領運動を企てる。しかも元々独立領であったものが強引に延岡藩に組み込まれた二八〇年に亘る遺恨もある。紋右衛門は秘密裡に勤王の庄屋や僧侶らと密議を重ねていった。

シノの父佐藤利兵衛は、この杉山紋右衛門の息子喜次郎と同い年で昵懇（じっこん）の間柄であったために紋右衛門の運動に感化され、私財をなげうって運動に協力する。

運動の結果、勝機を得た紋右衛門は、弘化二年（一八四五年）上京。京においても二年に亘り公家に働きかけ、そして遂に紋右衛門はその恐るべき行動力によって一介の元庄屋（庄屋職は息子に譲っている）でありながら高千穂を天皇領とする勅諚（ちょくじょう）を得る。

しかしその動きは間もなく延岡藩に察知される。正使と紋右衛門が延岡に入ることは叶わず、紋右衛門は豊後鶴崎で捕縛され、勅諚は奪われてしまった。その後、紋右衛門は元より息子の喜次郎も牢に入れられ、高千穂天領運動はあえなく潰えてしまったのである。

天領の達成を心待ちにしていた佐藤利兵衛の落胆は激しく、自暴自棄となり、以後村人との交流を避けて暮らすようになる。

「佐藤の娘はここに何しに来たのですか」

囲炉裏端で白湯を飲みながら九蔵は田尻に尋ねた。

田尻の口は堅く結ばれ、目は途端に厳しくなった。じっと九蔵を睨み、決して口外せぬよう諭してからおもむろに語った。

「祭りの人身御供にしてくれと頼みに来たのだよ」

その昔、十社宮であった時の祭礼に、生娘を人身御供として捧げてきたのを高千穂の住人なら誰でも知っている。その風習は戦国の殺伐とした時代の中で時の領主三田井氏の家老甲斐宗摂によって改められ、猪を供えることになったのであるが、それを明治の世となった今、一人の女が人身御供にしてくれと頼みに来ても宮司としては呆れ困惑するしかなかった。

九蔵も勿論昔の言い伝えを聞いたことがある。祭壇の供物の奥で真っ白な装束を纏い横たわる娘。ゆらゆらと揺らめく炎に映える真っ白な死面が九蔵の脳裏に浮かんだ。「だが、この御時世に人身御供とは釈然としない。狂気の沙汰だ」朱色の頬を伝うシノの涙を九蔵は思い出していた。


シノは精神状態が平静に戻るにつれ、それに反して鼓動が早まってくるのを感じていた。シノの父は寡黙な人間であった。母親が言うには「昔はこんな人ではなかった」らしいが、人付き合いも悪く特に役人が嫌いで何かというと反抗的になり仕置きを受けることも間々あった。何か恨みを抱えて生きているようで、家の中は常に怨嗟の空気が満ち、仕事は専ら息子の善三にやらせて自分は酒に溺れる日々であった。しかしシノはそんな父親でも好きであった。まだ小さかった頃、父の膝の上で聞いたまほろばの輝きは、夢とは分かっていても楽しい思い出であった。「恨んでいても何も生まれない。まほろばは心の中にこそあるのだから」それをシノは父に分かってもらいたかった。

　自分のこの思いを他人にぶつけたのは昨晩が初めてであった。田尻の子供をあやすような態度に腹が立ち、自死しようとしたところまでは覚えている。「その後どうしたのだろう。そうだ懐剣を忘れてきてしまった。今更もう神社へは戻れない、家のものは心配しているだろう。家に帰って何と言おう。取り敢えず叔母のところへ行こう」シノは人に見られないように道を急いだ。


　上野村には近隣の集落から敬われ慕われ、或いは憐憫を持たれている一軒の小前百姓の家があった。戸主は高千穂清右衛門、改名する前は興梠（こうろぎ）であった。佐藤利兵衛の妹でシノの叔母スエはこの家に嫁いでいる。百姓家といっても元は違う、かといって武家とも違う、中世高千穂を支配した三田井氏の末裔であるとされてきた。

　三田井氏は豊臣秀吉により県（延岡）を宛がわれた高橋元種と、三田井家家老甲斐宗摂（そうせつ）の裏切りによって断絶させられているが、古来この地に繁茂してきた血脈を根こそぎ絶やすことは出来なかった。三田井氏の子孫は幕藩体制下においてもひっそりとその命脈を保った。

　清右衛門に太郎という息子がいる。この男、明朗快活で百姓仕事もよくやるが、その家柄によるものか端々に不遜な行動がみられ村民を呆れさせていた。

　この年から数年前、太郎は既に登録されていた苗字である興梠から高千穂への改名を願い出る。元を辿れば高千穂であったので元の苗字に復したのであるが、しかしそれを見た役人に「百姓の分際で領主の如き名前にするとは何事か、身の程を弁えろ」と突き返されてしまった。そうは言っても何の謂れもない訳ではない。菩提寺の住職にも説明させてようやく受理されたのであった。

ここに古代からの尊名高千穂太郎が復活した訳であるが、やることといっては変わらない。相変わらずの百姓仕事である。その姿がまた村民の憐みをかうのであるが、本人は別段気にする様子もなかった。

二月九日、百大区である高千穂の戸長、副戸長に区長事務扱所への出頭要請があった。高千穂十八カ村は新政府体制下において六小区に統合され、旧村毎に戸長または副戸長が置かれ、その上に区長と副区長が一人ずつ任命されて新体制での高千穂の行政を担っていた。最高責任者は区長で、区長も戸長もその多くが元延岡藩士で占められており、高千穂出身者は十八人中五人が戸長または副戸長に任命されるに留まっていた。

新政府からは頻繁に通達があり、朝令暮改も少なくなかったので、急な出頭要請を聞いても戸長らは半ば「またか」という面持ちであった。

五ケ所村の長は第四小区副戸長があたり、その職に津田新太郎が任命されていた。津田家は代々五ケ所村の庄屋で、新政府下においてもそのまま任を受けていた。新太郎はまだ二十歳ではあったが、実直な人柄で、体の弱い父親に代わり、最年少でその職に就いていた。

百大区の区長事務扱所は三田井にあった。真新しい石垣と建物は、見かけは代官所とさして変わりはなかったが、高千穂ではまさしく一新を思わせる建物であった。

新太郎は石垣の階段を上り、門の前でいつも一礼する。門柱の表札には「鹿児島県第百大区長事務扱所」と大きく貼り出されている。新太郎は代官所の厳めしさとは違ったこの実務的な名称が気に入っていた。

中に入るとすぐにいつもとは違う緊張感を感じた。新太郎は先に来ていた同じく高千穂出身で最上席の第二小区戸長、岩戸村の土持信吉に出頭の訳を訊ねたところ、「詳しくは分からぬが、薩摩の士族が何事か行動を起こしたらしい」とのことであった。

全ての戸長が揃い席に着くと、区長の相木常謙と副区長の石崎行篤が入ってきた。多少落ち着かない感じの相木区長は各区長への労いもそこそこに本題に入った。

「去る二月五日、西郷隆盛陸軍大将におかれては、遂に政府の欺瞞を糺すべく、上京を決意されたとのことである。延岡藩もこの義挙に対し従軍する決意のようであるが、如何せんまだ仔細が不明である。よって今、延岡に問い合わせているところであるが、明日は自分が直接延岡に赴き、状況を確かめる所存であるから、各戸長は人民が動揺せぬようよく説諭し、これまで通り業務を遂行して頂きたい」

相木区長の話を聞いた後、他の多くの戸長が俄かに興奮して語り合うのを新太郎は静かに聞いていた。「相木区長が無意識に言い間違えたように、所詮彼らは延岡〝藩〟の藩士なのだ」。言い知れぬ疎外感と高千穂の行く末に一抹の不安を感じながら新太郎は区長事務扱所を後にした。

二月十日、相木区長は九十九大区（延岡及び富高地区）の区長、塚本長民（元延岡藩小参事）宅を訪れると、事態は想像以上に切迫しているのが判った。

鹿児島県宮崎支庁の支庁長、藁谷英孝（元延岡藩郡奉行）からは、飫肥、佐土原、高鍋の兵が早くも出陣する様相が伝えられ、「延岡のみが後れを取って悔いを後世に残してはならない」と檄が飛ばされており、それを受けた元延岡藩士らは、すぐさま第一班から第五班までの総勢三二人の部隊を編成して、藁谷支庁長の指示を直接受けるべく、順次宮崎に向かわせているところであった。

そしてその最中の十一日、大山綱良鹿児島県令から塚本区長に布達状が届けられる。そこには西郷陸軍大将以下二名（桐野利秋、篠原国幹）が政府に尋問するため、兵隊を随行し、上京する旨が書かれており、西郷暗殺を謀った中原尚雄の口供書の写しが添えられていた。

元延岡藩の幹部らは、届けられた書状に延岡として何をなすべきか何ら記されていないことに戸惑いながらも、維新の英傑である西郷先生の暗殺密謀事件が事実であったのに憤り、旧延岡藩としても従軍すべきであると確認した。また藁谷の内意を受けて宮崎から来た大嶋景保（元延岡藩少参事で司法省十六等出仕、鹿児島裁判所宮崎支庁勤務）からも督促されて、直ちに区内の商人らから軍資金を徴収し、同時に改めて兵の募集を行った。志願者は元延岡藩士を中心に、たちどころに数百人が集まり、その中から一四〇人が選出された。

二月十二日、薄暗い雲が垂れ籠めた朝、一四〇人の兵は延岡の亮天社（私立中学校）に集合し、順次宮崎に向け出兵していった。

同じ頃、先発隊三二人は既に宮崎に入り、その中の池内成賢、加藤淳、近藤長（はじめ）の三人が宮崎支庁に藁谷支庁長を訪ねていた。

藁谷は、延岡藩も何とか他藩に後れを取らずに済む見込みが立ったことに安堵しながらも、一方で差し迫った事態に焦っていた。「薩摩軍はまだ出発していないので、すぐに鹿児島に行って随行を願い出るように」と池内ら三人に言い渡し、大山県令宛に、随行の指図を乞う手紙を持たせた。

ひとまず先発隊は宮崎に留置いて、三人は翌日未明に宮崎を出発し、昨夜来降り続いている雪の中を昼夜兼行で歩き通し、十四日の昼に鹿児島に到着した。早速、鹿児島県庁の大山県令に面会を求めるが、多忙を理由に断わられてしまう。その代わり県庁の官吏を通じた返事では、「西郷大将の上京は県庁の関与するところではないので、県庁としてあなた方に指図することは出来ない。従軍するというのであれば、あなた方が御自身で決めればよく、県庁としては止めもしなければ勧めもしない」という内容であった。

三人は大山県令の意外とも思える対応に失望し、この上は直接従軍を願うべく薩摩軍本営に行く以外ないと考えて、私学校を訪ねた。しかしそこでも繁忙を理由に幹部との面会は叶わず、強いて頼み込む三人を薩摩兵は驕慢な態度で追い立てて、取り付く島もない有様であった。

この日、私学校前の伊敷村玉江練兵場では閲兵式が行われていた。隊は一番大隊から七番大隊まであり、一大隊約二〇〇〇人、大隊は約二〇〇人の十小隊で構成されていた。

出兵時の編成は
総指揮官　西郷隆盛（五〇）
参謀格　淵辺高照（三七）
副官　仁礼景通（三四）
一番大隊長　篠原国幹（四〇）
二番大隊長　村田新八（四一）
三番大隊長　永山弥一郎（三九）
四番大隊長　桐野利秋（三八）
五番大隊長　池上四郎（三五）
六番・七番連合大隊長　別府晋介（三〇）
六番大隊長　越山休蔵（三一）
七番大隊長　児玉強之助（三二）
砲兵一番隊、二番隊、輜重隊
で総勢およそ一万三〇〇〇人であった。

勇ましく行軍するこの情景はまさしくあの最も輝いていた時、戊辰の戦を彷彿とさせた。血が煮えたぎり筋肉が躍動して進軍を止められる者はなく、古い権威が平伏す痛快な気分。しかし、あの時と今の時局の違いをどれ程の者が気付いていたであろうか。

当初、出兵以外の道を考えていた西郷、村田、永山、そして桐野は、気付かずと雖も感じていたのではなかろうか。しかし、その漠然とした危惧を主戦論者の「臆病者」という、この一語を否定することにより、危惧の念それすらも自ずと抑え込んでしまう。慎重になるのを振り払うことは、反って軍略も立てない無謀な戦に踏み込んで行く結果となった。

閲兵式の後、別府率いる六番・七番連合大隊が加治木から大口方面に出発し、以後十七日までに全軍が順次熊本へ向けて出発した。

未だ従軍の道筋を付けられないでいる延岡藩士の池内、加藤、近藤は降りしきる雪の中を颯爽と行軍する薩摩兵を忸怩たる思いで見物し、十六日宮崎に向けて鹿児島を後にした。

薩摩側はこの時期、士気の高揚が頂点に達し、薩摩軍のみで事を成し遂げられるという根拠のない自信に満ちていた。他藩からの支援はむしろ事を成した後での障害になり兼ねず、極力排除しておきたいという意識が働いていたと思われる。

二月十七日夜、池内、加藤、近藤の三人は宮崎に戻った。翌日、今後の行動について協議するため藁谷支庁長宅に集まった元延岡藩の幹部は、三人の話を聞いて真っ二つに意見が分かれた。薩摩人の傲慢不遜な態度に憤り、「従軍する名分がない」と主張する者と、「断固従軍すべし」と主張する者とで議論は紛糾する。

結論が出ないまま午後になると、たまたま清武の区長が訪ねて来て言うには、「飫肥隊が清武に来ていて清武でも兵を募っている。薩人(伊東祐兼ら七人)も同行していて延岡、高千穂を通って熊本に出るつもりらしい」とのことであった。

従軍するにしろ、それを決定づける何らかの契機を得たい主戦派の槀谷らは、これを聞いて事情を確かめようと、槀谷、近藤、そして宮崎に来ていた塚本の三人で清武まで馬を飛ばした。そこで飫肥隊総裁の伊東直記（元飫肥藩家老）に面会すると、「飫肥には薩摩から出兵要請があった」とのことであった。「飫肥に出兵要請があったのであれば、延岡が出兵するのも何ら不都合はない」と確信した槀谷らは、飫肥隊諸士に対して「共に戦いましょう」と告げて宮崎に戻った。

飫肥隊の動きが伝えられた宮崎ではもはや慎重派の道理などかき消され、たちどころに出兵が決定した。そしてひとまず、宮崎に集結している一八〇人の部隊を一旦延岡に戻し、固辞する大嶋景保を説得して隊長に据え、部隊を編成し直してから、飫肥隊の後を追うということに決定した。

二月二十日、延岡に戻った塚本区長らは九十九大区の全戸長及び、延岡にいる元延岡藩幹部を招集し、鹿児島の状況、出兵に至った経緯を報告した。しかし、ここでもまた出兵に反対する者が少なからずおり、その場が紛糾する。反対派の主な意見は、

「一個人である西郷大将が多数の兵隊を引き連れて上京するというのは国憲に反している」

「鹿児島県庁からも薩摩軍からも正式な出兵要請がない中での出兵は大義名分がない」

というものであり、これに対して主戦派は、

「西郷先生の挙兵は義挙であるため、出兵をためらうべきではない」

「大義名分は勝利すれば自然と立つものである」

などとして粘り強く説得を続けた。そして結局、宮崎で出兵を決議した既成事実と、出兵を取りやめれば飫肥隊を偽ったことになるという面目が、反対派を抑え込み、藩を挙げての出兵が可決された。この時、既に日付は二十一日に変わっていた。

主戦派をはじめとした多くの延岡人にとって大義名分などはあまり問題ではなかった。他の党薩隊が蹶起する際の〝君側郭清（くんそくかくせい）〟や〝自由民権〟といった言葉はあまり聞かれない。大西郷が起つなら己もまた起つ。それ以外はこの際全て些末なことであった。それは西郷隆盛の政治家として、軍人として、人間としての魅力もさることながら、維新以来延岡人に染みついている今度は「間違える」訳にはいかないという強迫観念であった。

幕末、延岡藩は尊王攘夷の気風が強い九州にありながら譜代藩であったため佐幕としての行動を執る。鳥羽伏見の戦いでは幕府の命で大阪野田口の警備にあたり、すぐに延岡に引き返したものの、この事件で幕府荷担藩の一つに数えられるという当時としての汚名を着せられる。八方手を尽くし、漸く免責されたものの、御一新に後れを取ったことに変わりはない。次こそは、という思いがあったのは否めないであろう。これは延岡藩に限った話ではないかもしれないが、しかし延岡はまたもや間違えてしまう。

早速延岡の元藩士達は部隊の編成、資金の調達、物資の確保などに奔走する。いよいよ戦が始まるという期待と不安が綯い交ぜとなって、市内は徐々に緊張した雰囲気に包まれていった。そしてこの日の午後、早くも飫肥隊三〇〇人余が到着する。延岡では友軍である飫肥隊を手厚くもてなし、飫肥隊は翌二十二日に高千穂に向けて出発した。

延岡隊はそれから一日遅れて、二十三日に出発する運びとなった。そして、その延岡隊の編成は、

小隊長　大嶋景保（四一）

監軍　　加藤　淳（四三）

半隊長　村上景捷（三〇）

分隊長　杉山隼見（三〇）

輜重長　近藤　長（四九）

分隊は、第一分隊から第四分隊まで、それぞれ三二人ずつが振り分けられた。分隊には什長が一人ずつ置かれ、残りは兵員となった。その他輜重方一七人、手人（この話の中では雑役夫のこと）三三人、医員四人、探偵二人で、総勢一八八人であった。

二月二十一日午前七時、薩摩軍は熊本城下に進入、熊本鎮台（司令長官谷干城少将）はこれを迎撃し、ここに西南戦争が実質的に開始された。

二　従軍

［二月二十二日〜二月二十五日］

冬の高千穂の日は低く、山から上り山に沈む。二月十三日から十六日まで断続的に降り続いた雪は、山に囲まれた集落に恬然と居座り続けていた。

熊本で戦闘が開始されるより前の二月十八日の晩、高千穂の第四小区副戸長津田新太郎の家に一人の男が訪ねて来た。

「新さん、実はちょっと頼みがあるんだが」

焼酎をぶら下げて入ってきた高千穂太郎は、寒さで身を震わせながらも終始破顔して言った。太郎と新太郎は同い年であったが村が違うため幼馴染という訳ではなく、話しをするようになったのも、成年に達してからであった。それでもお互い馬が合い頻繁に行き来するようになっていた。堅物の新太郎を太郎は〝新さん〟と呼び、新太郎は太郎のことをそのまま名前で呼ぶ。

新太郎の両親はこの男を笑顔で迎え、囲炉裏端へ来るよう勧めた。

「頼みってなんだ」

新太郎は焼酎を注ぐ湯呑茶碗を太郎に渡しながら言った。

「先生らが薩摩の軍に加わろうって延岡に行ったろう。俺もそれに加えて貰おうと思って、田崎（英作）副戸長（旧上野村担当）の所に行ったけど留守だったから、新さん代わりに口利いて貰えないだろうか」

先生というのは、高千穂の村々に開設された小学校に赴任している教員のことで、大半が元延岡藩士であった。西郷隆盛挙兵を聞き付けたこの元延岡藩士達は全員が従軍を願い出て、延岡に帰って行った。

新太郎は焼酎を飲む手を宙に浮かせたまま太郎の目を見詰めた。

「何で薩摩軍なんかに入りたいんだ」

「手柄を立てる」

太郎は答えをはぐらかし、笑みを浮かべたまま焼酎を飲んだ。

「手柄を立ててどうする」

「いろいろあるが、そうだな高千穂を天領にしてもらおうかな、そうしたら免税になるかもしれないだろ」

新太郎も三〇年前の高千穂天領運動については父親から聞かされて知っていた。高千穂領内でも一部の人間しか関与しておらず、父親からも口外するなと言われており、太郎も知っているというのが意外であった。「それとも天領運動のことは知らずに言っているのか」新太郎は太郎の真意を諮りかねていた。

「この御時世で、太郎一人で、高千穂を天領にするなんて、本当に出来ると思ってんのか」

「そんなら新さんを百大区の区長にする」

太郎の真剣な眼差しが、一瞬、新太郎の次の言葉を制止させた。「他人の手柄のおこぼれによる区長などなりたくはないし、自分は断じて断る。そんなことは分かっている筈だ」と思う一方で、「高千穂で生まれ育った者が区長になるべきであると太郎が考えているとするならば、それはそうかもしれない」と素直に理解出来た。

「馬鹿な。真面目に答えなければ俺としても口を利くことは出来ないぞ」

「森之助（相木常謙区長の通称）より打って付けだと思うがな」

ひと時、二人は相木区長と石崎（行篤）副区長の悪口を言い合い笑った。笑いが途切れ、新太郎はゆっくりと湯呑に目を転じた。

「新さん、もしこのまま高千穂のもんが誰も従軍しないまま、西郷さんの一新が成ったらどうなると思う」

「……」

新太郎は湯呑を見つめたまま太郎の言わんとすることが頭に浮かんだ。

「延岡のもんは今以上に高千穂のもんを見下すんじゃないか。俺はそれが嫌なんだ」

新太郎は堅く口を結んだまま顔を上げられなかった。

二八〇年前、三田井氏が高橋元種に敗れて以降、高千穂は延岡の付属地となる。それはそのまま従属関係となり、人の優劣として認識される。新太郎もそれを感じないではなかったが、またそれを認めたくもなかった。しかし今、太郎が語った高千穂の行く末は新太郎にも容易に見通せた。

夜も更けた頃、新太郎の家に区長事務扱所の使いが来て、延岡にいる相木区長からの書状を新太郎に手渡した。そこには、「竹田岡士族の状況を探索し、石崎副区長に報告するように」と書かれていた。

戸長の中で一番若い新太郎は、普段からこうした用事を頼まれることが多かった。居合わせた太郎も一緒に行くと言って、支度をするため帰って行った。

翌日の昼前、新太郎は太郎を連れて豊後竹田へ向かった。残雪の中での道行は始めのうちこそ二人を浮かれさせたが、慣れない九州人には歩き難いことこの上なく、すぐに押黙り先を急いだ。

竹田に入った新太郎は、以前から知己を得ている玉来郡区長の川辺久米蔵に面会を求めた。川辺区長はすぐに応じ、新太郎を区長室に招き入れた。挨拶を交わした後、早速、新太郎は本題に入った。

「西郷先生上京の件は既にお聞き及びと思いますが、高千穂と延岡では一部士族により部隊結成が濃厚となっております。つきましては旧岡藩並びに大分県の景況をお伺いしたいのですが」

新太郎は川辺区長を信頼している。高千穂と延岡の状況を包み隠さず話すことで、川辺区長も情報を提供してくれると信じている。

「こちらも今県内を探索している最中です。御存じの通り大分でも地租改正以来一揆が頻発しておりまして、これを扇動していた輩が今般の鹿児島の動きに便乗するのではないかと懸念しているところです。香川（真二）権令からは鹿児島の暴発に惑わされることなく本業に専念し、人心を惑乱する者は直ちに取り押さえるように、との通達が出ております。しかし今のところ竹田は静かなものです。元々岡藩は勤皇ですからな、朝廷の意向に従うのみです。高千穂もよくよく注意して動かんと大変なことになりますぞ」

川辺は若い新太郎に言い含めるように言った。

新太郎は川辺区長の誠実な応対に深く感謝し、吏員と談笑している太郎を促して岡城下に向けて歩き出した。

「新さん、どうだった」

延岡とは違い岡では薩摩軍に同調して蹶起する動きは見られないということを太郎に言って聞かせた。

「新さん、役人らの話だけじゃ本当のところは分からんぞ。明日、玉来に知ってる人がいるから、そこでも話を聞いてみないか」

翌日、二人は玉来で油を商っているある商家を訪ねた。主人は留守であったが、隠居の吉良庄兵衛が会ってくれた。

「やあ太郎、元気そうじゃな。清右衛門さんはどうしておられる」

いかにも商人体で矍鑠（かくしゃく）とした老人であった。

「父も相変わらすで、元気にしております」

太郎は慇懃に挨拶をし、新太郎を紹介した後、徐に包みを差出した。

「ああ、ありがとう」

庄兵衛は当たり前のようにそれを受け取り、傍らに置いた。

「ところで、今日はどのような御用件でしょうか」

「実は、西郷先生挙兵の件でお伺いしたのです」

太郎は延岡の状況を話し、元岡藩士族の動向を訊ねた。

「私は西郷先生を敬愛しております。息子の数馬もそうです。西郷先生が蹶起するとなれば我らは身命を賭して御奉公致す所存です。岡藩士族の方々も同じ思いの方が多くおられますが、大分県下は一揆鎮圧の影響で政府の締め付けが厳しく纏まり辛い状況です。そうした中でも志の高い方々がおりますので、そう遠くないうちに、必ずや蹶起するでしょう」

庄兵衛からは蹶起の詳細までは聞き出せなかったが、岡も一触即発の状況であるのに新太郎は驚かされた。二人は来た時と同じく慇懃に礼を言って帰途についた。

新太郎は太郎に抱いたある疑念について確認すべきかどうか迷っていた。

「あの店とは長い付き合いか」

太郎はその問いに答えず、ただ笑みを浮かべていた。新太郎はそれで確信した。「やはりあの件は興梠一族が関わっていたのか。明治の御代となっては今更だな」新太郎はそれ以上追及したところでしょうがないと思った。

高千穂は地味頗る悪く、延岡藩政を通じて一揆や打ち壊しなども少なくなかった。殊に宝暦五年（一七五五年）の逃散では二五〇人近い農民が豊後竹田領に逃亡した。しかし首謀者不詳のまま、役人側が責任を取らされる形で解決が図られている。逃散は他藩の領地に匿われた場合、勝手に行って連れ戻すことは出来ない。事前の協定がなければ藩同士が話し合って返還の方途を決めなければならなかった。百姓達を受け入れた側の藩は隣接藩との摩擦は避けたいが、上手くすれば生産者が増えるので何れにしても損はなく、百姓は逃散する先と予め共謀しておきさえすれば有利に事が運べた。

「あの包みは何だ」

「あれは麻の汁を固めた物だ。薬になる」

新太郎は目の前にいる男が自分の知っている太郎とは思えなくなってきた。「そんな物を裏で取引していたとは」寒さとは違う何か不気味な悪寒を感じた。

「ところで新さん。従軍の件はいいだろうか」

新太郎の思いとは裏腹に、太郎はいつもの声で話しかける。新太郎としても何とか平静を装ったが、従軍の件までは思考が回らなかった。本当は思い留まるよう説得するつもりでいたのであった。

「太郎、鉄砲撃てんのか」

「いや撃てん」

「そうか、そんなら帰ったら猟師の（那須）九蔵さんに頼んどく」

言い知れぬ高千穂太郎の圧力を感じ、取り計らうことを約束してしまった。

太郎は笑顔で礼を言ったが、ふと真顔になり、何か書き始めた。

「何書いてるんだ。何だ、見せろ」

新太郎は半ば無理やり帳面を奪った。

消え泥む　友と歩きしこの道も
　今日を限りの　高千穂の雪

「何だこれ、歌か」

「ちょっと新さんを見倣ってな、ただの遊びだ」

「今日を限りのって、太郎やっぱり行くのやめろよ」

太郎は頑として聞き入れなかった。


二人は高千穂に戻り、三田井の区長事務扱所に出頭し、石崎副区長に旧岡藩の状況を報告した。そして上野村高千穂太郎の従軍許可を取り付け、銃の貸与についても了承を得た。

二人がひとまず安堵したその時、延岡に行っていた第三小区の平野（秀雄）戸長が帰ってきた。

そして相木区長からの命令として伝えるには、「明後日の二十三日、飫肥隊四八一人が三田井に泊まり熊本へ向かうので、宿と賄いを準備するように」とのことであった。

その役を任された新太郎は翌日、太郎らと共に肥後街道に近い家々と交渉し、漸く二十六軒の宿舎を確保した。そして区長事務扱所に戻り報告していると、入口の辺りが俄かに色めき立ってきた。「熊本の方から大砲の音が聞こえるらしい。戦に違いない」

二月二十二日のこの日、薩軍は熊本城の東側・正面と西側・背面から全軍一斉に攻撃を始めた。薩軍と熊本鎮台兵、合わせて一万人近くが小銃大砲を撃ちまくる、その激烈さたるや凄まじく、県境にもその音が聞こえて来ていた。

状況が全く分からない石崎副区長らは焦り、新太郎を直ちに県境の鞍岡まで探索に向かわせた。

新太郎は太郎を連れて鞍岡の役場まで、二〇キロメートル程の道を急いだ。もはや午後の陽となり、一刻も猶予はない。しかし残雪のぬかるみは二人の歩みを容赦なく妨げた。

「新さんこっちから行こう」

ふいに太郎が指差したのは、道沿いの川の反対側の山裾であった。新太郎の否応も聞かず太郎は道を外れ川まで下りていく。

「太郎、ちょっと待て」

太郎は浅瀬を渡りきり新太郎を待った。

「こっちから行った方が早い」

新太郎が渡りきると太郎は躊躇なく岩に足を掛け、山を登り始めた。新太郎は黙って後に付いて行ったが、何か所々足場のような物がある。「昔の砦の址か抜け道の類だろうか」、程なくしてまた沢に出て、二人は少し休むことにした。

「太郎、本当に行けんのか」

「新さん高千穂太郎は何の子だか知ってるか」

太郎は子供のような笑みを浮かべて、新太郎の顔を覗き込んだ。高千穂太郎が大蛇の子であるという言い伝えは大抵のものが知っていた。であるから新太郎は敢えて答えない。

「蛇の道は蛇ということか」

突拍子もない太郎の行動に新太郎は半ば呆れていた。太郎は少し照れたように新太郎の肩を叩いた。

鞍岡の役場に着いたのは、山の端の日の明かりが消えた頃であった。詰めていた戸長の秋山祐就に状況を聞くも、秋山も状況を把握出来ていなかった。砲声は朝七時頃から始まり午後三時頃までにはやんでいた。新太郎と太郎はひとまず役場に泊まり、翌日熊本の矢部まで足を延ばして情報収集にあたることにした。

そして翌日の夜明け前、冷気が漂う中を二人は出立した。凍った雪を踏み締める音が互いの歩みを急き立てているようであった。矢部までは約二〇キロメートル、一刻も早く熊本の状況を三田井に報告しなければならないと新太郎は焦った。時折、見かける百姓に様子を聞いても、突然の出来事に戸惑っているばかりで要領を得なかった。砲声は鈍く轟き、絶え間なく続いていた。

馬見原を過ぎ、しばらく行った所で二人は商人態の男と出会った。大柄な男で眼光が鋭く、ただの商人ではない気がしたが、新太郎は名を名乗り熊本の様子を聞いた。男が「分からない」と言うのでそのまま先を急ごうと、男に道を譲ったが、何故かこの男が動かない。

振り向くと太郎がこの男の前に突っ立っていた。

「太郎早く行こう」

新太郎は戸惑いながら太郎を促した。

島田数馬は元岡藩士堀田政一らに状況を知らせるため、竹田に向かっている最中であった。五ケ所村の副戸長と言ったこの若い役人の後ろに、やはり同じ年位の男がいた。「従者のようだが」、何か無邪気な佇まいで動きそうにない。

「道を開けてくれませんか」

その言葉に明らかな怒気が含まれていた。それでもこの従者は顔色も変えず、道も開けなかった。

「玉来の数馬さんじゃないですか。上野村の太郎です」

数馬は昔の記憶を呼び起こした。

「ああ、高千穂の太郎か」

子供の頃、父親に連れられて玉来の家に来た太郎と何度か遊んだことがあった。その後、数馬が他家に養子に出されたので会う機会もなくなったが、目の前の男からあの時の少年の面影を見付けるのは困難であった。

「三日前、この新さんと一緒に竹田の様子を聞きに行った帰り、玉来のお父様にお会いしました。相変わらずお元気そうでした」

新太郎は、「余計なことを話すな」と目で合図したが、太郎は全く構わぬ様子であった。

「そうか、竹田に。父にも会ったのか。そうか」

「悪いが、先を急ぐので、これで」

数馬はこの二人が敵か味方か判然としないため、早々に立ち去ろうとした。

「数馬さん。僕は薩摩軍に入ろうと思ってるんですよ」

数馬が薩摩と繋がっているのは数馬の父から聞いていたので、太郎は何のためらいもなく告げた。

「延岡藩の人達も薩摩軍に加わる準備をしているところで、取敢えず僕らが様子を見に行くことになったんです」

太郎の様子からそれが嘘ではないのを感じた数馬は幾分警戒を解き、その後、漸く熊本の様子を語り始めた。その要旨は次のようなものであった。

「薩摩軍は御船、川尻、甲佐の三ケ所に駐屯し、本営は川尻に置かれている。他に熊本士族八百人が加わり、昨日鎮台兵との間で激烈な戦となった。天守は既に焼失したが、鎮台兵の頑強な抵抗により落城を免れている。熊本権令富岡敬明は遁走（古城に置かれていた県庁から本丸に移動）し、囚人が大挙して脱走した。城下の混乱は甚だしく今行っては危険である」

数馬はこれだけ言って、「また戦場で会おう」と太郎の肩を叩き、立ち去った。

新太郎達はまた矢部への道を急いだ。得体の知れない緊迫感が高まってくるのを二人は感じていた。

島田数馬はこの三カ月後、竹田士族の堀田政一らと「竹田報国隊」を結成し、薩軍豊後方面進攻の一翼を担うことになる。

矢部の役場に行くと、まさしく数馬の言ったことに違いはなく、薩軍およそ一万六千。鎮台側はおよそ三千で援軍は未だ到着せず、落城は時間の問題ではないかという話であった。しかし政府からは征討軍への協力と不審者の取り締まりが通達されてきており、その扱いについて、役場では苦慮しているところであった。

夕刻、鞍岡の役場に戻ると、そこには延岡隊の探偵、鈴木（才蔵）と池内（成賢）が新太郎の帰りを待っていた。新太郎が聞いてきた状況を全て話すと二人は満足して新太郎を労った。最も情報を欲しているであろう延岡隊に報告出来たのは、新太郎にとっても一安心であった。しかしそこで新太郎は、三田井に泊まる予定であった飫肥隊が、夜通しで熊本へ向かうことになったと聞き、またすぐに三田井へ戻らなければならなくなった。

夕刻から降り出した雨は夜になって勢いを増し、視界は殆どきかない。二人は残雪でぬかるんだ肥後街道を黙々と歩き続けた。

津花峠に差し掛かると至る所で篝火が焚かれ、村人が大勢の兵士に茶と握り飯を供していた。果たしてそこで休んでいる兵士達こそ飫肥隊であり、新太郎はそこで飫肥隊の小隊長に問われるまま熊本の状況を話した。

新太郎の話を聞いた小隊長は礼を言い、「三田井でも報告を待っている人達がいる」と新太郎に伝えてその場を離れた。新太郎は不遠慮に茶と握り飯を頬張っている太郎を促し、また重い脚を三田井へ向けた。

三田井に着いた時には、もう既に午前七時を回っていた。熊本の状況を石崎副区長に報告して、二人はやっと家路についた。二人の左肩には区長から貸与されたミニエー銃が担がれていた。

「九蔵さんに話つけとくから、太郎、昼過ぎに家にきてくれるか」

「ありがとう新さん」

睡魔と疲労で、その後ふたりは一言も話しをしなかった。


九蔵は那須家の三男であったが、早くから農作業よりも猟に興味を持つようになり、遠縁にあたる猟師の手伝いをするうちに子供のいない猟師に望まれて養子に入った。主に祖母山の山峡で猟をし、未だ一人身であったが、別段偏屈な訳ではなく、声が掛かれば組狩りにも加わるし、独りで狩った獲物を農作物と気さくに交換したりもしていた。

太郎は初めて習う鉄砲に俄かに興奮していた。猟師になるつもりはなかったが、名人と言われる九蔵に教えられたら、自分も相当の腕前になるのではないかと考えたりもした。が、そうした考えも忘れてしまう程に延々と弾込めから発砲までの手順を、実弾を使わずに繰り返しさせられた。さすがに何度も繰り返すうちに、ぎこちなさもなくなってくる。

「それじゃ撃ってみな」

太郎は教えられた通り、確実に弾薬と弾を装填し、撃鉄を起こし、火門の突起に雷管を取り付け、さらに撃鉄を起こしてから五間程先の的を狙い、静かに引き金を引いた。自分の力だけでは抑え難い反動が腕に伝わり全身を圧迫するような銃声が山峡に響いた。

夕方、家に帰ると太郎の母親から事情を聴いた従姉の（佐藤）シノが来ていた。太郎はこの従姉が苦手であった。普段は静かで優しいのに、人が変わったように怒ったり泣いたりする時があり、その激情に遭遇した際には、成す術なく押し黙るしかなかった。

「こっちは猟師の九蔵さん、鉄砲教えてもらった。ちょっとお礼しようと思って」

「太郎、あんた何で薩摩軍なんかに入りたいの」

太郎の話を遮るようにシノが言った。

「徴兵だって。跡継ぎだからって、徴兵免除されてるのに。何であんた自分から兵隊になんの。馬鹿じゃないの。叔母さん泣かせるようなことして。あんた死んだらこの家どうなるのよ。叔父さん叔母さんどんだけ悲しむか分かってんの。お啓ちゃんどんだけ悲しむか、あんた分かってんの」

十歳下の唖の妹のことだけは太郎も気掛かりであった。まだ小さかった頃、嫌がる妹の顎を触りながら漸く「おどう」、「おがあ」、「あにざん」と言わせ、今でもその生中な三言しか発せない妹が不憫でならなかった。

「まあ、家のことはあんたが心配しないでもいい。太郎には太郎の考えがあるんだろう」

太郎の父清右衛門が言った。

シノは清右衛門が納得しているのが不満であり、矛先を九蔵に変えて話を続けた。

「あんたも何で太郎に鉄砲なんか教えんの」

突然自分に話が向けられて九蔵は焦った。それよりも半月前亡霊のように人身御供になるのを願った女とは思えぬ姿に目を疑った。

「鉄砲は五ケ所の新太郎に頼まれただけですから」

「太郎が兵隊行って死んでもあんた平気なの」

「兵隊といっても手人のようですからそうそう死なないとは思いますけど」

「何でそんなこと分かんの。死んだらあんたのせいだよ。分かってんの」

人身御供になろうとした自分のことを棚に上げて死ぬ死ぬと繰り返し、まくし立てるこの女に、九蔵はだんだん腹が立ってきた。「別に太郎は死にに行く訳ではない。戦いに行くのだ。勇ましく出兵し、戦場で手柄を立てたいと思っているのに、他に掛けてやる言葉はないのだろうか」

「そんなら自分も一緒に行って太郎が死なないようにしますよ。それでいいでしょう。それじゃ太郎また」

九蔵は太郎の家を後にした。

家に残された者は九蔵が荒々しく閉めた戸を見て、お互い言うべき言葉を探した。

「ちょっと待って」

シノは九蔵の後を追った。九蔵は振り払ったが尚追い縋るシノに八幡神社で待つようにと言って走り去った。

九蔵が出て行ってしまった後、太郎は仕方なく家族四人で飯を食い、出立の支度をした。啓が鉄砲に触ろうとする度叱り付けていたので、そのうち奥へ引き籠り出て来なくなってしまった。

夜の神社は一層霊気を帯び、静寂の中で前触れもなく梟が羽音を立てる。狩られた鼠の鳴き声が微かに聞こえた気がした。シノはじっとしていられず、境内を歩き廻り自分の言動の軽薄さを後悔した。

九蔵は一時の思いで従軍を決めたことに、まったく後悔はしていない。今まで猟師として、迷いを打ち消して勘を研ぎ澄ませてきた。只この手の燈を信じて進むのみと心に決めていたのである。

神社の中でほのかな灯りが揺らめいていた。その灯りは近づくにつれて大きくなり、辺りの残雪を映し出し、光らせる。「まるで狸の嫁入りだな」九蔵は思った。

シノが九蔵に気付き駆け寄って来た。

「すみません。あんなこと言って。あなたこそ本当に行く理由ないんだから、今からでも行くのやめてもらえませんか」

九蔵はそれには答えなかった。

「これは三田井神社の田尻さんから返すように頼まれていた物です。なかなか渡せずにいました。すみません」

九蔵はシノに塗りの剥げた鞘の懐剣を渡した。

シノはこの時、供え物の猪を運んでいた男のことを思い出した。「あの時の人がこの目の前にいる九蔵なのか」恥ずかしさと悔しさがこみ上げて来た。

「もし、あなたが死んだら私もこれで死にます」

シノの真剣な眼差しにたじろぎ、九蔵は頷いた。


太郎は出立する前に家族以外で会っておきたい人を考えた時、ふと脳裡に浮かんだのが幼馴染の（菊池）ハナの姿であった。この期に及んで恥も外聞も気遣いもなく、太郎は人を介して今夜忍んで行く算段をしていた。

上野村のとある集落の百姓菊池浅次郎に二人の娘がいた。上の娘がイナ二二歳、下の娘がハナ一八歳。二人とももう嫁に行っていてもいい年であり、実際数年前姉の方は祝言の段取りまで決まっていたにも関わらず、結局破談となってしまった。心に傷を負ったイナは、自分は縁遠い身の上と決め付けて、その後の縁談を全て断っていた。妹の方はというと、縁談がない訳ではなかったが、浅次郎に姉の方が先に行くべきとの思いが強く、こちらは父親の方が断っていたのであった。

破談となった理由は別段込み入った障りがあった訳ではなく、単に男の方の身勝手である。

祝言の直前になって「あんな牛のような女と夫婦になるなど到底出来ない。堪忍して下さい」と雲隠れしてしまったのである。やむを得ず両親と縁者が話し合ったのであるが、相手方が妹の方を貰えないかと言うに及んで浅次郎が怒り、結局その時はなかったこととして決着したのであった。

牛のようと言われたその訳はイナが女性としては大柄で身の丈は五尺六寸、目方は二十貫近くあって並の男よりも勝っており、しかも体格だけでなくその顔ももし男であったなら「いい面構え」と言いたくなるような風貌で、外見からは女性らしさが感じられないためであった。百姓の女性は体が丈夫でよく働き、子供さえ出来れば容姿などは二の次、という共通認識であり、イナもそう思って生きてきたので、自分の容姿もさほど気にしたことはなかった。ところが破談の原因が容姿であったことを俄かに知り得て、尚且つ心ない人に陰で、牛女と呼ばれているのを耳にすれば、さすがに悲しく、同じ年頃の娘のようには生きられないと考えるのは、無理からぬことであった。

その日イナは家の中でも裏山に近い奥の間で寝るように言われて、暗がりの中で一人身を横たえていた。祖父と祖母が使っていたこの部屋は、二人が死んでからは誰も使わずにいたために、二人の匂いがまだ残っているようであった。父親からあらましを聞かされた時、断ってもいいと言われたのに、断らなかったのが今更ながら悔やまれる。体が小刻みに震えるのは寒さのせいばかりではなかった。

不意に「カタッ」と山側の戸が鳴り、その後「ギギ、ギギ」とゆっくり戸が開けられた。

「ハナちゃん」

「……」

父親が絶対に声を出すなと念を押した訳をイナはこの時理解した。あまりにも残酷で惨めで涙がこぼれた。それでも声を出さなかったのは愚かな父の思いに応えるしかないという諦め、申し訳なさ、この身の恥ずかしさ、悔しさ、或いは妹に対する嫉妬もあったかもしれない。

太郎が布団に入って来た。体に触れた手が冷たかった。と、そう思った時太郎の手が止まり、体が離れた。その手はゆっくり頬に当てられ自ずと涙が拭われた。再び太郎が体を重ねて来た。

婀娜（あだ）やかな時は過ぎた。

「イナちゃんありがとう。行って来る」

太郎が出て行くとまた涙が流れた。惨めな気持ちはとうになかった。

太郎はハナと会えなかったのが心残りではあったものの、思いがけずイナのか弱さに触れ、それが印象的であったがためにむしろ満たされたような気持ちでいた。しかし外の寒さは徐々に太郎を現実に引き戻し、ひっそりとした家に帰った頃には自身に嫌気が差してきていた。家のものを起さないようにそっと自分の布団に潜り込むと、中にはまだ温かい温石が入れられていて、それが気恥ずかしいながらも有り難かった。

そうして翌日、太郎は出立した。父と母には別れの挨拶をしたが、妹には何も伝えられなかった。

戦立つ兄を知らずか妹の
朱き頬と手　筒の冷たさ

太郎と九蔵はその日のうちに延岡隊の第二陣（監軍・清水湛〔四三〕）総勢三六人に加えられ、延岡隊の本隊と合流するべく熊本へと向かった。

熊本では、薩軍による熊本城攻略が鎮台兵の頑強な守備により思うに任せず。さらにまた政府軍の第一旅団（司令長官野津鎮雄少将）と、第二旅団（司令長官三好重臣少将）、合わせて四〇〇〇人が南関（熊本県南関町附近）に到着するという状況の中で、熊本攻防戦における戦略上の転換点を迎えていた。

南関から熊本城に向かう経路は、東の山鹿を経て植木に出る道と、南の高瀬、木葉を経て田原坂を越え植木に出る道と、高瀬、吉次峠を経て木留に出る道とがあった。

薩軍は山鹿方面に桐野利秋、兵六〇〇人。植木、田原坂方面に篠原国幹、別府晋介、兵一二〇〇人。木留、吉次峠方面に村田新八、兵一〇〇〇人をそれぞれ配置し、南下する政府軍との決戦に備えた。

またこれとは別に、熊本城の西側の有明海から上陸する政府軍に備えて永山弥一郎、兵一五〇〇人を海岸守備に就かせ、残りの兵は引き続き熊本城攻囲とした。

しかし後に桐野がある人に、「全軍で熊本城を落とせばこのようなことにはならなかった」

と語っているように、この兵力の分散が以後、薩軍を不利な戦況へと至らしめる転機になったとも言われている。

三　百貫石

［二月二十六日～三月二十六日］

高千穂から肥後街道を西へ向かうと、次第に山並は平たくなって遠ざかってゆき、荷車を押す太郎は、我が身が次第に晒されていくような居心地の悪さを感じていた。

「九蔵さん、山がなくなりましたね」

「そうだな」

高千穂太郎と那須九蔵は、いつの間にか砲声がすぐ傍から聞こえてくることに、緊張と不安を感じていた。高千穂のものとは比べ物にならないくらいに広い田圃は、未だ一面土色をして静まりかえり、砲声と荷車の音ばかりが大きくなるようであった。

二月二十八日の昼過ぎ、延岡隊第二陣は迎町（熊本市中央区迎町）の一角にある寺に到着した。先に来ていた本隊から薩摩軍本営に延岡隊到着を既に届け出ていたが、配置場所については改めて知らせをもらうことになっていたため、延岡隊は未だ寺を宿舎にしていた。

この日の前日、熊本城から約一〇キロメートル北の高瀬において、激しい戦闘が行われた。征討参軍山縣有朋中将は、目下の急務を熊本城との連絡をつけることであると考え、博多、久留米を経由して熊本城に至る南下経路に兵力を集中する。一方薩軍は南下を阻止し、熊本城をその間に落とそうとして攻勢をかけようとしていた。高瀬はその思惑がぶつかる最初の攻防の地となっていた。

そして二十七日のこの戦闘で、薩軍は、西郷隆盛の実弟西郷小兵衛が戦死、庶子西郷菊次郎が負傷するという事態に陥り、一旦田原坂まで引くことを余儀なくされる。

一方、政府軍も第二旅団の三好重臣少将、熊本鎮台歩兵第十四連隊の乃木希典少佐が負傷したため、山縣は体制の立て直しを図る。

この熊本北方での山鹿・田原坂方面の攻防は、双方共に死力を尽くし、この後一カ月余り続くことになる。

薩摩軍本営は延岡隊に百貫石港の防備に着くよう命じた。百貫石港は熊本城から西へ約九キロメートル、坪井川の河口に造られた港で、島原、長崎へ通じる交通の要衝として賑わっていた。この港で一週間程前の二月二十一日、熊本城攻防戦と時を同じくして、沖合に停泊した政府軍の軍艦清輝（横須賀造船所で建造された初の国産軍艦）から偵察隊一四人が小舟で上陸して来た。しかし薩摩軍も警戒していたため、すぐにこれを捕捉し、この時はその場で偵察隊員七人を斃して撃退している。この頃、薩摩軍は艦船（迎陽、舞鶴、野母の三隻）を全て失い、政府軍に制海権を握られていたので、こうした海側からの進入にも警戒していたのである。

延岡隊は、そこで先に任務についていた薩摩軍の三番大隊および佐土原隊と協力し、百貫石から北側の海岸、坪井川河口から河内川河口辺りまで約六キロメートルの区域を担当する。

雨交じりの曇天の中、重い荷車を引き、太郎と九蔵は地理不案内の中、やっとの思いで百貫石港近くの延岡隊本営に辿り着いた。着いたのはいいが、自分達が泊まる場所など用意されている筈もなく、それからまた他の手人と手分けして泊まる所を探さなければならなかった。そしてなんとか番小屋を借り受け、漸く落ち着いた時にはもう夕暮れであった。

砲声の耳に残りし　夜もすがら
　朝に初め聞く　百貫の波

政府軍は九州の西海岸に春日、龍驤、清輝、鳳翔の四艦を配備し、偵察と艦砲射撃による牽制を繰り返していたが、薩軍には応戦する術がなく、ただ見ているだけであった。

「新井（教育）様、川澄（真蔵）様、飲みに行くなら俺らも連れて行って下さいよ」

「太郎、やめとけ」

任務を解かれた時間に太郎と九蔵は顔見知りの延岡藩士と呑みに行くようになった。その中でも輜重（しちょう）方の新井は三田井村前戸長、川澄は田原村前戸長であったためその機会も多かった。

しかし当然同席とはいかず、専ら使い走りで、挙句の果てには幇間紛いの役回りまでさせられて、九蔵は酔いが醒めると毎回苦々しい思いを抱くのであった。一方太郎はそういったことを一向に気に掛ける様子もなく、気軽に誰にでも付いて行くのであった。

「今晩は違う、今晩は所用だ。また今度連れて行くから、大人しく銃の手入れでもしとけ」

九蔵はそれを聞いて安心した。

港町の赤い灯りが一層明るく灯る宵にも砲声は鳴り響き、輜重の車音がやむことはない。戦場でありながら差し迫った危険がなく、かといって明日にでも前線に投入されるかもしれない。むしろ早く前線へ行かなければ勇んだ気持ちが萎えそうになる。その不安定な状態が、隊員を刹那的な高揚へと誘う。延岡藩士の中には支給された旅費をここで使い果たした者もいたかもしれない。しかし太郎と九蔵は延岡藩士ではないのであまり金を持っていなかった。

「九蔵さん、人を撃つのってどんな気持ちでしょうね」

「さあ、初めはきっと嫌な気持ちだろうな。だけど、そのうち慣れるんじゃないか」

この時代の死生観を現代人が理解するのは難しい。人の死、屍骸は現代よりもずっと身近に存在していた。病死や餓死、事故死、刑死そして怪死など、どれも普段の生活の一部であった。であるから太郎も九蔵も死体そのものには何の感慨も抱かない。現世の生活が苦しいので、そもそも死に対する恐れが希薄な人も大勢いた。しかし、死が身近であることと、人を殺すことは意味が違う。太郎は持っていた銃を構えた。引き金は重く、撃鉄は鈍い音をたてた。

百貫石に着いてから十日以上経っても、延岡隊に前線への移動命令は来なかった。その代りに来るのは弾薬の借用依頼ばかりであった。

薩軍は党薩隊も含め、出兵はしたものの兵站については心許ない状態で、一人当たり百発足らずの弾薬しか持ち合わせていなかった。そうした中で延岡隊は一人当たり六百発と比較的多く、しかも延岡には元延岡藩幹部らが中心となって、兵站を取り仕切る部局が早々に開設され、熊本との間の兵站線も確保されていた。そうしたことから各隊の依頼に不承不承ではあったが応じていた。この強固で献身的な支援が、ともすれば熊本で終わっていた筈の戦をずるずると長引かせたとも考えられる。

弾薬や食糧を各隊の駐屯地まで運ぶのは太郎のような手人の役目であった。戦場に近い駐屯地では負傷者や戦死者を否が応でも目にするが、それでも初めの頃はその数も少なく攻勢が感じられた。しかし、薩摩軍本営が川尻から二本木に移った頃にははっきりと死傷者が増え、各陣営に焦りが出てきているのを感じた。

「あと千発程都合してもらえないだろうか」

「負傷者の移送と手当を手伝ってもらえないだろうか」

他藩の党薩隊員が延岡隊士相手に交渉するのを太郎は作業しながら聞いた。

「隊長に訊いてみますのでお待ち下さい」

「よろしく頼む」

戦死者の中には身体の一部が欠損しているものがある。そういった兵士も勇ましく出陣した時には、まさか自分がこんな死に方をするとは思いも寄らなかったことであろう。しかし太郎と九蔵はそうした感傷を抱くこともなくただ黙々と遺体を運ぶのを手伝った。そんな中で目に留まるのは明らかに兵隊ではない人の死体であった。どのような経緯で弾の飛び交う場所に居たのかは知らないが、百姓のような態で埋葬もされず、ただ朽ちるに任せて打ち捨てられていた。

「九蔵さん俺らもああなるんですかね」

「俺が死んだらちゃんと埋めろよ」

「それじゃ九蔵さんも俺が死んだらちゃんと埋めて下さいね」

「ああ、分かった」

士と彼の　屍の色は違えども
　冥土や如何　我もまた行く

三月三日から本格的に開始された田原坂、吉次峠での戦闘は凄惨を極め、薩軍が構える堡塁の下には、遺体が次々に増えていく有様であった。

三月四日には吉次峠で薩軍の一番大隊隊長篠原国幹が戦死し、政府軍にも多数の死傷者が出た。その政府軍の兵隊の多くは徴兵された元百姓たちであった。

数年前或いは、数カ月前まで百姓であった者たちが、短期間の訓練で兵隊としての意識が芽生えたのか、それとも武士には逆らえないという骨の髄まで染みついた服従心によるものなのか、銃弾の待つ隘路に次々と足を踏み入れていく。銃弾ばかりではない、刀を振りかざし奇声を上げながら鬼の形相で迫って来る薩摩兵。その姿に、引き金を引けず反射的に背を向けたとしても仕方がない。それでも上官の「行けえ。進めえ」の号令で兵隊はまた前に進み死んでいった。

薩軍が田原坂と吉次峠に築いた頑強な堡塁は容易に落とせず、政府軍は同時進攻を諦めて田原坂に兵力を傾注した。しかしそれでも田原坂は抜けない。後方で指揮する山縣には分らない。「なぜ抜けないのか」そう言って切歯扼腕(やくわん)するのみであった。

西郷蹶起に当たり政府は、以前から反政府の旗幟を鮮明にしている島津久光・忠義父子が西郷軍と呼応するのを恐れ、それを牽制するために勅使として元老院議官柳原前光を鹿児島に派遣する。その際、黒田清隆陸軍中将と高島鞆之助陸軍大佐を随行させた。

勅使は三月八日海路で鹿児島に到着、征討令を発令し、直ちに県政を掌握。その後、島津久光の中立を確認した後、大山綱良鹿児島県令を連行して十三日に鹿児島を離れた。

勅使が来県し征討令が発令されたことは、党薩隊として軍隊を派遣している延岡にも少なからず影響を及ぼす。

三月十二日延岡では第三陣、四〇人が熊本へ向けて出発した。先に編成された第一陣、第二陣に精鋭を選りすぐっていたので、この第三陣は、兵士としては引けを取るものの志が高い者で編成されていた。しかしその陣容は、若年者、老人、病がちな者という有様で、部隊長の適任者がいなかった。そこで延岡の幹部らは相談し、百大区の区長相木常謙なら延岡藩政時代、大隊の副長をしていた経験もあるのでよかろうと、本人に何の相談もなく相木を部隊長に決めてしまった。

九十九大区の副区長片岡精一の引率で第三陣が三田井に到着し、片岡が九十九大区塚本長民区長の書状を相木区長に渡すと、相木にとっては青天の霹靂であり、その内容を知った石崎行篤副区長も強硬に反対する。

「現職の区長がいなくなってしまっては百大区の業務に支障が出るので全く以って不都合である」

片岡は相木、石崎の返答に困惑しつつも、延岡の幹部らの決定事項なので、簡単に引き下がる訳にもいかなかった。

「そうではあろうが区長の後任にはしかるべき人物をたてるよう取り計らうので、どうかお願いしたい」

「県の命令なら分かるが、何故百大区の区長が九十九大区の区長の命令に従わなければならないのか、承服出来ない」

「いや決して命令などではない。延岡でも話し合ったが適任者がおらず、延岡藩の大隊副長であった相木殿しかいないという結論になったのだ。何としてもお願いしたい」

鹿児島県政が混乱しているこの時、延岡では俄かに旧来の藩が裏で政務を握り人事も決めるというおかしな状況になっていた。

片岡の懇請に折れかけた時、延岡から急使が駆けつける。

「宮崎の藁谷（英孝）支庁長から『勅使が鹿児島に下向し、征討令が発令されるに及んで、鹿児島県下が一変する情勢である』という情報がもたらされた。このままでは賊軍ともなりかねない。よって一旦第三陣の出陣は見合わせるので即刻解散し、帰国されたい」ということであった。

相木の部隊長就任は撤回され、片岡と第三陣の兵は三々五々、もと来た道を戻って行った。

熊本では膠着する戦況に政府軍側が二つの手段を講ずる。その一つは田原坂方面における抜刀隊の編成であり、もう一つは熊本城衝背軍の編成であった。

抜刀隊は、薩摩兵の白刃の前でも怯まずに突進出来る者として、警視隊などから、元会津藩士や反私学校の薩摩出身者が選抜された。

熊本城衝背軍は当初から木戸孝允、大久保利通らもその有用性を認識していたが、勅使に随行して鹿児島を実況見分した黒田清隆中将と高島鞆之助大佐からも政府に対して改めてその意義が伝えられたため、早速、黒田を征討参軍に任命し、熊本城の南側から包囲を解くべく、別働旅団として編成されたのであった。

しかしこの別働旅団は熊本城入城まで、山縣の征討軍とは別けて協調することもなく、黒田参軍の主導する作戦行動をとりながら、敢然として進撃して行く。

斯くして抜刀隊は間もなくその効果を表し、今まで攻めあぐねていた薩軍の堡塁を攻略し始めた。衝背軍の別働第二旅団（司令長官山田顕義少将）も三月十八日に長崎を出航し、翌日、日奈久（百貫石港から南に約四〇キロメートル）近くに上陸した。

抜刀隊が効果を挙げているとはいえ、未だ敵を壊滅させるまでには至らないために、三月十九日の晩、第一旅団を率いる野津鎮雄少将は、山縣参軍以下各隊の司令官が居並ぶ作戦会議の席で意を決して進言した。

「熊本城の包囲は今日で二十五日となり、食糧は尽きんとしている。熊本城が賊の手に落ちれば我らは天下に恥を晒し、人心が一気に賊に傾くのは明らかである。このまま賊の堡塁を各個に落としても埒が明かない。たとえ数百の犠牲があろうとも明日夜明けを待たず、全軍一挙に突撃し、坂を落とすべきである」

開戦以来、山縣の指揮は時機を逸するきらいがあると感じていた野津は決然と迫った。

山縣は野津をはじめ野津に同調する者達の断固たる決意を知って、これで仮に失敗したとしても、自身が全面的に責任を負うことは回避出来るという計算が働いたのであろう。意気に感じた態度をとりつつ総攻撃を承認した。

三月二十日、田原坂の南側、二俣の政府軍陣地と対峙する柿ノ木台場を高鍋隊（約二〇〇人）が守っていた。十四日に熊本入りした高鍋隊はすぐさま田原坂の救援に回され、柿ノ木台場へは十五日に、熊本隊七番小隊と交替して着陣していた。昨夜から降り出した雨は徐々に雨脚が強くなり、高鍋隊士は菰を被って避けていたが、寒さで身を固めているうちに眠りに就く者も多かった。

午前六時、雨と霧で薄暗く重たい朝、突然号砲が鳴り響き、柿ノ木台場に政府軍が雪崩込んだ。突如襲われた高鍋兵は発砲する暇もなく銃剣で刺され、撃たれた。柿ノ木台場は瞬く間に踏み躙られ、これを機に二十日余り死守してきた田原坂の薩軍陣地は瓦解する。

敵を正面に見ているうちは、寡兵でも堪えることが出来るが、側面や背面が脅かされるともはやその場に留まることが出来なくなる。薩軍の兵士は濡れた着物で転びながらも我むしゃらに走り、かろうじて植木の南、向坂で迎撃態勢を取った。

政府軍は勝ちに驕り一気呵成に進撃したが、向坂で迎え撃たれ、田原坂では戦死者は出なかったものの、結果三〇〇人程がここで命を落とし、植木までの後退を余儀なくされた。

これまで田原坂での政府軍の戦死者は約二〇〇〇人、西南戦争における政府軍戦死者の約三割に当たり、山鹿、吉次峠などこの方面全体では五割を超える。薩軍の戦死者の数は詳らかではないが、おそらく政府軍とあまり変わらないものと思われる。

遂に攻略した田原坂に至り、その死臭立ち込める中で山縣は注意深く辺りを見まわす。後方に居て想像していたのとは全く違っており、攻むるに難い地形の全貌を目の当たりにして、多くの将兵が薩軍の的となって死んでいった要因を漸く理解する。その場所で山縣は、現代であれば被災地を訪れる大臣や官僚のように引き連れた参謀や士官の説明を聞き、時に納得するように頷き、時に感心するように唸り、鹿爪顔をしながら真しやかに哀悼の意を表して、一通り検分すると足早に征討軍本営に戻って行った。

田原坂は西南戦争において、最も激しい戦闘が行われた場所であり、攻勢であった薩軍が後退に転じる分岐点でもあったが、しかし戦はまだ終わった訳ではない。山鹿方面の薩軍は田原坂が破られたことにより、背後を政府軍に抑えられ挟撃される危険があったため、桐野は山鹿方面軍を後方の鳥栖・田島まで移動させ、田原坂の軍が退却した向坂を中心に鳥栖から三ノ岳までを防衛線とした。

死力を尽くして田原坂を抜いた政府軍であったが、薩軍の北方の防衛線は堅く、以後衝背軍が熊本城との連絡に成功するまで結局突破出来なかった。


「太郎、田原坂が落とされたらしいぞ」

「え。本当ですか」

田原坂での敗戦の報せは延岡隊探偵の鈴木才蔵によりすぐに延岡隊にもたらされた。延岡隊にも熊本北部における戦闘の苛烈さは随時伝えられ、その中でも田原坂での果敢な戦振りは隊員達を鼓舞し、近く政府軍を壊滅させるものと確信させていた。

「九蔵さん本当ですか。誰から聞いたんですか」

「探偵の鈴木さんの報告らしいから間違いじゃないだろう」

延岡隊の本部では大嶋（景保）隊長をはじめ幹部数人が現況を踏まえた上で、今後の部隊の行動について話し合っていた。

「百貫石港の防備の重要性については理解出来るが、南の敵が八代まで迫って来ているのなら、そっちに部隊を移動すべきではないだろうか」

「いや、八代は搖動であるとも考えられる。百貫石が手薄になったところでここを取られては、熊本城攻略が果たせなくなる」

「それならば百姓らを雇って兵隊に見せかければよい。海の上からでは本物かどうかなど分かりはしないだろう」

「それだけの人が集められれば良いのだが」

「せめて我らで半隊分くらいは準備しようじゃないか」

「田原坂が落ちたとなると、むしろ熊本城攻略に兵力を傾注するべきではないだろうか」

「いずれにしろこのままでは出兵した意味がない。隊を割るのは忍びないが、半隊だけでも配置替えしてもらうようこれからお願いしに行こう」

延岡隊の焦慮にも関わらず、薩摩軍本営は延岡隊に移動命令を出すことはなかった。


高千穂の津田新太郎は、太郎と九蔵を見送った後、二人の無事を祈りつつも副戸長としての仕事に忙殺されていた。各戸に課せられた昨年（明治九年）分の税金を一月と二月に分けて、県に納めなければならなかったのである。

地租改正以来、税は金納となり、一月分は納めたが、昨年の米の価格が安かったため、二月分の金がない家が多かった。そこで新太郎は借金の仲介に駆けずり廻り、その結果、何とか納めることが出来たのであった。

駆けずり廻るのは勿論、百姓のためなどではない。金のない家から金品をむしり取る戸長もいない訳ではなかったが、下手に恨みをかって打ち壊しに遭っては割に合わない。現に隣接する大分や熊本では一揆が頻発し、戸長が犠牲になっている。

地租改正と言っても単に負担が増えただけで、しかも地租（国税）以外に民費（地方税）も課せられているので、百姓達は益々疲弊していった。そうして、その怒りの矛先は、当然、身近な戸長、商人、高利貸しに向けられるのである。新太郎はそういった民衆の事情が分かっているだけに、なるべく情け深く振る舞い、尽力しているのであった。

大分県香川真一権令は二月下旬、県内の騒擾を抑えるため、政府に警視隊の派遣を要請した。その警視隊五〇〇人は三月上旬に大分に入って、竹田、阿蘇周辺の警戒に当たっていた。新太郎のところに石崎副区長からの文書が来たのは、そんな折であった。その内容は、

「椎葉山、山陰村で百姓が蜂起する兆候があるとのことで、区内に波及せぬよう監視を怠りなくするように」

さらにまた。

「竹田、阿蘇についても引き続き注意し、その動きを報告すること。また当節巡査欠員につき火急の場合には、小侍・郷足軽（小侍も郷足軽も郷士）を武装させてその任に当たらせるよう万端準備怠りなきように」

など、薩摩軍とは別に、一揆に対する対応もしなければならなかったのである。殊に、新太

郎の五ケ所村は大分・竹田、熊本・阿蘇に隣接しており、他県の火の粉がすぐに飛んで来るような土地であった。

三月二十六日、大分県玉来郡の区長川辺久米蔵の使いの者が新太郎を訪ねて来た。その者が言うには、「川辺区長が新太郎に聞きたいことがあるので、至急お越し願いたい」とのことであった。川辺区長とは普段から懇意にしていたものの、今度は何やら様子が違っていて、何事かと訝しく思いながら新太郎はすぐ玉来に向かった。

区長室に入ると川辺はいつものように新太郎を笑顔で迎えたが、すぐに真顔になり辺りを少し警戒するように顔を近づけて話し始めた。

「大分県に東京の警視隊が来ているのは御存知かな」

「はい、承知しております」

「一揆の鎮圧が主な目的なのですが、その警視隊の隊長が私にこう聞くのです。『高千穂の副区長の石崎と五ケ所村の津田に不審の廉があるが、この二人を知っているか』と」

「不審。不審とはどういうことですか」

「ええ、私も驚き、不審とは一体どのようなことかと尋ねたところ、『石崎と津田は文書で打ち合わせし、士族を集め鉄砲・弾薬を取り扱い、台場を築き、賊軍を引き込んでいる。さらに軍用金を人民から取り立てている』と、そう言って、もし、この通りであるならば捕縛するとまで言っているのです。津田君、悪いことは言わないから、今すぐそんなことはやめなさい」

新太郎は暫し言葉を失った。

「いや、それは全くの誤解です。石崎副区長との文書のやり取りは昨今の状況に鑑み、人民が騒がぬよう何かと手立てを講ずる必要があったからであり、鉄砲・弾薬もまさにそのための用心に準備したまでのことです。台場構築や賊軍の引き込みなどは事実無根。確かに賊軍が領内を通ることはありますが、それは止める手立てがないだけで、引き込んでいる訳では決してありません。軍用金の取り立てについても、とんでもない誤解で、税金の支払いに困っている人民のために、裕福な者から金を借りる算段を取り計らっただけであります」

川辺は新太郎の話を時折頷きながら真剣な眼差しで聞いていた。

「分かりました。それを聞いて安心した。隊長へは、私から説明しておきます。恐らく大丈夫だろうとは思うが、今後とも用心するに越したことはないですぞ」

「ありがとうございます。川辺区長の御厚情には全く感謝の言葉もありません」

新太郎は深く謝し、部屋を出た。全身冷や汗でびっしょりと濡れ、帰りの道も、ふと気付くと家の前まで来ていた。

この頃、日豊肥の道々は、政府軍、警視隊、薩摩軍、党薩隊のそれぞれの探索方、反政府運動家、戦争で儲けようと目論む商人、新聞記者が昼夜を問わず往来し、流言飛語が飛び交っていた。

三月十九日に八代を占領した衝背軍は、二十六日、熊本城までおよそ二三キロメートルの小川まで進攻し、徐々に薩摩軍本営に迫って来ていた。

四　熊本

［三月三十一日〜四月十七日］

三月三十一日、高千穂太郎と那須九蔵が延岡隊と百貫石に来てから一カ月になろうとしていた。よそ者を寄せ付けないかのように冷たかった海の景色が、いつの間にか明るく輝いて見えるようになってきていた。北東の山並から聞こえる谺（こだま）のような砲声は、毎日変わることなく、永遠に続くのではないかと錯覚させた。

海に来て　海風あたる　山の人
　戦は何処　また休みけり

ただ、不気味なのは南の砲声が徐々に近づいて来ていることであった。

黒田清隆参軍率いる衝背軍は、別働第一旅団（司令長官高島鞆之介少将）、別働第二旅団、別働第三旅団（司令長官川路利良少将）で編成され、当初は総勢約四五〇〇人、最も多い時には約七〇〇〇人とも言われる規模となった。対する薩軍は永山弥一郎率いる六個中隊と都城隊（隊長東胤正）の総勢約三〇〇〇人でこれを迎え撃った。

兵の数では衝背軍が圧倒しているものの、全ての兵隊が一度に衝突する訳ではないので、薩軍も局面においては互角以上の戦いをする時もあった。それでも兵力の差は如何ともし難く、海からの艦砲射撃も加わって、三月二十六日には小川、三月三十一日には松橋（熊本城の南、約一八キロメートル）にまで薩軍は衝背軍に進攻されていた。

薩軍は不利な状況を打開するため、鹿児島において新たに徴兵を行った。その任務に当たったのが、別府晋介と辺見十郎太で、三月二十六日に集めた兵で九番、十番大隊を編成し、八代に向けて進発した。総勢約二七〇〇人と言われている。その後も薩摩軍は宮崎を含めた鹿児島県の各地で徴発を行い、随時不足する兵力を補充していった。

このように薩軍が劣勢になりつつある中の三月三十一日、大分県の中津で、増田宗太郎（二八）、後藤純平（二七）らが中心となって、新政党五八人（薩摩軍合流時には七五人になり以後、中津隊と呼称される）が蹶起する。新政党はその結成にあたり「宸襟を悩まし、人民を苦しめ、外夷に阿順して国権を失墜させている賊吏を誅戮する」と、反政府の旗幟を鮮明にするが、当初から薩摩軍に合流する積極的な意志はなく、独立した立場で反政府勢力を大分に拡大しようと目論んでいた。その手始めに中津支庁、警察署などを襲撃するが、大分県庁（府内城）の攻略はならず、やむなくそこから南へ転進して、四月五日、薩摩軍に合流する。

百貫石の延岡隊宿営地には数日おきに延岡の軍務所から物資が届けられる。弾薬をはじめ、食糧、医薬品、生活用品などで、延岡隊員二二〇人分の駐留を支える物品が滞りなく供給されていた。その物資の管理を取り仕切っていたのが、輜重長の近藤長で他の者に任せず自ら搬入物資の確認を行っていた。そして太郎もこの時は物資を荷車から小屋に移す作業をしていた。

「近藤輜重長、今、敵はどれ位いるんですかね」

「数を数えている時に話し掛けるな、分からなくなるだろうが」

「すみません」

「初めに聞いた時は、二万五〇〇〇位という話であったが、今はまた増えてきているようだから、二万七、八〇〇〇位にはなってるかもしれんな」

「そんなに。味方は何人なんですか」

「結構やられているからな、それでも二万位はいるようだぞ」

この時期、薩軍の兵数は二万人を割っており、政府軍は薩軍の約倍の規模となっていた。

「なに戦は兵の数で決まる訳ではない。まあお前に言っても分らんだろうがな。心配するな」

確かに太郎には戦のことは分からない、しかし周囲の状況を見る限り、日々消耗するばかりで何の進展もなく、心配するなと言われてもそれは無理であった。

「作業が終わったら、また釣にでも行ってこい」

作業の合間に沖の軍艦を眺めながら釣をしていると、「一体何をしにここに来たのか」と虚しくなり、溜息ばかりが多くなるのであった。

政府の衝背軍を撃つべく進撃していた別府（晋介）の九番大隊と辺見の十番大隊は、四月六日に八代に進攻し、初めこそ政府軍を圧倒したものの背後に回られ前線が崩壊する。この戦いで別府が左足に重傷を負い、熊本協同隊の宮崎八郎が戦死、一時撤退せざるを得なくなった。それでも九番、十番大隊はその後も粘り強く八代攻略を目指す。

北側で衝背軍と対峙する永山の部隊は、緑川（熊本城から南に約八キロメートル）沿いに、河口から上流の御船まで東西二〇キロメートルに亘る防衛線を敷き、各拠点で政府軍の北上を懸命に食い止めていた。しかし、四月十二日の政府軍の総攻撃で御船の部隊が崩れ、その結果、永山弥一郎は敢え無く自刃する。

永山の死と、南の防衛線の一角が崩れたことに桐野利秋は衝撃を受け、本営を二本木から木山（熊本城の東約一〇キロメートル）に移すよう進言する。ところが西郷隆盛は、「この地を去れば我々への支持も失われる。この地で戦い潔く死のう」と語り、これに同意しなかった。しかしここは薩軍幹部が必死に説得して結局本営を移すこととなる。

この時桐野ら幹部が何を考えていたのかは到底知るべくもない。しかし「自分達が担ぎ上げてここまで連れて来た尊敬し敬愛する西郷先生に対し申し訳ない。何とかしよう。何とかしなければならない。ここで死なせる訳にはいかない」という思いがあったのは想像に難くない。そして西郷もそうした彼らの思いを拒むことは出来なかった。

西郷は体が大きく統率力があり、胆が据わっていて、畏敬の念を抱かせる人物であったため、まさしく大将の器ではあったが、その本性は政治家または哲学者であり、軍人ではなかったように思う。

幕末、薩摩藩士の指導的立場にいたために征討軍を率い、その後も軍隊を指揮することとなるが、それはあくまでも改革の手段として、その立場が有用であったためであり、鹿児島に帰って、猟に出て自然と交わり、また、読書や詩作に耽って、人とはどう生きるべきか、国家とはどうあるべきかを考えながら文化人として過ごした日々。これこそが本来の姿であったのではないか。

しかも西郷はこの年、齢五十、南洲〝翁〟はもはや老人である。九年前自らの指示で江戸城総攻撃を中止させたあの時の熱き血潮はもう流れていない。たとえ流れていたとしても、あの時の自分と同じ世代に今を託すことで過去への贖罪、同志への愛情を表していたのではなかろうか。政治も経済も〝翁〟が蔓延る現代社会において、こうした清廉な生き方を真に理解するのは難しい。


翌四月十四日は未明から戦闘が開始された。桐野は自刃して果てた同い年の盟友永山の代わりに緑川の北岸、川尻で指揮を執って奮戦する。しかし約三倍近い兵力に圧倒されて戦線を維持するのが困難になっていた。

そして、こうした状況の中、遂に百貫石の延岡隊に出陣の命令が下される。

「延岡隊は半隊を割いて、すぐに緑川の河口、弐町口へ救援に向かって下さい」

大嶋隊長は昨日来の戦況から、必ずや出動命令があるものと考えて待機していた。そこへ思った通り命令が告げられたので、すぐさま偵察員を放ち、部隊の準備を整えて大嶋隊長と右半隊一〇〇人は出動した。

「急げ」

まだ日が昇らない暗い中で、隊がほとんど走りながら南下していると、先に放った偵察員がこちらに向かって来た。

「大嶋隊長、弐町口は既に破られました。しかし未だ抗戦中の模様です」

大嶋はそれを聞いて、一刻も早く戦場に向かうべく、さらに速く歩を進める。そこへまた偵察員による報告がもたらされた。

「大嶋隊長、緑川河口の味方は既に退却を始めました」

大嶋は、間に合わなかったことに何とも言えない憤りをおぼえた。

「仕方がない、それでは川尻の救援に向かおう」

そこから東に転進し、権藤神社前まで来ると佐土原隊と高鍋隊の部隊が休止しているところであった。

「延岡隊ですが、緑川河口の堡塁が落とされたようなので、川尻へ向かうところです。貴隊はこれからどちらへ向かわれるのですか」

「我々も川尻へ向かおうと考えて、今状況を視に行かせている所です。偵察が戻るまで暫し待たれた方がよろしいでしょう」

二隊の提案を大嶋隊長は了解し、右半隊をそこで休ませていると夜が白々と明け始めた。道には桜の花弁の吹き溜まりがあり、目の前の耕したばかりの田圃からは土の匂いが漂ってきた。

ふと田圃の奥一〇〇メートル先で何か蠢くものが見えた。何人かの隊員も気付き、三隊はすぐさま散開する。相手もこちらの様子を窺って動かなくなった。三隊は態勢が整うと躊躇せず左右から斉射した。三隊の発砲は田園に轟き花弁が舞い散った。斥候と思われる政府軍の部隊は後退して見えなくなったが、本隊が近づいているのは明らかであり、三隊とも後を追うことはしなかった。

桐野は川尻が墜ちたことにより熊本城を攻囲している部隊が逆に包囲されるのを恐れ、撤退する途中、各隊に木山の本営に集結するよう伝令を放った。しかし戦闘の最中であり、前日に本営を二本木から木山へ移したこともあって、その命令を伝える側も受け取る側も混乱を呈する。

延岡隊右半隊は川尻が墜ちたのを知り、佐土原隊、高鍋隊と共に北上し、一旦二本木の本営を目指した。

百貫石では海岸警備をしていた延岡隊加藤淳監軍に右半隊が出動したとの知らせが入り、加藤監軍は最小限の警備をその場に残して隊員を招集。すぐに左半隊を編成して出動出来るよう待機させた。

勝手に持ち場を離れる訳にはいかないので、薩摩軍の命令が来るのを待っていたが、右半隊出動から四時間が経過しても全く連絡が来なかった。仕方なく二本木の薩摩軍本営に確認に行かせると、幹部は不在で、小隊が一隊、撤収の作業をしており、取り付く島もない状態。とのことであった。

右半隊とも連絡がつかず、再び二本木に人を遣って、桐野大隊長の居場所と撤収した後の行き先を聞きに行かせた。すると、そこは既に、もぬけの殻であったとの報告を受け、加藤監軍と村上景捷半隊長は「これはもう一刻の猶予もない」と考えて、延岡隊も撤収の準備に取り掛かった。

左半隊は間も無く出発の準備が整ったものの、輜重隊は荷物の積み込みがあり、まだ当分時間が掛かる見込みであった。そこで、左半隊が先に木山の本営に向けて出発し、輜重隊は作業が終わり次第後を追うことになった。

左半隊が東に向かって、坪井川沿いに行軍していると、馬を走らせて熊本隊の伝令がやって来た。

「延岡隊ですか。二本木方面は敵が侵攻して来ているので城の西側を山沿いに北上し、出町口の薩摩軍の陣営へ向かって下さい」

そう言って伝令はそのまま馬首を返して行ってしまった。加藤監軍は今の話を輜重隊に伝えるため、隊員を一人百貫石に走らせた。

その頃、延岡隊右半隊が白川まで辿り着くと、堤防の上で薩軍の部隊が休止しているのが見えた。傷を負い疲れ果てて一歩も動けない有様で、何を聞いても要領を得なかった。

大嶋隊長はもはや昼も過ぎている頃合であったため、隊をそこで休ませて、二本木の本営に入ったが、そこは既に無人であった。仕方なく外に出ると丁度伝令で馬を走らせている者が来た。

「撤収です。木山の本営に向かって下さい」

それを聞いた大嶋隊長は隊に戻り、他の二隊と共に東に進路を取ったところ、熊本隊の小隊長に呼び止められた。その小隊長が言うには、

「東の薩摩街道は敵が北上しているので横断するのは無理です。我々は取敢えず北へ進もうと思います」とのことであった。

これを聞いた大嶋隊長と他の二隊の隊長は、一緒に行動するのは反って危険と考えて、ここからは別々の経路をとり、延岡隊は、熊本城の西から迂回（時計回りに）して木山の本営を目指す。警戒しつつ足早に進み、熊本城の南西、万日山の麓まで来たところで、右半隊の状況と今後の行き先を報告するため、隊員を一人、百貫石に派遣した。

因みに、この時政府軍の中で一早く北上し、長六橋まで到達していた部隊が、元会津藩士山川浩中佐率いる別働第二旅団の選抜隊であったことは比較的有名な逸話である。

百貫石では近藤輜重長が残った輜重方と手人を指揮して荷車をかき集め、次々と物資の積み込みを行っていた。

「まったく。戦う前に撤収かよ」

「九蔵さん、駄目ですよそんなこと言っちゃあ」

延岡隊は三月一日に着任し、一度も戦場に出ることなく四十四日目にして撤収しなければならなくなったのである。そして折り悪くこの時、雨が降り出した。

「ああ、やってられないなあ、太郎」

「こら。文句言わずとっとと作業しろ、敵に囲まれるぞ」

近藤も焦っていた。全ての物資を運び出すのはとても出来そうになく、運ぶ手人も不足していた。隊員を近隣の百姓のところに行かせて雇い入れの交渉を行わせたが、危険を感じてなかなか応じる者はいなかった。するとそこへ大嶋隊長の伝言を伝えに隊員が一人戻って来た。

「加藤監軍はどちらにおられますか」

近藤輜重長が加藤監軍の代わりに応じた。

「左半隊は既にここを去った。城の西側を山沿いに北上して出町口の薩摩軍の陣営に向かっている。大嶋隊長と右半隊は無事か」

「はい無事です。右半隊も今、熊本城の西を迂回して木山の本営を目指しています」

「そうか、それは良かった。我々はこれから左半隊の後を追うので、先に行って今の話を加藤監軍に伝えてくれ」

「分かりました」

午後四時を過ぎてもはや猶予もならず、近藤は出発を決断した。熊本城はこの時、山川大佐の選抜隊が入城を果たして歓喜に沸いているところであった。

左半隊と右半隊は、ほぼ同じ経路を通ることになるが、左半隊の方が一時間程先行していた。雨は激しさを増し、日も暮れて見通しが利かず、しかも城の西側は沼のようになっていたので、足を滑らせて行軍は困難を極めた。

二十日程前の三月下旬、桐野は戦闘員を補充するため、熊本隊隊員の献策を聞き入れ、井芹川と坪井川の合流地点を堰き止めた。これにより川は氾濫し、城下の低い土地と西側一帯が冠水。目論み通り、この場所で熊本城の攻囲にあたっていた部隊を別の場所へ配置転換させられた。延岡隊の行軍を苦しめた泥濘はまさにこの時出来たものであった。

加藤清正が城の防御手段として考案した仕組みが、約二七〇年後に使われ、機能したのは驚きであるが、一六一四年の大阪冬の陣でも人為的な洪水による防御がなされたと言われているので、戦国大名が城を造る際に仕組む選択肢の一つであったのかもしれない。しかし、いずれにしても浸水した土地で生活していた住民にとっては迷惑どころではなく、昔も今も民衆はこういった理不尽な仕打ちに只々耐え忍ぶしかなかった。

左半隊が城の北側にある本妙寺に着いた時には夜八時になっていた。寺の山門で小休止していると、右半隊の大嶋隊長が派遣した隊員がやっと追いつき、右半隊も迂回して木山の本営に向かっていることを報告した。

加藤監軍は安心し、双方無事であれば間も無く合流出来るものと考えて、出町口へ向かって行軍を再開した。

右半隊は左半隊のほぼ一時間遅れで行軍を続けていたが、大雨の中、道に迷い、本妙寺から東に進路を取った左半隊とは違い、さらに北上してこの後、城の北方の台地を彷徨うことになる。


その頃、輜重隊は右半隊よりも更に遅れて行軍していた。雨脚は強くなり、車輪が泥に嵌り動かなくなることが度々であった。近藤輜重長が慎重に道を選んでいたが、深い所では脛まで水に浸かりながら進まざるを得なかった。

城の西側に達した頃には日もとっくに暮れて輜重方の隊員が持つ照明だけが頼りであった。その照明を目掛けて城から大砲を撃ち掛けられたが、暗い中、仄かに浮かび上がる照明に狙いが定まる筈もなく、随分と離れた場所で炸裂する音が聞こえた。

「大丈夫だ、当たりはしない」

隊員が怯える雇夫を宥めたり叱ったりしていた。とその時、わりと近くに砲弾が命中し、沼の水が全員の右半身に勢いよくかかった。

「ぎゃあ」

驚いた雇夫数人が荷車を置いてあっと言う間に逃げていなくなってしまった。

「こら、待て。何処へ行く」

「戻って来い」

隊員が付近を探しても見つからなかった。

「もおいい。あいつらは明日わしが家へ行って首を刎ねる」

近藤輜重長の厳然と言い放ったその様子は本当に明日首を刎ねに行くと思われ、残った雇夫はただ黙して決して逃げないことを態度で表していた。

城の砲撃は砲手が飽きたのか、もう寝たのか、長くは続かなかった。

前の荷を引く人もまた　前の荷を
ただ見て進む　ずぶ濡れの道

夜九時、左半隊が出町口の薩摩軍の陣営に着いた。

「いやあ、雨の中誠に御苦労様でした。ここから先はこの者が御案内致しますので、どうぞ御安心下さい」

薩摩軍の小隊長と案内の熊本隊員は図面で何やら打ち合わせをして、すぐに左半隊を促した。熊本隊の隊員は田畑もお構いなしに最短の経路で左半隊を引き連れ、橋を渡り四半時で目的地に着いた。

「ここが貴隊の持ち場です。ここで敵を迎え撃ちますので命令があるまでお待ち下さい」

熊本隊の隊員はそう言って戻って行った。そこは熊本城の東を南北に流れる白川の東岸で明午橋と安巳橋の間であった。迎え撃つと言っても土塁も何も無いので、加藤監軍と村上半隊長は仕方なく、夜明けまでに板や材木、畳などで胸壁を築くよう隊員に命じた。

まだ夜が明けない午前四時、雨は小降りになっていた。輜重隊は出町口の薩摩軍の陣営へ地を這うようにゆっくりと近づき、その前まで来ると誰もが無言で腰を下ろした。

「ちょっとそこで待っておれ」

近藤輜重長が延岡隊の行先を聞きに入っていった。ところがそこにいる隊員に聞いてみても隊の行先は判然としなかった。

「はあ延岡隊ですか。我々は殿の部隊ですので、詳しいことは聞いておりません、保田窪の陣営で聞いて下さい」

まさかここまで一晩掛かって来る部隊がいるとは思いも寄らなかったのであろう、出町口の陣営は左半隊が訪れた時とは様相が一変していた。

「保田窪へはどう行ったらいいのですか」

「東へ行って白川を渡り、また更に東に行ったら保田窪です」

「はあ、分かりました」

近藤が隊へ戻ると、全員腰を下ろしうな垂れていた。

「全員立て。行くぞ」

「近藤輜重長。次は何処へ行くんですか」

「保田窪の薩摩軍の陣だ」

近藤輜重長に促され、全員ゆらゆらと幽霊のように立ち上がり、また荷車を引いて歩き始めた。

夜明け前、周辺が薄っすらと視認出来るようになってきても延岡隊左半隊の陣には右半隊も輜重隊も着陣せず、加藤監軍はさすがに不安になってきた。そこで、隊の指揮を村上半隊長に任せ、出町口まで戻ってみることにした。子飼橋を渡り道に出ると、久本寺の前をみすぼらしい荷車の一隊がこっちに向かって来るのが見えた。

「近藤輜重長」

「ああ、加藤監軍」

「いやあ、近藤輜重長。御無事でなにより」

加藤は近藤と輜重隊を左半隊の陣まで案内し、輜重隊はやっとそこで休むことが出来た。しかし、前線に荷駄を置いておく訳にもいかないので、休憩したのも束の間、輜重隊はまたすぐに木山の本営に向けて出発しなければならなかった。

夜が明けて周りの状況がはっきり確認出来るようになると、白川東岸の陣は思ったよりも開けていて、危険な陣容があらわになった。案の定、午前九時、薩摩軍本営から撤収命令が下り、左半隊は健軍の河野主一郎の麾下に入ることになった。

左半隊と輜重隊が合流した頃、右半隊は未だ城の北東、立田山の南にある小碩橋の袂であった。そこで一旦休み、土地の者に木山迄の道のりを聞き、木山に着いたのは午前九時頃であった。木山では撤収して来た薩軍兵、数千人が至る所で屯集しており、指揮命令系統が混乱していた。そうした状況下で左半隊を探し当てるのは容易ではなかったが、それでも何とか左半隊が健軍にいるという情報を得る。そして翌日、右半隊は漸く左半隊との合流を果たしたのであった。

山川大佐の部隊が四月十四日に熊本城に入城して以降、十五日に黒田清隆参軍、十六日に山縣有朋参軍、十七日に有栖川宮熾仁征討総督が熊本城に入城する。北と南から熊本城を目指して進攻して来た政府軍が遂にここで合流を果たした。

対して熊本城を攻囲していた薩軍は東に移動し、木山を中心に大津、長嶺、保田窪、健軍、御船に布陣して南北二〇キロメートルに及ぶ防衛線を敷いた。

しかしここに西郷の姿はない。これより前の四月十四日には木山を離れ、矢部郷浜町（現上益城郡山都町）に移動していた。

五　転進

［四月十八日〜四月三十日］

戦が始まってから三カ月も経てば、高千穂の住民もある程度は落ち着きを取り戻していた。物の値段が上がっていくのは、ただ諦めながら耐え忍んで、時折り表れる戦の影を不気味に感じつつも、他所事として刺激的な出来事を興味深く聞くのが日常となっていた。しかしその戦も徐々に高千穂に近づいて他所事ではなくなっていくのであった。

四月十六日、五ケ所村副戸長津田新太郎の所に百大区副区長石崎行篤から出頭要請があった。そのため新太郎が区長事務扱所に行くと、そこには高千穂の戸長、副戸長が全員集められていた。

「実は薩摩軍からの依頼があり、熊本で治療していた怪我人を明日から延岡へ移送することになったので、ついては中間地である高千穂で宿と食糧、人夫の手配を願いたいとの申し出である。人数は日に四〇〇人から五〇〇人が来て、総数は約二、五〇〇人である。よって今から小区毎の分担を決める」

新太郎はうんざりした。「いつもこうだ」上が決めたことには否応なく従わざるを得ないが高千穂は貧しい。貧しいのを貧しいと理解していない領民が憐れであり、又もその領民に負担を強いるのが遣る瀬無かった。

分担が決まり新太郎が区長事務扱所を出ようとした時、石崎に呼び止められた。

「上野の高千穂太郎からの手紙だ、延岡隊の人が持って来てくれた。悪いが太郎の家に届けてくれないか」

新太郎は手紙を受け取り、太郎の家に届けた。その手紙を見せてもらうと、そこには故意にそうしてあるのかもしれないが、戦の悲愴感が全くなく、父親の清右衛門が「しっかり御奉公しているのか」と心配する程であった。「釣が上手くなった、魚をさばくのが上手くなった、海の魚は旨いが飽きた」そんな調子の内容であった。新太郎は心配事が一つ減ったような、そんな心持で副戸長の務めをしに五ケ所村へ帰って行った。

二日後の夕方、高千穂清右衛門の家に怪我をした薩摩人が一人泊まることになった。身分の高い人らしく駕籠のまま庭に回り、縁側に下ろした駕籠から用意していた奥の間へそのまま入って行った。厳めしい顔をした従者が閉め切られた襖の前と縁側に控え、中には看護をする女が一人付き添っていて、この従者二人と女も一緒に泊まるらしかった。延岡隊の様子を聞けるかと思っていた清右衛門であったが、その夜は話はおろか、まともにその薩摩人の顔を見ることさえ出来ず、すっかりあてが外れた。

日の出前、普段は炊くこともない米を客人に出すため、スエは早くも準備を始めていた。従者は昨日の夜の酒のせいかまだ寝ている。

二月二十七日の高瀬の戦いで負傷した西郷菊次郎が今まで熊本にいた理由は、父西郷隆盛の傍にいたかったからに他ならない。生まれた時から父子の縁が薄く、父親は偉い人と聞かされて育ち、ずっと畏れを抱いてきた父親と初めて対面を果たした時、想像していた威厳のある人とは違い、その人は大きな目と、大きな手で自分を包み守ってくれる大きな愛情を持った父であった。そんな父の傍にずっといたかった。父を守りたかったのである。しかし本営が山間の浜町になり、それも叶わぬこととなった。菊次郎は切断され失われた右足を見て涙を落とす。

ふと菊次郎は視線を感じて顔を向けた。襖を開けた隙間からこの家の娘がじっとこちらを覗いている。

「あにざん」

従者が気付いた。

「何をしている」

スエは驚いてすぐに駆け寄り、娘の啓を抱きしめて、何度も何度も頭を下げた。

「すみません。この子は耳が聞こえないもので言っても分らないんです。すみません」

「そんなことは関係ない。そこに直れ」

警護役でありながら眠り込んでいたのを誤魔化すように、従者は殊更騒ぎ立てていた。

些末なことではあったが、自分が口を挟まないとその場が収まらないと観念して菊次郎は静かに従者を制した。

「もおいい。やめろ」

菊次郎は国にいる菊草を思い出していた。

高千穂清右衛門宅に宿泊した怪我人とその付き添いは、昼前に延岡に向けて出立した。


四月十五日に熊本城の攻囲と北方の陣地を放棄した薩軍は新たに城の東側に陣を張り体制を整える。大津方面は野村忍介隊と飫肥隊、中津隊。長嶺・保田窪方面は貴島清隊と中島健彦隊、福島隊、高鍋隊。健軍方面は河野主一郎隊と延岡隊。御船方面は坂元仲平隊と人吉隊、熊本隊、熊本協同隊をそれぞれ配置し、総勢約八〇〇〇人であった。

一方政府軍は熊本鎮台、第一旅団、第二旅団、第三旅団（司令長官三浦梧楼少将）、別働第一旅団、別働第二旅団、別働第三旅団、別働第五旅団（司令長官大山巌少将）で総勢約三万人。この兵力を以てすれば、この機会に一気呵成に薩軍を討滅出来る筈であった。しかし、連戦による兵士の疲労、断続的に投入された各部隊の足並みの乱れで、ここにきて一旦攻撃をやめざるを得なくなった。

当初から征討軍に投入されてきた旅団は、苛烈な戦闘の中で多くの犠牲を払ってきた。にも関わらず、後から来た衝背軍に熊本城一番乗りを取られて面白くないと感じている者が多かった。そうした中、衝背軍を率いてきた黒田清隆中将が四月十六日、有栖川宮熾仁征討総督に参軍辞任願を提出する。この一件を山縣有朋参軍の側から見れば、平素からの黒田との関係に思いを巡らし、そこに悪意があると推し量って不快に感じたであろう。結局、黒田中将の参軍辞任は二十二日に認められるが、政府軍が体制を整えるまで四月十五日から四日間を要した。

政府軍が攻撃の手を緩めたことは、薩軍の各隊にとってそれぞれの態勢を整えるのに好都合であった。延岡隊は薩摩軍の河野主一郎、園田武一、高城七之丞と健軍の布陣について協議し、その結果、健軍神社正面を薩摩軍の左翼、その右に延岡隊、さらにその右を薩摩軍の右翼が固め、一時の方向約八〇〇メートル先の京塚に右前衛、一二時の方向約五〇〇メートル先の林に左前衛を配置、前衛には薩摩軍と延岡隊が入ることになった。

延岡隊は薩摩軍と共に、すぐにでも起こりうる政府軍との決戦を前にして急いで塹壕を掘り、堡塁を構築した。政府軍からは時折狙いすましたかのように弾が飛んで来るが、積極的に攻めて来る様子はなかった。この健軍方面で相対する政府軍は熊本鎮台で、参謀長の樺山資紀中佐、参謀の児玉源太郎少佐などが指揮を執っていた。

「なあ太郎、戦ってこんなものなのか。毎日毎日、土掘って盛って、土掘って盛って」

「俺に聞かないで下さいよ」

「そのうちここに城が出来るんじゃないか」

一緒に作業している兵隊から笑いが起こった。

「そうだ、その意気だ頑張れ」

大嶋景保隊長が激励する。そこで作業する兵隊の幾人かは数日後に戦死するが、この時は誰もがそれを意識していないかのようであった。

四月二十日午前六時、突如、政府軍の側から一斉射撃が開始された。明らかに今までの牽制の射撃とは違っていた。政府軍の総攻撃が開始されたのである。河野主一郎は薩摩軍本営の桐野利秋に健軍で戦闘が開始されたことを報告する。桐野のもとには各方面から続々と戦闘開始の報告がもたらされた。

この時健軍方面では、右前衛京塚の堡塁に大嶋隊長、左前衛の堡塁に加藤淳監軍が詰めていた。京塚の堡塁は一番突出した場所であったため集中砲火を浴び、一キロメートル先にある水前寺庭園の築山に据えられた大砲からも狙われた。

砲弾が当たり爆音と同時に土が高く舞い上がる。胸壁が崩れて、露わになった兵士が的となり斃れていった。斃れた兵士の名前を叫ぶ声が聞こえ、「そうか、あいつやられたのか」辛うじてそう思うだけで、何の感情も湧かないまま兵士はまた弾を込めて撃つ。「やめたら、やられる」機械のように繰り返す。戦場にいる敵味方全ての兵士が撃ちまくった。

戦闘開始から三時間が経過し、前衛の堡塁では弾薬が不足してきたため、大嶋隊長が夫卒の原田武三を呼んだ。

「弾薬と銃と水と食糧を持って来い」

すぐに原田は弾丸が飛び交う中、身を屈めて後陣へ走り出した。数十メートル走り、腹這いで数秒息を整え、又数十メートル走る。そして後陣の手前、数メートル先から塹壕に飛び込んだ。

「水くれ」

太郎が渡すと、原田は柄杓を使わず水桶の水をそのまま飲んだ。

「弾薬が足りない、弾薬と銃と水と食糧、すぐ持って来い」

手人が急いでそれらを用意し、荷車に載せた。

「行くぞ」

そう言って原田は飛び出した。太郎と（那須）九蔵も行くしかなかった。原田の真似をしながら後を追った。荷物に弾が当たる音が聞こえた。「長い。全く着かない。辿り着いたとしても、はたして戻れるのだろうか。荷物が重く感じる。やたらと銃撃の音が大きくなってきた」そう思い始めた時、漸く京塚の堡塁に入った。隊員は皆争うように水を飲んだ。塹壕には顔見知りの隊員が死者となって寝かされていた。時折、土が飛んできて死者の顔にかかる。その隣でだらしなく腰掛けている隊員もまたやられたのか、血と泥にまみれていて、どこを負傷しているのかは分からない。ゆっくりと顔を上げる動作で、まだ生きていることだけは分かった。

「太郎か。やられた」

太郎はその隊員に水を飲ませた。

「太郎と九蔵は負傷者と戦死した者を神社に移して、また水を持って来い。銃身が焼けてしょうがない」

大嶋隊長の命令に従って作業をしながら、太郎は九蔵にある気配を感じた。

「隊長、自分はここに残りたいのですが、駄目でしょうか」

九蔵のこの分不相応な申し出に大嶋隊長は眉をひそめつつも、それを了承した。

夫卒の原田はもう既に弾薬を背負って左後方の堡塁に向かって走り出しており、大嶋隊長は九蔵の代わりに別の夫卒を呼んだ。太郎はその夫卒と重傷者を乗せた荷車を引いて、後陣に向かって走り出した。健軍神社まで連れて行けば負傷者は必ず助かると、太郎はそう信じて懸命に走った。

輜重方と手人が幾ら走っても京塚と後陣の神社はあまりにも離れていて、そのため撃ち続ける銃の不具合には対処しきれなかった。銃撃の弱くなった所に政府軍の兵隊が突っ込んで来るのを、什長らが切り捨てて何とか持ち堪えているような状態であった。

そして正午頃、京塚から後陣にかけて展開していた薩摩軍の右翼の一角が崩れ、京塚は背後からも銃撃を受けるようになる。そのため大嶋隊長は、これ以上京塚を支えるのは困難であると判断し、後陣への退却を決断した。

程無くして京塚は奪われ、左前衛の林にある堡塁が集中的に狙われるようになった。それでも加藤監軍以下延岡隊はそこにとどまり続ける。夫卒と共に太郎も弾薬、銃、水を運び続けた。

薩軍の約四倍の兵を有し、正攻法で攻略出来ると見越していた熊本鎮台の児玉少佐らにとって、この薩軍の粘りと猛射は予想外であった。そして樺山大佐が被弾し、離脱するに及んで兵の士気も次第に下がっていった。

午後三時、政府軍の勢いが停滞していると見た河野主一郎は、刀を振りかざして最右翼から一隊を率いて猛然と突撃を敢行した。左の前衛からも果敢に飛び出し、その勢いで京塚奪還が目前にまで迫った。事態を憂慮した児玉少佐は健軍の南に展開していた別働第一旅団に援軍を要請する。これにより間も無く後陣左翼への攻撃が激しくなった。それでも薩摩軍と延岡隊は必至で支え、休みなく撃ち続けた。そしてそれは日が落ちてからも続いた。

午後十二時、健軍では未だ決着がつかない中で、俄に薩軍に撤退の命令が下される。それは現地司令官河野主一郎の判断ではなく、薩摩軍本営から出されたものであった。

この日の午前六時、戦闘開始の知らせを受けた桐野利秋は勇躍して何らかの命令をするため大津方面指令官野村忍介を呼んだ。しかし午前十時、野村が木山の本営に到着するのと時を同じくして御船が陥落し、司令官坂元仲平が戦死したとの報告が入る。御船方面の薩軍は政府軍の別働第一から別働第三までの三個旅団に三方面から攻められ崩壊した。御船の陥落は薩軍全体が南から包囲されることを意味し、この知らせは桐野の意気を挫くのに充分であった。この時、桐野自身も戦って死ぬ決意をしたと言われている。しかしそれを野村ら薩軍幹部が翻意させ全軍撤退が決められたのであった。

健軍の撤退は夜を徹して行われた。怪我人を乗せた荷車を引く者、戦死者を入れたモッコを担ぐ者、皆この有様の意味を考え、答えを見出せぬまま戦場を後にした。

この戦いによる延岡隊の戦死者は一八人、負傷者は二五人で戦死者の幾人かは戦場から連れて帰ることが出来なかった。その中には最前線で物資を運び続けた夫卒の原田武三の遺体もあった。

翌日、木山にも敵が迫り、大嶋隊長は戦闘員六〇人を殿にして、木山の東の河原村に移動した。しかし間もなくそこも危なくなり、旧延岡藩領鞍岡村（高千穂十八カ村の西の村）に向けて移動する。阿蘇の外輪の峠道を進む一隊は花を観ることも鳥の声を聞くこともなくただ歩き続けた。

荷車の人の上にも散る花は
轍に落ちて色も消えゆく

四月二十一日薩摩軍の本営が移された矢部郷浜町では幹部による軍議が行われた。ここで西郷は熊本に戻って戦うことを主張したと言われているが、最終的に決まったのは「人吉を拠点として、薩摩、大隅、日向における勢力を確実にした後、機会をみて攻め上る」という戦争中であることを顧みない仕切り直しとも取れる戦略であった。当初の目的が達成出来ず、敗北が決定的になっても尚、戦をやめられない。やめられない理由はこの後に起こる外国との戦争をみても自明の理である。

薩摩軍はまたこの時、次のように部隊を編制し直して、それぞれの隊に大隊長が任命された。振武隊・中島健彦、行進隊・相良長良、雷撃隊・辺見十郎太、鵬翼隊・淵辺群平、干城隊・阿多壮五郎、常山隊・平野正介、正義隊・河野主一郎、奇兵隊・野村忍介。

以上の八大隊で兵員は約一万人。宮崎を含む鹿児島県下から連れて来た成人男子を新たに加えて、一〇〇人前後の部隊を各大隊に振り分けて編制された。

　これらの薩摩軍本隊とは別に党薩隊として、熊本から熊本隊、熊本協同隊、竜口隊、人吉隊、宮崎から延岡隊、高鍋隊、佐土原隊、都城隊、飫肥隊、福島隊、大分から中津隊の全一一隊が、この後も組織的に薩摩軍と行動を共にした。各党薩隊の規模はまちまちで、およそ一〇〇人から一〇〇〇人の間であった。

　この党薩隊は、結成の経緯、信条、身分など、隊毎に事情は異なってはいたものの、もはや勝利の見込みが薄い薩軍にあって、突き詰めれば〝義〟によって加勢を続けたものと思われる。旧延岡藩の幹部も戦況を憂慮しつつ政府の目を避けながら支援を続ける。しかし薩摩軍の側はこの後もその義に報いることはなかった。


　薩軍の各隊は政府軍の追撃を避けながら、それぞれ峠を越えて本営のある矢部郷浜町に集結した。しかし延岡隊の左右両隊は一旦浜町まで行ったものの、隊員の疲労を考え、約二五キロメートル先の鞍岡村へ戻って休養を取った。

「なあ太郎、七折村の甲斐富二知ってるか」

「あの相撲の強い富二さんですか」

「ああ、この前の戦闘の最中その富二にそっくりな奴が敵の兵隊にいるのを見たんだ」

「高千穂からも何人か徴兵で行ってますからね。それで九蔵さん富二さんを撃ったんですか」

「まさか、知らない奴を撃った」

「そうですか。でも富二さんが生きてたらまた会うかもしれないですね」

「そうしたらまた知らない奴を撃つさ」

党薩隊各隊が想定外の展開に落胆し、或いは戸惑っている中にあっても、太郎と九蔵はそもそも従軍することに意義を感じており、勝とうが負けようが延岡隊に属している以上は、延岡隊に任せるより他はなく、この時点で向後についてあまり真剣に考えることもなかった。

延岡隊は鞍岡から傷病兵を延岡に送り出し、新たな兵員を加えて総勢約二〇〇人で四月二十四日、矢部郷浜町の薩摩軍本営に向かった。そこで大嶋隊長は薩軍の今後の針路を聞き、延岡隊は椎葉を通って江代（えしろ）（人吉の北東約三〇キロメートル・現在は市房ダム湖底）まで行くよう命じられた。この道は幾つかあるが、どれも標高一〇〇〇メートルから一七〇〇メートルの山が連なる九州山地を通り越さねばならない険しい山岳路であった。

四月二十五日午前一時、延岡隊は強雨の中、矢部郷白糸村囲を出立、矢筈岳の山裾から三方山（一五七八メートル）に登り、尾根伝いに高岳（一五六三メートル）を越え、国見岳との中間から耳川源流沿いに下って、午後五時どうにか尾前村に至る。その道程は所々に未だ雪が残っていて、悪路、降雨、低温という悪条件の中での行軍であった。尾前村に着いたものの村には家が八軒しかなく、それも先に着いていた熊本隊で埋まっていた。しかしそれでも詰めてもらうなどして、皆、その日は膝を折って震えて眠った。

二十六日も雨、不土野峠を越えて江代村に至る道程も前日同様険しく、太郎や九蔵のように普段から屋外を裸足同然で作業している者には耐えられたが、薩軍の中でも野性味に乏しい者はこの江代、人吉への行程で凍傷になり足の指を切断せざるを得なくなる者もいた程であった。

そうして漸く着いた江代村であったが、そこには既に薩軍の兵士が充満していて、延岡隊が泊まる所はまたしてもなかった。そこで仕方なく古川村（江代の北約四キロメートル）まで戻って、漸く宿を確保したのであった。

翌二十七日、大嶋隊長が江代へ到着の報告に行くと、桐野はこの日到着したばかりであったが喜んで迎え入れ、各隊の進駐先が決まるまで暫く休んでいるようにと大嶋隊長を労った。

こうして薩軍の各部隊が辛酸を舐めて移動を果たしたのであるが、西郷もまた二十六日に江代より約三〇キロメートル南西にある人吉に到着していた。西郷は二十一日の軍議の後、浜町を発ち、延岡隊が通った経路よりも東側の、鞍岡、椎葉などを通って、五日間かけて人吉に入った。人吉では土手町の永国寺に宿を取って、この後一カ月余りここで猟や読書などをして過ごすことになる。

薩摩軍幹部は人吉での駐屯を年単位で考えていたようであるが、この時代に平家の落武者のような具合には当然いかない。

薩軍が人吉周辺に集結しているその一方で、四月二十七日、川村純義参軍が艦船一三隻の九個大隊を率いて鹿児島を急襲する。薩摩軍側にまともに抵抗出来る兵力は残されておらず、政府軍は間もなく市内を制圧する。そして薩軍派の官吏、警部、巡査などを罷免、或いは拘束し、鹿児島から薩軍派を一掃。これにより鹿児島における薩摩軍の兵站が絶たれる結果となった。

こうした状況に薩摩軍は政府軍の攻撃に備える体制を早急に整える必要に迫られ、江代で軍議を開いた。そして、二十一日に編成した部隊について、部隊毎の進攻、防衛地域を次の通り決定する。その際、新たに破竹隊を加え、その大隊長に河野主一郎を任命。河野が大隊長であった正義隊の大隊長を高城七之丞とする改編を行った。

鹿児島方面	振武隊	二六中隊
	行進隊	一八中隊
鹿児島大口方面	雷撃隊	一三中隊
熊本人吉方面	鵬翼隊	六中隊
熊本江代方面	正義隊	九中隊
	干城隊	九中隊
宮崎加久藤方面	常山隊	八中隊
宮崎小林方面	破竹隊	六中隊
豊後方面	奇兵隊	二二中隊

ここで豊後方面の野村奇兵隊に二割近くもの兵力を割いているのは三州蟠踞策と齟齬を来たしているようにも思えるが、野村は出兵前から豊後進出を主張してきており、西郷もこれを強く支持したため、薩摩軍幹部も守りだけでなく攻めで何とか活路を見出そうと考えたのかもし

れない。しかしそれにはもはや、機を逸しており、兵の数も充分ではない。

　薩軍が人吉へ撤退して代わりに政府軍が伸展したことで、百大区は想定外の対応を迫られ、ここ数日、区長らは何度か対応策を協議した。高千穂では一部の住民が「明日にでも政府軍が攻めて来て、家が焼き払われる」と心配して家財を持ち出すなどしており、そうした最中、三田井の区長事務扱所にまたも戸長、副戸長が集められた。

　区長事務扱所に入った津田新太郎は、自分も含め戸長達もまた落ち着かない様子でいるのをあらためて感じた。相木常謙区長も心なしか浮足立っているように思えた。

「七日前の熊本の会戦において西郷先生の軍が武運拙く敗れ、我が延岡隊も多くの兵を失ったのは先日話した通りであるが、西郷先生が御健在でいるうちは完全に負けた訳ではないのは皆さんもお分かりと思う。現在、兵力を整え反転攻勢に出る機会を窺っていると聞いているが、一方政府軍の方でも追撃の手を緩めていないと見えて、ここにいる秋山（祐就）君（鞍岡村戸長）と羽生（小源太）君（三ケ所村副戸長）の報告では、政府軍が既に馬見原に出張って来ていて、敗残兵などの探索を行っているとのことである」

　相木区長の報告に不安に駆られた元延岡藩士の戸長らが発言した。

「区長、今この百大区には政府軍に対抗する武器も兵力もありません。ここにいればただ捕縛され首を討たれるだけではありませんか」

「まさか即刻斬首ということもあるまいが、薩摩軍に荷担している以上、返答如何によってはただでは済まないのは明白であろう」

「それでは百大区の勝手で不都合な返答をするよりも一刻も早く延岡に戻り、延岡の方達と方針を決めて一致した行動を採る方がよいのではないでしょうか」

百大区高千穂十八カ村の戸長、副戸長の内、一三人が元延岡藩士で占められており、その任官地は入れ替わりも頻繁にあるため、生活の拠点をわざわざ高千穂に移す者はなく、そのまま延岡かその周辺に家を構えていた。

そして高千穂出身の五人は、旧岩戸村庄屋の戸長・土持信吉が二等官で最上席、他には下野村副戸長の新名甫三郎、上野村副戸長の田崎英作、桑野内村副戸長の後藤兵吾、そして五ケ所村副戸長の津田新太郎であり、この四人は四等官であった。

戸長らの話を聞き相木区長がやおら念頭の考えを打ち明けた。

「実は石崎副区長とも少し話したのだが、私もそう思っているところなのだ。先の会戦で延岡隊士一八人が命を落とした。同じ延岡の者として我々も郷土のために尽くさなければならないと思う。そのためには一旦延岡に帰り延岡と合同でこの難局に当たりたいと考えるがどうであろうか」

何かこのまま高千穂が見捨てられて高千穂出身の五人以外全て延岡に帰ってしまいそうな雰囲気に新太郎は焦った。そう感じたのは岩戸村戸長の土持も同じであった。

「少し待って頂けないでしょうか。貴方がたの話にはこの百大区高千穂のことが一向に出て来ないが、貴方がたが延岡に帰ってしまったら高千穂の人民はどうしたらよいのでしょう」

「誠に心苦しいのだが、我々が戻って来るか或いは別の区長が来る迄五人の戸長、副戸長で協力して何とか処理して頂けないだろうか」

「もう明日にでも政府軍が攻めて来るというこの状況でそれはあまりにも無責任な言われようではありますまいか」

新太郎もまさに土持と同じ気持ちであった。非常時にいない区長など何の価値もないとさえ思った。

「土持殿の言われるのも尤もなれど、今は延岡ひいては日本国にとって大変差し迫った状況なのです。高千穂のことも大事ではありますが我々は延岡の士族として成すべきことを成したいのです。それを是非とも分かって頂きたい」

新太郎はふと、この人達は逃げようとしているのではないかとあらぬ疑いを抱いた。

「お気持ちは分からない訳ではありません、区長や戸長である前に元延岡藩士であるという貴方がたのことも理解しておるつもりです。それでも尚今我々が成すべきは高千穂の人民の保護以外にないのではありますまいか。何故なら我々はこの戦のために権威を笠に着て半ば強制的に義務でもない金や労力を人民から搾取してきたのです。その責めを負う義務がある。そうではありませんか」

「搾取などは命じておらぬ。飽くまでも高千穂人民が出来得る範囲での援助であったと理解している。土持殿だけが無理強いしたのではあるまいか」

ここにいるおおかたの者がこの発言に疑念或いは悔悟の念を抱き視線を落とした。

「いやいや、そうではない。私は齢六十三、高千穂で生まれてここのことは、ここにいる誰よりも知っている。高千穂の人民は皆日々困窮し、あのような援助が本来なら出来得るはずがないのです。その人民の労苦を当然のこととして一顧だにしないのは上に立つ者の道からいささか外れていると言わざるを得ませんな」

場の雰囲気が一瞬にして険悪になり、元延岡藩士の戸長が立ち上がった。

「何、言わせておけば延岡藩士に対して無礼ではないか」

「いやいや申し訳ございません。貴方様のお怒りは御尤もです。いささか言い過ぎました。貴方がたが元延岡藩士として御立派な方々であるのは私も存じております。であれば私共が高千穂を思う気持ちもどうか分かって頂きたいのです」

「区長、早く行きましょう。このような話し合いは時間の無駄です」

元延岡藩士達が怒りを口実に一斉に出立しそうな様子になった。

「いいえ帰す訳には参りません。甫三郎、村人を道に立たせて区長達を帰さんように番をさせろ」

「はい」

下野村副戸長の新名甫三郎が席を立ち一応土持の言う通りにする素振りで出口に行きかけた時、副区長の石崎が制した。

「まあまあ待って下さい。内輪で揉めている場合ではないでしょう。先程まで私も延岡に帰るつもりでおりましたが、今この状態でただ闇雲に帰ったところで何の役にもたたないばかりか、逃げ帰って来たと思われるやもしれません。ですので、相手の出方を見極めてからの方がよいのではないでしょうか」

甫三郎は土持の方を見て目で了解を得てから席に戻った。

「それはそうかもしれぬ、ならば我々はひとまずここに残るとして、秋山君は鞍岡の戸長役場に戻って政府軍の出方を探ってきてくれたまえ」

「えっ。今私が帰っても単に捕らえられるだけで何の意味もないどころか無駄死も同然ではないですか」

「いやいやそんなことはない。果敢に前線に出て討ち死したも同然で、まさに武士の本懐とも言える死に様で無駄死などでは決してない」

延岡に戻る案が撤回された様子に高千穂出身の五人は安堵した。

「そうだろうか。いやしかし元より命を惜しんで言うのではないが、捕縛され尋問された際、私は今までのことを巧く説明する自信がない。最悪の場合には高千穂の人民の生命にも関わりかねない。ここは区長か副区長に同道して頂き、直に説明されるのがよろしいかと思います。私はもし叶うのならば、その結果をお知らせしにまた戻って来るというのではどうでしょう」

「よろしい、それでは石崎副区長、君、秋山君に付き添って行ってきてくれたまえ」

「えっ、いやここは相木区長でなければならないでしょう。今秋山君がいみじくも言ったように、高千穂の生き死が関わっている訳ですから最も重い役の者が行くべきでしょう」

「いやいや石崎君それは違う。君ならば充分任務を遂行出来る能力があるし、仮に何らかの仕損じあったとしても、私が後ろに控えていればこそ挽回出来るというものではないか」

「そうはおっしゃいますが挽回する猶予があるとは到底思われません、失敗は許されないと考えるべきで、やはりここは相木区長が行くべきです」

「石崎君、私は先程の士持殿の話を聞いて、ここを離れる訳にはいかんと考えを改めたのだよ」

話し合いは夜を徹して行われた。

新太郎は話を聞きながら太郎と九蔵は今頃どうしているかと思わずにはいられなかった。

落人に　峠の嵐今過ぎて
　壊れた草鞋　里の早蕨

「九蔵さん、これどうでしょう」

「俺には分らないよ。落人っていうのはいかにも惨めじゃないか」

「まあそういう所は多少大袈裟に言った方が良いじゃないですか」

太郎と九蔵は球磨川の畔、湯之前町岩野村で休養を取っていた。

四月三十日、結局、第百大区は明確な方針を決められぬまま、相木区長は鹿児島県令（この時は仁礼景範海軍大佐が県令心得）の呼び出しに応じて高千穂を離れる。そして江代では野村忍介率いる奇兵隊約二五〇〇人が豊後方面へ向けて進軍を開始した。

六　高千穂派遣隊

［五月一日〜五月十九日］

「政府へ尋問の筋有之」という当初の目的が絶望的となった薩摩軍であったが、三州蟠踞を掲げて、飽く迄その志を貫かんと不屈の戦闘を続ける。しかし、いつしかそれは戦闘の継続そのものが目的へと変容し、薩隅日豊四州の各地と高千穂は戦乱に巻き込まれていく。

政府軍は密偵の探索によって、薩軍が人吉周辺に集結しつつあるという情報を掴むが、薩軍の部隊の殆どが九州山地の僻村に入り込んでいて捕捉しきれず、対応に苦慮していた。そうした状況の中で、ある参謀が「九州の南方に兵力を傾注すれば、薩軍は（その反対の）北方の日向と肥後の境に侵出してくるはずである」と主張したため、山縣有朋参軍はこの意見を聞き入れ、南方へ進攻しながら北方の馬見原へは熊本鎮台歩兵第十三連隊の約二〇〇〇人を派遣した。

一方薩軍は、奇兵隊による豊後進出の拠点となる延岡の防衛と、政府軍による南からの豊後進入を阻止するために、高千穂の地を押さえておく必要があった。こうした両軍の思惑によって進出した部隊同士が、この後衝突し、高千穂は戦場と化していく。

薩軍は当初、奇兵十六番隊（隊長小浜半之丞）と正義五番隊（隊長松岡清助）の二中隊を高千穂へ派遣するが、間もなく、政府軍が馬見原に進出して来ているとの報告が入り、先の二中隊だけでは不充分と考えて、正義六番隊（隊長肥後壮之助）、正義七番隊（隊長橋本諒助）、中津隊（隊長増田宗太郎）そして延岡隊を加えて総勢約五〇〇人の高千穂派遣隊を編成する。そしてこの部隊の現地の司令官は正義隊大隊長の高城七之丞が務めることになった。

中津隊は、四月五日に薩摩軍に合流した後は野村忍介麾下で奮戦し、〝先陣ほぎ〟の勇名を馳せていた。本来であれば野村の奇兵隊と共に豊後攻略に向かいたいところであったが、桐野利秋から出された命令は高千穂防衛であった。中津隊の中にはこの命令に対し、不満を口にする者もいたが、増田はそれを「一度決まったからには規律を乱すようなことは言ってはならない。まずは眼前の敵を倒してから豊後進出を考えようではないか」と諫めたという。

桐野から高千穂防衛の指令を受けた延岡隊は五月一日午後四時、逗留していた湯之前町岩野村から三田井に向けて雨の中、行軍を開始した。しかしこの日は出発した時間が遅かったため、あまり進めず、五日前と同じ古川に泊まる。次の日は、江代山の北側の峠を東に抜けて椎葉に入り、小崎川の上流から川沿いに下って桑弓野でこの日の進軍を終えた。

延岡隊が高千穂へ向けて行軍していた頃、第百大区の相木常謙区長は、鹿児島県令（五月二日に新県令岩村通俊が着任）の召喚に応じて県庁に向かっていた。しかしその途中で薩摩軍が鹿児島に進入したとの報に接して逡巡し、結局、召喚を無視してそこから延岡に引き返し、進退窮まって臥せってしまった。

そして五月三日、相木区長が不在の区長事務扱所に政府軍の士官が訪ねて来た。

松村勇少尉（元十津川郷士）は部下八人を連れているとはいえ、まかり間違えば命がないのを覚悟していた。政府軍の密偵によれば高千穂が薩軍に荷担しているのは明らかであり、数十人の兵が潜伏しているとの情報も入ってきていた。しかし馬見原に陣を構えるに当たって隣接する高千穂がどういう姿勢でいるのか確かめておく必要があり、少尉の松村が遣わされたのであった。

区長事務扱所では相木区長の代わりに、副区長の石崎行篤が居合わせた戸長と共に松村の尋問に応じることになった。石崎は遂に来るものが来たと覚悟を決めて接見するが、その士官は自分より一回り以上年下に見える若者であった。制服を着て厳めしいが何も臆することはないと、石崎は延岡藩士としての気概が湧いてくるのを感じた。

挨拶を交わしたその将校は意外な程落ち着き払い、気負った猛々しさは感じられず、年長者に対する礼儀も弁えていた。そしておもむろに聴取を始めた。

「ここ百大区では薩摩の軍に協力するため、募兵、募金などが行われていると聞いたのですが、それは事実でしょうか」

「そのようなことはありません。ただ人民の中には西郷先生に心酔する者がおり、その者らが勝手に従軍や献金をしていると聞き及んでいますが、確かなことは分かりません」

「何」

隣にいた兵士が気色ばんだのを、松村は軽く右手を挙げて制してから質問を続けた。

「そうですか。募兵募金については厳に慎んで頂くよう今後ともお願いします。それから熊本の敗残兵を此方で匿っているなどということはありませんか」

実はこの時高千穂には敗残兵はいなかったが、延岡隊の大嶋景保隊長の要請で、延岡から来た土工兵二〇人が分宿していた。

「そういうこともありません。ただ高千穂を通過する負傷兵を一時的に手当てしたり、護送を手伝わされたりしましたが、それはやむを得ない事情と御理解頂きたい」

「そうですか。そういった事情でしたら分かりました」

その後松村は、人民の動向や食糧、物資の備蓄、流通状況などの事務的な事項を訊ねた。松村にとっては先の質問で既に百大区の姿勢について把握出来たので、ひとまずは充分であった。

「百大区は自分に虚偽の回答をして、官軍に対する反逆の意志は明白であるが、自分を殺害する程までには確固たるものではない」そう松村は判断した。

「今日のところはこれで帰ります。お忙しいところありがとうございました。あと官軍は家に火を付けると言う者がいるそうですが、戦闘の邪魔にならない限り、むやみにそんなことは致しませんので、人民に安心するよう言い聞かせて下さい。それでは二、三日後にまた来ます」

そう言って松村は区長事務扱所を後にした。高千穂の景色は懐かしい故郷の十津川を思い起こさせ、「なるべくならここが戦場にならないでほしい」そう松村は願いながら馬見原へ戻って行った。しかし翌日の五月四日、馬見原に第十三連隊が到着し、それから間もなく松村の所属する第三旅団は九州南部の戦線に移動したので、松村が再び高千穂へ行くことはなかった。

五月三日延岡隊は、桑弓野から耳川沿いに谷を下り、十根川に出てからは川沿いに上流を目指し、鳥の霧山の麓の仲塔で早めの宿を取った。

五月四日は夜明け前に出発、十根川に沿って谷の奥へと進んで行くと中崎の集落に達し、そこから峠を越して三ケ所村の尾原に入った。峠を越す前から降り出した雨は徐々に雨足が強くなってきていた。尾原には中津隊の隊員が待ち構えており「馬見原の政府軍がすぐにでも進攻して来る様子があるので至急来て頂きたい」との伝令を携えていた。この時、胡麻山（馬見原の南約一七キロメートル）を拠点に警戒、探索に当たっていた小浜隊（奇兵十六番）と、松岡隊（正義五番）は未だ進軍中であり、中津隊一隊が三ケ所村の宮野原にあって、そこから約一・五キロメートル先の広木野に胸壁を構築しているところであった。

伝令を受け取った延岡隊は早速、宮野原へ向けて行軍を再開した。宮野原まであと四キロメートルの坂本において、再び中津隊からの要請があり、延岡隊は疲労困憊でありながらも出来る限り急ぎ、夕刻になってやっと宮野原に到着した。

政府軍が連隊本部を置いている馬見原から東に二キロメートル、熊本と高千穂の境に鏡山（九一七メートル）があり、その山は頂上に立てば、ほぼ全方位開けていて、高千穂方面の薩軍を牽制するには最適な場所であった。政府軍はこの鏡山と半径二キロメートル圏内にある高台三〇カ所以上に台場を構築、熊本への侵入を完全に阻止する態勢を整えつつあった。そうした中で第三旅団の部隊と第十三連隊の交替が行われたため、その慌ただしい動きから宮野原の中津隊は敵の進攻が目前であると考えたのであった。

結局この日は政府軍による進攻はなく、高千穂派遣隊の司令官である高城七之丞は不在であったが、宮野原に到着した小浜隊（奇兵十六番隊）、松岡隊（正義五番隊）と中津隊、延岡隊の四隊の隊長で、今後の策について協議した。危急の問題としては明日にでも攻めて来ると思われる政府軍への対策であり、ひとまず三田井に通じる肥後街道筋と峠の要所に堡塁、台場を築くことで一致した。そして翌日から早速、周辺の住民を使役して、それらの構築に取り掛かった。

政府軍の襲撃を警戒しながらの作業であったが、一通り完成するまで政府軍に目立った動きは見られなかった。この頃政府軍は薩摩軍本営のある人吉や肥薩の境に兵力を集中し、北部は防衛に徹していて積極的な軍事行動を控えていた。そのため高千穂派遣隊の四隊は比較的円滑に作業を行うことが出来たのであった。

堡塁が出来てからも政府軍に動きは見られず、差し当たり侵入はないと判断した四隊は、中津隊の増田宗太郎を隊長として数十人を現地に残し、他の者は当初の予定通り三田井に移動した。この時、高千穂太郎と那須九蔵は三ケ所村での残留を希望したところ、引き続き堡塁の整備と、中津隊の嚮導をするということで延岡隊に許可された。

三田井の区長事務扱所では、副区長の石崎をはじめ戸長らが薩軍の進入に戸惑いつつ、それでも延岡隊は同郷の士であり、労い歓迎し、改めて戦死者を悼まない訳にはいかなかった。たとえ今回の出兵の正当性が揺らいでいたとしても、命を懸けて戦った者達を前にすれば、その道理を説く前に情が現れるのが人間である。

しかし三田井の住民にとっては迷惑でしかない。突然、薄汚い大勢の兵隊が次から次にやって来れば、すぐに戦か掠奪が始まると思うのが当然で、家財を持ち出して急いで避難を始めた。延岡隊は、そうした住民の収拾にもあたり、藩政時代やそれ以降に高千穂に赴任していた隊員らが率先して宥和に務め、その結果、住民も疑心暗鬼ながら次第に落ち着きを取り戻していった。

三田井に移動した三隊の隊長はそこで住民から政府軍の様子を聴取し、「政府軍は高森（熊本県阿蘇郡高森町）に進駐して来ており、そこから時折高千穂領内に来る」との情報を得た。これを受けて、薩軍は三田井の北側、下野村との境界にある高地に、堡塁と台場を築き、その東西約四キロメートルの範囲に、防衛線を敷くこととした。そしてこの作業を中心となって取り仕切ったのが、延岡から呼び寄せた土工兵であった。

こうして着々と防備を整える間に、肥後隊（正義六番）と、橋本隊（正義七番）も到着し、兵力が増強されていった。尚この時、正義五番隊の隊長であった松岡清助が江代へ召還され、代わりに久永重喜が着任している。

高千穂派遣隊のこれらの行動は、日肥国境に駐留する第十三連隊に危機感を抱かせた。現地で指揮する参謀長の堀江芳介中佐は、馬見原の武器庫を御船に移して兵隊の数を増やし、また「高森に侵出する気配あり」の報を受けては、高森方面の街道筋に兵を割いて守備に向かわせた。さらには、谷干城少将を介して増援の申請をするが、これについては山縣参軍に聞き入れられなかった。この時点で、馬見原駐留の政府軍と高千穂派遣隊の兵の数は政府軍が多いものの、そう大きな差はなかったと思われる。

延岡では、岩村新県令の布告を受けて一応恭順の姿勢を示すため、弾薬製造所などは閉鎖していたが、五月十日前後から野村忍介率いる奇兵隊が続々と延岡に入ってきて、豊後進出の兵站基地とすべく軍事行動に有用な物を徴用し始めた。こうした行為を延岡の幹部が咎められる訳もなく、奇兵隊への協力を余儀なくされていった。そして延岡の住民の中には、賊軍であると告知されても旧来の封建社会に懐古の念を抱き、士族平民に関わらず、進んで薩軍に協力する者が少なからずいたのも確かである。

奇兵隊は五月十二日には早くも行動を開始して、大分県の重岡にある佐伯警察署の分署を襲撃。翌日には竹田の警察署、裁判所、役所を襲撃して竹田を占領する。大分の香川真一権令は驚愕し、政府に派兵の要請を打電した。

高千穂方面では、馬見原の政府軍の守備が比較的手薄であると薩軍の本営が見定め、桐野はこれを攻撃の好機と捉えて高千穂派遣隊に馬見原攻撃の命令を下した。

命令を受けた高千穂駐留の各隊の隊長は早速協議し、現地の状況を分析した結果、「馬見原の政府軍の兵力は侮れず、この際全兵力をもって当たらなければ到底勝利は見込めない」ということで見解が一致した。そこで翌五月十二日、三田井に駐留している全部隊が三ケ所村に移動した。

三ケ所村に集結した各隊の隊長は宮野原で軍議を開き、各隊の配置及び、攻撃目標を話し合い、「今夜半の十四日午前一時に行動を起こし、夜明けとともに攻撃を開始する」ということに決した。

各隊それぞれの作戦は、小浜隊、橋本隊、中津隊の三隊が、肥後街道沿いに進行し、鏡山の北の岩神、境の松まで来たところで一部はそこから南下して鏡山を攻撃。久永隊が鏡山の東正面に進入し、そこから鏡山を登攀して攻撃。肥後隊が鏡山の南の笠部峠まで進行し、そこから稜線に沿って鏡山を攻撃。延岡隊が肥後隊と笠部峠まで進行した後、さらに北西に進んで鏡山の背後の陣を攻撃。そうして各隊が政府軍の堡塁を打ち破って鏡山を落とした後、馬見原に突入するというものであった。

馬見原を制するにはまず鏡山の攻略が不可欠であり、各隊が思惑通りに進撃出来れば四方からの攻撃となって最善の策であったが、後方へ進入する延岡隊については、中入りの危険な任務となった。尚、手人である太郎と九蔵はこの攻撃には加えられず、宮野原での警戒と監視の任務を申し付けられた。

午前一時作戦が開始された。敵の堡塁の位置はおおよその場所が判っていたので、薩軍は夜陰に紛れて慎重に潜入し、堡塁の近くまで来たところで突入するのに有利な場所に数人の兵を配置し、また先に進んだ。

辺りが少しずつ白んできても、いつまでもぼやけている霧の濃い朝であった。そこに一発の銃声が鳴り、それを合図に間髪を容れず雷のように銃声が鳴り響いた。堡塁を襲撃する隊員は銃を使わず白刃で切り込み、政府軍の兵隊は何事かと考えている間に切り殺されていった。

薩軍の奇襲は成功した。狙いを付けていた堡塁をことごとく落とし、そのまま勢いに任せて進撃すると、幾つかの堡塁は守備兵が逃げて放棄されていた。鏡山については、さすがに抵抗があったものの程なくして攻略し、守備兵は馬見原方面に向けて退却した。しかし政府軍の守備隊形も徐々に整ってゆき、薩軍は強固になった守りを突き崩すのが困難になってきた。

馬見原の連隊本部まであと約一キロメートルの所で時刻はすでに午前九時を過ぎ、作戦開始から八時間を経過して薩軍兵には疲労による戦闘力の低下がみられるようになってきていた。奇襲を行って鏡山周辺を攻略した部隊が、さらに馬見原を攻略するというのは、さすがに荷が勝ちすぎていた。

延岡隊も戦闘開始と共に順調に政府軍の堡塁を攻略していった。左右の半隊に分けて警戒しつつ進むつもりが、右半隊の方がかなり先行する隊形となった。それでも右半隊は構わず進み、道が途切れる原尾野付近で五ケ瀬川に架かる橋を渡った。橋の長さは約三〇メートル、川面からの高さは約一〇メートル。渡るとまた道が続き馬見原の連隊本部まであと約一キロメートルに迫った。とその時、川の前方の曲がり目にある林と丘から一斉に銃撃を受けた。わずかの間に数人が倒された。左は崖、右は川で攻撃態勢がとれず、各々が何とか回避する場所を見つけてひとまずそこに留まり、この状況を打開するべく考えを巡らせていた。
右半隊の危急に左半隊も救援しようとするが、川に沿って縦に進軍しているため、こちらも前方の敵に対し有効な射撃が出来ない。政府軍の猛射によって右半隊は進むことも戻って橋を渡ることも出来ず、ただその場で耐えるしかなくなっていた。

正午前から雨が降り出し、薩軍の戦闘力はさらに低下した。正面からの攻撃では到底突破出来ないと覚った中津隊の増田隊長は、迂回して敵の側面を衝くべく作戦を練り、街道筋で戦闘している小浜、橋本の両隊長に「作戦の手筈を申し合わせたい」と呼び掛けた。

薩軍が鏡山で戦闘を行っているちょうどその頃、高千穂派遣隊の司令官である高城七之丞が数人の部下と共に、漸く三田井に到着した。ところが三田井に着いてみると兵がほとんどおらず、聞けば皆三ケ所村へ移動したということであった。「三田井の防衛を疎かにして全軍で移動するとは、何事かあったのだろうか」と憮然としつつ、そのまま三ケ所村の宮野原へ移動した。するとそこにも兵はおらず、いるのは人夫ばかりで無警戒といってもいい状態であった。そこで高城は怒り心頭に発し、戦闘の最中であるのを慮ることもなく、各隊の隊長をすぐに呼び戻すよう部下に命じた。
高城が怒るのも無理はない。もしこの時、熊本鎮台が高森方面に配備している部隊を三田井に進軍させれば、いとも簡単に三田井は占領されていたのである。しかし政府軍は薩軍の進攻によって馬見原が落とされる一歩手前まできており、そういった状況で、熊本鎮台に部隊を展開させる余裕などなくなっていたのも事実であった。

高城の怒りに接した部下は色を失い、すぐに馬見原方面の戦地に向かった。街道の周辺で戦闘を展開している小浜隊、橋本隊、中津隊の三隊の隊長は打ち合わせの最中であったのですぐに捉まり、各隊長に宮野原に戻るよう要請した。三人の隊長は、「この重要な局面で宮野原に戻るなど論外」と、にべもなく拒否した。隊長を連れ帰らねば高城に怒られるのは必定であり、あの怒りの矛先が自分に向けられるのを危惧した高城の部下は声を荒らげて上官の命令であることを殊更強調し、断固たる姿勢で三人の隊長に詰め寄った。その結果三人の隊長は不承不承宮野原に戻ることを承知した。

呼び戻された三人の隊長は一様に不機嫌であった。その様子を見て高城は隊長達をやにわに叱責するようなことはせずに、まずは労をねぎらい、三田井が無防備であるのは如何にも不都合であるので一中隊を戻すよう要請した。これに対し小浜はすぐさま不服を言い立てた。小浜は高城より三歳年長であり、そうした事情が多少反発する要因になったのかもしれない。

「何かと思えばそんなことを言うために我々を呼び戻したのか。我々は大事な戦の最中なのだ、そんなことは戦が終わってからでもいいではないか。さあ戻りましょう」

小浜が橋本、増田の両隊長を促して席を立ちかけた。

「そんなこととは何だ。三田井の防衛は我々に課せられた重要な任務なのだ。それを蔑ろにするとはどういう料簡(りょうけん)なのか」

小浜と高城の険悪な様子に増田が割って入った。

「勿論我々も三田井防衛の重要性については承知しております。しかし馬見原攻略については桐野司令の命令であり、それを実行するには、ここにいる部隊全軍で当たらなければ到底達成し得ないとの結論に至ったのです。現に今、馬見原の敵を掃討する一歩手前で攻めあぐねている状況なのです」

「それならば増援を願い出てから決行すればよかったではないか」

これを聞いた小浜は焦燥に駆られた様子で二人の隊長にもはや問答無用である素振りをした。

「戦には勝機の機というものがあって何かを待ってからでは遅い時があるのだ。そんなことも分らぬのか」

そう言って小浜が出て行ったので、橋本と増田も後に続いた。

高城は刀を抜き払い奇声を上げて傍の柱に切りつけた。


延岡隊の左半隊は敵を追い払うには迂回して前方に攻撃を加える外はないと考えて右の丘を登り始めた。するとそこへも別の政府軍の部隊が来て攻撃を始め、先に進めなくなった。敵は益々増強され、「薩摩の部隊はいったい何をしているのか」と怪訝に思いつつ何とか迎撃する。対岸の右半隊は後方から銃撃を受けるに至って、とうとう持ち堪えられなくなり、隊員は散り散りになって逃げはじめた。左半隊も包囲される恐れが出てきて、やむなく大嶋隊長は退却を命じる。しかしもはや、部隊を統率するのは難しい状態で、中には川に下りて上流へ行く者、山に駆け上り行方を眩ます者など、各々がこの場から離脱するので精一杯となっていた。

小浜、橋本、増田の三人は戦場に戻った。しかしこの時、時間は午後四時を過ぎており、兵士は消耗して士気は益々低下し、これから馬見原への進撃など到底不可能に思えた。この様子を見て小浜が撤退を提言すると、他の二人の隊長もそれに合意し、直ちに全部隊に伝達された。

この日の戦闘でどの部隊も数人の死傷者があったが、延岡隊は他の隊よりも多く、五人の隊員が戦死してそのうえ怪我人も多かった。一方の政府軍は薩軍より多く、二〇人が戦死している。

高城は三ケ所村の坂本で帰還した隊員を労った。特に多くの死傷者を出した延岡隊には慇懃な態度で接した。

小浜は、「馬見原攻略が成し得なかったのは高城が戦闘の途中で我々を呼び出したからだ」と憤懣やるかたない様子であったが、その実、あのまま戦闘を続けていれば必ず馬見原を攻略出来たという確証もなかった。高城がいない間事実上派遣隊の司令官として各隊を取り纏め、実行した作戦が結果として不首尾に終わった。その自身の不甲斐なさを感じてはいたが、それでもやはりあともう一息であったという無念さを拭い去ることが出来なかったのである。

高城は江代の本営に報告するため、各隊から戦闘の有様を聴取した後、今後の対策について取り決めた。高城としては高千穂派遣隊の主たる任務である延岡の防衛と、豊後方面へ進出している奇兵隊の援護は、無理に馬見原を攻略しなくとも三ケ所村と三田井村を守り抜けば充分達成出来ると考えていた。そこで小浜隊、久永隊、延岡隊を三田井村に、橋本隊、肥後隊、中津隊を三ケ所村にそれぞれ配置して警戒に当たらせた。

一方政府軍の側では竹田、馬見原における薩軍の積極的な軍事行動は衝撃をもって受け止められ、殊に薩軍による豊後進攻と竹田陥落は全く予期していなかっただけに本営を慌てさせた。対応を迫られた山縣は、熊本鎮台に第十三連隊の二個大隊を竹田に派遣するよう命じて、指揮官として野津道貫大佐（野津鎮雄少将の弟）を任命した。そうして手薄になった馬見原には、第十四連隊の三個大隊を熊本の矢部町から移動させ、一時の手当を行った。その後は野津少将率いる第一旅団が豊後及び、高千穂の北部戦線に投入され、高千穂派遣隊は今後、主にこの第一旅団の部隊と相対するようになる。

三田井に戻った小浜隊、久永隊、延岡隊の三隊は早速周辺の警戒探索を行い、それと同時に先日から構築し始めている堡塁と台場の整備に改めて取りかかった。土工兵を中心に一般の兵士も加わり、周辺住民もほとんど無償同然で使役して工事が行なわれていった。

イナは延岡隊が三田井に戻って来たと聞くや、矢も楯もたまらず、かるい（高千穂で使われる竹で編んだ籠）に農作物やら何やらを詰め込んで、取敢えず三田井の区長事務扱所に行ってみることにした。しかし途中で薩摩軍の隊員と思しき兵士に延岡隊の場所を尋ねてみると、果たして、そこから十町程先の葛原の峠に陣を構えていると教えられた。慇懃に礼を言い、そのまま歩を進めるものの、何やら不意に自分がみっともないことをしているような気持ちに取り付かれてしまった。次第に足が重たくなってきて「やっぱりやめて帰ろうか」そうした考えが頭をもたげた時、「違う。私は単に延岡隊のお力添えをしようと思っているだけなのだ」そう思い直し、それからはもう何も考えないようにして、目に映る物を「見えている」と思うだけにした。

延岡隊の堡塁で警戒に当たっていた隊員が、何やら百姓風の者がずんずんこっちに向かって来るのを捉えた。女の恰好のようであるが女にしては大きく力強かった。政府軍の探索かもしれないと思ったが、それにしては白昼堂々としすぎていた。

「おい、そこの者止まれ。おい、聞こえないのか、止まれ」

何事かと隊員が集まり出し、「怪しいやつだ撃ってしまえ」という者まで出てきた。そんな中、什長の何某が「弾の無駄だ」と言って白刃を煌めかせながら駆け下り、切っ先をその者の鼻面に差し翳した。

「おい、何者だ」

突然目の前に突き付けられた刀を見てイナは腰をぬかした。どもりながらも、「高千穂太郎の身内みたいなもので決して怪しい者ではない」という説明をして転がり落ちた芋やら乾物やらを拾い集め、籠の中の物と一緒に什長に渡して太郎の居場所を尋ねた。什長は些か訝しげな目を向けながらイナをそこで待たせ、どこかへ行ってしまった。

今の隊員が太郎を呼びに行ってくれたのは疑いようもなく、イナは今更ながら太郎に会って何を言ったらいいのか分からなくなり、「ああ来るんじゃなかった」と何度も呟いた。上の方から何やら笑い声が聞こえたので太郎が来たのかと思ったが、何人かの隊員がこっちを見て陰口を言い合っているだけであった。イナは居た堪れなくなり、「もう帰ろうか」と思った時、さっきの隊員が一人で戻って来て太郎の居場所をイナに伝えた。

畑仕事をしていたスエはすぐにイナに気付いたが、何やらこちらに来る様子でありながら力なく俯いているので、なかなか声を掛けられずにいた。

「イナちゃんこんにちは、どうかしたの」

「ああ、おばさん、こんにちは、太郎さんですけど、延岡隊の方達とは別になって三ケ所にいるそうですよ」

「え、ああそうなの、わざわざありがとう」

「それじゃ」

イナはそれだけ言うと空のかるいを背負って帰っていった。太郎が三ケ所にいることは五ケ所村の津田新太郎から聞いて知っていたが、イナが太郎のことを気に掛けているのがスエには少し意外であった。

この日延岡隊の一部の隊員の間ではイナが太郎の女房ではないかと一時話題になった。

また別の日。高千穂太郎の父清右衛門と母スエは家の前の田圃の代掻きをしていた。昨年の代掻きは太郎と雇人がしていたが、太郎も雇人もいない今年はスエが牛を引き、清右衛門が馬鍬を入れていた。この年はどこの農家も天候不順と人出不足の影響で作業がはかばかしくなかったが、土地を持っている小前百姓は税金を納めなくてはならないので、収穫しないことには立ち行かなくなる恐れがあった。その一方で土地を持たない小作人の多くは、農作業もなおざりに割のいい政府軍の軍夫として出稼ぎに行き現金収入を得ていた。平軍夫で運送の仕事なら一日五〇銭。これはこの時点における東京の人足のおよそ倍の報酬であった。

「おい、こら。ここの家の者か」

家の前から何やら呼ぶ男がおり清右衛門が見ると、兵隊と思しき男が三人、立って手招きをしている。数日前から三田井に駐屯している薩摩軍の兵士であるとすぐに察しが付いた。刀を差してはいるが、別段危害を加えられる恐れはなさそうに見えた。

「はい。左様でございます」

清右衛門とスエは作業をやめ、三人の方へ行きかけた。

「ケイはおらぬか、ケイを出せ」

そう言いながら三人のうち二人が家の敷地へ入って行った。途端に清右衛門とスエに恐怖が襲って来た。啓がさっきまで座っていた畔を見ると果たしてまだそこに座っておりスエは慌てて啓の所へ行った。

「娘の啓に何か御用でしょうか。啓はまだ子供ですし唖ですので堪忍して下さい」

清右衛門は田圃の中で何度も頭を下げた。

「はあ、子供なんぞに用はない。鶏じゃ」

「おうい、いたぞ」

家から出て来た二人は手に鶏をぶら提げていた。

「これは貰って行くぞ、代金だ受け取れ」

清右衛門はこの時初めて、薩摩人がニワトリのことをケイと呼ぶのを知った。

「それを持って行かれては卵が取れなくなりますので二羽か、せめて一羽だけでも置いて行って下さい」

「そうはいかぬ。何なら代わりに子供の方のケイを貰おうか」

薩摩兵の不敵な笑いが辺りに響いた。

「ほら早く受け取れ」

薩摩兵は清右衛門が差し出した手の上に代金を置き、もと来た道を帰って行った。意気揚々と両手に鶏をぶら提げた二人の薩摩兵を見送り、清右衛門は両の手のひらを見るとそこには一銭銅貨が四枚乗せられていた。

「太郎はああいう人達と一緒にいるんですかねえ」

スエの言葉に込めた心配は清右衛門が思っていることと同じであった。

奇兵隊が占領した竹田では五月十九日、竹田士族堀田政一（三三）や豊岡太郎（二五、島田数馬から改名）らにより「竹田報国隊」が結成された。堀田政一らは、薩摩軍が挙兵した頃から参戦を模索していたが、今まで実現には至っていなかった。忸怩たる思いでいたところ、折よく奇兵隊の竹田進攻があり、この機に乗じて蹶起を画策。奇兵隊の呼び掛けに応じる形で隊を結成したのであった。

その加入に応じた約六〇〇人を、一番から四番の四個小隊に編成し、隊長にはそれぞれ一番隊豊岡太郎、二番隊井上恰、三番隊堀田政一、四番隊中川濤太郎を任命し、隊長の下に半隊長、分隊長を置いた。またこれらの小隊とは別に砲兵隊も編成され、輜重や給養などの支援体制も整えられた。

竹田報国隊はその後、事実上の総指揮官であった堀田政一が奇兵隊の本営に役付きとして入ったため、奇兵隊の一部隊として組み込まれる。

こうして政府軍にとっては北部の戦線もまた、容易ならざる事態になっていくのであった。

七　三田井　［五月二十日～五月二十九日］

薩隅日豊四州と人吉に戦線が拡大する状況に、政府軍は人海戦術で対処して、それ以上の拡大を押しとどめる。そしてその後は戦線を収束させるべく、次第に攻勢を強めていくのであった。

高千穂の青い空と緑の山は、その色を益々濃くして、わずかな田圃に苗を植える時節となっていた。

竹田の奪還を託された第二旅団参謀長野津道貫大佐は周辺の状況を視察した結果、どうにも忽(ゆるが)せに出来ない懸案が発生したため、その処置を第一旅団と熊本鎮台に依頼した。その懸案と言うのが則ち三田井(みたい)を占拠している薩軍の存在であった。「旅団本部が置かれている馬見原から物資を竹田方面に送る際、その道筋の中間である野尻辺りで輜重を襲撃されようものなら、兵站が断たれて竹田の早期奪回が難しくなる」と、野津は上申したのであった。

これを受けて五月二十日、第一旅団と熊本鎮台は協議し、三田井の薩軍は早期に掃討すべきであるとの結論に至って総攻撃を二十五日に決行すると取り決めた。
この三田井の攻略は、まさに竹田に派遣した部隊の兵站を維持するための戦いであり、後の外国との戦争において兵站を疎かにした悪弊はこの時点では存在していなかった。そしてその作戦は総攻撃の前日、二十四日未明に三ケ所方面から開始された。

馬見原の政府軍は十日前の鏡山の戦いの仕返しとばかりに、夜陰に紛れて粛々と三ケ所に拠る薩軍の陣地を目指して東へと進軍していた。肥後街道へは第一旅団の川崎宗則少佐が一個中隊と砲兵一分隊を率いて進み、右翼の広木野、宮野原方面へは第一旅団の水野勝毅大尉が三個中隊で進み、そして左翼の高畑、赤谷、八重所方面へは熊本鎮台の青山朗少佐が四個中隊で進行していた。そうして最終的にこの日は津花峠（三田井の西約九キロメートル）まで進撃する目論見であった。

前日まで念入りに薩軍の陣地を偵察し、当日は奇襲で一気に方を付けるつもりであったが、その念入りな偵察が裏目に出た。中津隊の増田宗太郎は頻繁に偵察に来る政府軍の兵士を捕らえて内情を聞き出そうと、この日網を張っていたのである。偵察の兵士が来るのを想定していた捕獲隊は思いがけず大軍に遭遇し動揺するも、政府軍の進撃を味方に知らせるため一斉に発砲し、すぐさまその場を離れて隊へ戻った。

斯くして政府軍は配置に着く前に薩軍に察知され、その目論見を外されてしまったのである。

暗闇の中、出し抜けに発砲され一時算を乱すも、次の銃撃がなかったために間もなく落ち着きを取り戻し、隊列を回復した。それでも敵が確認出来ない以上無闇に動く訳にもいかず、明るくなるまで留まらざるを得なくなった。

政府軍進撃の報せを受けて中津隊と正義七番隊（隊長橋本諒助）、は、邀撃体制を取って待ち構えた。街道を挟んでおよそ二キロメートルの範囲にある丘陵には至る所に堡塁が築かれ、三田井への進入を阻んでいた。広木野方面の橋本隊は、水野大尉の右翼隊に当たり、街道とその北側を守備する中津隊は、川崎少佐の中央隊と、青山少佐の左翼隊に相対する。

政府軍は辺りが視認出来るようになって漸く進軍を開始し、午前七時半、津花峠の西約一・五キロメートルの薩軍防衛線で戦闘が開始された。殊に街道の南にある小高い男山と広木野の攻撃は激しかった。それでも中津隊と橋本隊は崩れずに陣を守った。

正面から突き崩すのは困難であると判断した青山少佐は、一隊を北にある室野岳のさらに北側を迂回させ、薩軍を背後から攻撃するように命じた。薩軍の最右翼はこの迂回隊に突き破られ、間もなく広木野の橋本隊は背後を脅かされ始めた。窮地に陥った橋本隊であったが、坂本にいた正義六番隊（隊長肥後壮之助）がこの時救援に駆け付け、迂回隊を撃退したため橋本隊は危うく崩壊を免れた。

昼になっても攻略出来ない政府軍は進軍の一番の障害となっている男山の陣に攻撃を絞り砲兵隊による砲撃を行った。しかしこれは地の利が悪く有効な攻撃が行えない。そこで再び室野岳方面から迂回して男山の側面に回った。

多方から攻撃を受けると寡兵の薩軍はどうしても分が悪くなるが、遊軍として効果的な働きを見せていた肥後隊がこの時も援護に回り、男山の陣は意気を取り戻す。そこで増田隊長は政府軍が男山の周囲に展開するのに使っている峠道を遮断するため、室野岳に一隊を派遣した。

室野岳に到達した一隊は高所から峠道の政府軍を攻撃して、狙い通り進入を阻止する。狭隘の地に拠る政府軍は人数を掛けられず、徐々に後退を余儀なくされ、午後四時半、戦闘をやめ馬見原に引き返した。

この日の戦闘では両軍共に数人の死傷者を出したものの戦力は維持されていた。三ケ所攻略を託された政府軍の部隊は当初の目的を遂げられなかったが、三田井攻略の本隊は別の部隊であるので、この日は無理な攻撃はせずに引き返したのであった。そしてその本隊の七個中隊は阿蘇の南麓を回り、田原村（三田井薩軍陣地の北西約五キロメートル）に集結していた。


三田井に駐屯する薩軍は突貫工事で北の高地の堡塁を完成させ、東の浅ケ部方面に正義五番隊（隊長久永重喜）、中央の小坂方面に奇兵十六番隊（隊長小浜半之丞）、西の葛原方面に延岡隊をそれぞれ配置して防衛に当たっていた。これに対し三田井攻略を指揮する第一旅団の長谷川好道中佐は中央の小坂峠の攻撃に五個中隊を投入して一気に壊滅させる作戦であった。

二十五日午前三時、政府軍は進軍を開始した。昨日の三ケ所の攻略が失敗に終わったことは既に報告を受けていた。これにより、敵を背後から脅かす部隊は当然なくなった訳であるが、それでも兵力は薩軍を圧倒しており、勝ちを疑う余地はなかった。辺りがまだ暗い中で山の稜線だけが浮かび上がる。あの峰を越えれば三田井であった。

　まだ明け遣らぬ暗い寝床でスエははっきりと目が覚めた。隣の寝床の清右衛門は既に上半身を起こしており、スエが目覚めたのに気付いてゆっくりと振り向き「ここにいろ。わしが見てくる」そう言って部屋を出て行った。

　清右衛門が戸の隙間から外の様子を窺うと前の通りを兵隊の影が次々と三田井の方へ進んで行くのが見えた。ふと「(息子の)太郎がいるのではないか」と思ったが、薄っすらと見えるその兵士達の殆どが帽子を被っており、程なく官軍の隊列であるのが分かった。

「何ですか」

　起きて来たスエの声は辛うじて清右衛門に届いた。

「官軍の兵隊が三田井に向かっている。西郷軍と戦になるかもしれん。ここは大丈夫だと思うが、念のため麻小屋(麻を精製したりする小屋)に行く用意をしておきなさい」

　スエは頷き、そそくさと支度を始めた。


　探索方の情報によって政府軍の侵攻が間近であるのを察知していた薩軍の三隊は早めの朝飯をとって戦闘に備えていた。堡塁に拠る隊員の銃口は悉く眼下の隘路に向けられ、獲物を待つ猟師の如く、研ぎ澄まされた緊張感が薩軍の陣を覆っていた。

　そして午前九時、両陣から殆ど同時に発せられた銃声と喊声で戦闘が開始された。銃声は谺し、すぐに耳が効かなくなる。それすら気付かず迫りくる敵に向けて銃を撃ち続けた。

高千穂家では朝飯も食べ終わり、一応避難の準備も整ったところで、いつものように農作業に出るべきかと迷っていたその時、大砲の音が数発続けざまに鳴った。「始まったか」少し間をおいてまた大砲の音がした。外に出て音のする方を見てみるが、大砲や鉄砲の音は聞こえるものの状況は知る由もない。向こうの家でも同じように突っ立って三田井の方を眺めているのが見えた。

「わしは家に残るからお前は啓を連れて麻小屋に行ってなさい」

戦場からは離れているが、西郷軍が官軍を討ち負かし、追い討ちでこっちに雪崩込んで来ることも考えられた。清右衛門に言われた通りスエは啓を連れて裏山にある麻小屋に避難した。「昨日の三ケ所方面での戦では西郷軍が勝ったらしいが、太郎はどうしているのだろうか」スエはもういい加減太郎に帰って来て貰いたい心持ちであった。

東の久永隊と西の延岡隊は倍程の敵を地の利を活かして何とか防いでいたが、十倍はあろうかと思われる大軍を相手にする小浜隊は徐々に圧倒され始めた。

政府軍は薩軍の猛射によって容易に堡塁に取り付けずにいた。それでも少ない隙を衝いて回り込み、午後一時半までに小坂峠の五カ所ある堡塁のうち三カ所までを奪い取った。残りの堡塁ももはや時間の問題と思われた。

小坂峠の一部が抜かれ延岡隊の守る葛原の背後にも政府軍が進入してきた。大嶋景保隊長は小浜隊の苦境を知り、什隊二隊を小浜隊に送った。残り二カ所となった小浜隊の堡塁は延岡隊の援兵を得て辛うじて崩壊を免れた。

間もなく落とせると思われた堡塁が意外な程頑強であるのに政府軍は焦りを覚え、兵数の強みを活かすべくまとまった部隊を迂回させ、敵の背後から一気に攻める作戦を企てた。そのためにはここの土地に明るい者が必要であったが、付近の住民は悉く消え去っていてなかなか適当な者が見つからない。隊の中に誰かいないかと話しが伝わり、第十三連隊所属の佐藤清三郎が名乗りを上げた。

田原村から陸軍の歩兵として徴兵された清三郎は熊本鎮台に配属され、この戦闘にも従軍していた。そして偶然この付近にも詳しかったので嚮導するのには適任であった。薩軍の陣地すら見えず方向さえ分からない山道を清三郎は迷いなく進み、午後五時前、小浜隊の背面を望める小坂峠の南側へ一隊を導いた。

三つの堡塁を奪われた小浜隊であったが、残存の隊員と延岡隊員とで、侵入を試みる政府軍の方向に絶え間なく発砲し、陣地を堅守していた。「このまま踏ん張れば何とか守り切れる」そう思われた矢先、突然大部隊が背後から猛射してきた。瞬く間に数人が斃され、小浜隊は壊滅。散り散りになって逃げる隊員を政府軍は容赦なく撃ち斃した。

中央の小坂峠が抜かれたことで東の久永隊、西の延岡隊も陣を保てなくなり、山を下って退却した。その後、政府軍に追い討ちを仕掛けてくる様子は見られず、高地の陣地に留まったままでいるので、大嶋隊長は部隊をまとめ、他の隊との連絡を図った。小浜隊は雲散霧消で連絡が取れなかったが、久永隊とは何とか連絡が付き、間もなく合流することが出来た。

久永は、「小浜隊が壊滅し高地を政府軍に押さえられた現状を勘案すると、これから三田井に防御陣地を構築することは出来ないので、ひとまず東側の七折村に移動して部隊の収拾を図るべきである」と主張した。大嶋隊長も同意見であり、坂本にいる高千穂派遣隊の司令官高城七之丞に報告するため隊員を派遣して、久永隊と高千穂往還を東へ撤退した。

この日三ケ所の陣も昨日に引き続き政府軍の攻撃を受けた。薩軍は昨晩、夜を徹して各堡塁を修復すると共に、政府軍に迂回を許した室野岳方面の守備を強化し、出来る限りの態勢で政府軍を待ち構えた。昼前になって案の定、昨日と同じ馬見原の政府軍が攻めて来たものの昨日程激しい攻撃はしてこなかった。薩軍では何か計略があるのではないかと警戒していたが、日暮れ前には何事もなく引き上げてしまった。

政府軍にとってこの日の三ケ所攻めは多分に牽制の意味合いが強く、三ケ所の薩軍が三田井に援軍に行くのを防ぐ意図を持った攻撃であり、無理をして兵を損ねるべき戦闘ではなかったのである。


清右衛門は砲声が鳴りやんでから半時程様子を窺っていたが、戦を続けている様子がなかったので麻小屋にいるスエと啓を迎えに行った。そして二人を連れて戻る途中、何やら家が騒がしいのに気が付いた。

「隠れていろ」

兵隊に家が乗っ取られているのは明らかであった。

「すみません、これは一体どうしたことでしょうか」

庭では既に勝ち戦の酒盛りが行われている様子であり、暗くて何人いるのか分からなかったが、ざっと三〇人位はいそうであった。

「ここの家の者か。悪いが今晩この家を我が隊の宿舎として借り受けたい。代金は後日改めて渡すことになるがよいか」

「駄目だ」と言える状況でも立場でもなかった。

「はいそれは勿論。こんなむさ苦しい場所でよければお使い下さい」

第八連隊第二大隊第二中隊の小隊長佐々木少尉試補と名乗ったこの士官は、服装こそ汚れていて清右衛門が以前見たことのある飾りの付いた軍服とはかけ離れていたが、秀麗で清々しい好男子で、清右衛門は本心から家のみすぼらしさを申し訳なく思った。

「他の人はどうしたのですか」

「女房と子供は今、ちょっと出ております」

「そうですか。我々が貴方がたに危害を加えるようなことは決してありませんし、無理な要求もしないので安心して呼び戻してください」

清右衛門は考えていることが見透かされたような気がして多少きまりの悪い思いをしながらスエと啓を呼び戻した。啓は見たこともない大勢の兵隊が家を占拠している様子にただ訳も分らず怯えていた。

「ほう、中々可愛らしい娘じゃないか。すまんが一晩厄介になるぞ」

啓はスエにしがみつき顔をこわばらせていた。

「すみません、この娘は唖ですので何にも分からないんです」

「そうか。唖かそいつは気の毒だな、男子はおらんのか」

「ええ、はい」

官軍を前にして息子は西郷軍に従軍しているとはとても言えなかった。

その夜、清右衛門一家は奥の部屋で寝ることが出来たが、別の家では兵隊に全て乗っ取られて仕方なく牛小屋で寝た一家もあったと、清右衛門は後で聞いた。


久永隊と延岡隊の使者が三ケ所村の坂本にいる高城七之丞の所に到着したのはその日の夜であった。三田井陥落を知った高城は使者を睨み付け、歯噛みしながら拳を膝に打ち付けていたが、敗戦のこと実は変えようもなく、本営に報告の使者を送り、橋本隊、肥後隊、中津隊の各隊長を坂本に招集した。集まった三人の隊長も一様に悔しさを表していたが半ば諦めにも似た感情がその場に漂い、高城が、「三田井が落ちた今、三ケ所に留まる意味は左程ないばかりか、馬見原と三田井の政府軍に挟撃される危険がある。この際南東の七ツ山村に後退した方が良い」と提案し、三人の隊長もそれに同意した。

小浜半之丞が岩戸神社に散り散りになった隊員を呼び集めると、戦闘に堪え得る者は一〇人余、死傷者三〇人以上の壊滅状態であった。久永隊と延岡隊の様子も気がかりであったが、それも間も無く七折村に撤退したことが分かり、小浜隊もその後を追った。

七折村の中央を北から南に流れる日之影川は高千穂往還の辺りで五ケ瀬川に合流し、五ケ瀬川はここから南東に蛇行しながら四〇キロメートル以上流れ下り、やがて日向灘に達する。街道を分断する川を掘と見做せば、ここは延岡への進軍を阻止するのに然るべき場所であった。

この日の三田井の戦闘における政府軍の戦死者は一人、負傷者は五人と記録されている。そして功労のあった佐藤清三郎は戦後勲八等に叙せられ、終身年金三十六円が与えられた。

翌朝スエが起きて支度をしようと土間へ行くと、もう既に一人の兵卒が飯を炊いていた。

「ああ。借りているぞ、すまないがあんたらの分は後にしてくれないか」

「はい、それはもう私らの分などはどうにでもなりますので、何かお手伝いいたしましょうか」

「そうだな。それでは飯炊きを頼む」

そう言ってこの兵卒は手際よく味噌汁を作り始めた。火を吹きつつ久しぶりに嗅ぐお米の炊けるいい匂いがスエの胃を刺激した。

朝飯が出来上がると兵達は、恐ろしく多い蝿がたかって来るのに辟易しながらそそくさと食べ始めた。そして瞬く間に平らげてしまうと先程の兵卒がスエに後片付けを依頼してきた。渡された釜の底にはまだお焦げが付いている。恐らく貰っていい物であるとは思ったが、それを訊くのは何だか卑しく惨めな感じがした。それでも勝手に貰って罰せられる方がもっと惨めであるとスエは思った。

「あのお」

「いいですよ」

「え」

「あんたが言おうとしていることなら分かってる。自分も百姓出でね。初めは勿体なくて俺らも食ってたが、いつの間にやら贅沢になっちまった」

　そう言ってその兵卒は自嘲気味な微笑を浮かべて出て行った。


　三田井での敗戦の翌日、昼頃になって漸く小浜隊は日之影川の東岸の中村に辿り着いた。先に到着していた久永隊と延岡隊に労われるも休む間もなく防御陣地を整える必要があった。小浜隊の戦闘要員はこの時僅か一〇人余ともはや中隊としての態を成していなかったが、延岡から奇兵二十一番隊堀国治と元七番大隊一番小隊長坂本敬介が援軍を率いて来たため、部隊を編制し、各隊の守備範囲を取り決めた。

　その概略は、日之影川の東岸に二隊を配置し、左翼の中村から竹の原を小浜隊、右翼の楠原から大菅を延岡隊が受け持ち、川の西岸の宮水を久永隊、高千穂往還を挟んで久永隊の反対側の大楠に援軍で来た堀・坂本隊を配置する。というものであった。

　この援軍は延岡の奇兵隊本営が高千穂派遣隊の危急を救うため急遽派遣した部隊であったが、結局三田井での戦闘には間に合わず、七折まで撤退して来た部隊と合流する。もしこの援軍が間に合っていれば薩軍の三田井守備隊は、あと数日持ち堪えることが出来たかもしれない。ただ、数日伸びるということは、この西南戦争において勝敗が決して以降、ほとんどが無益であった。勝敗が決したのはいつなのか、大義名分もなく出兵した時点で勝敗は決していたのか、或いはよく言われる田原坂の陥落なのか、何れにしてもこの戦争は日々日本の、人的、物的、経済的損失が増えていく虚しい戦に変わりはなかった。

一方三ケ所方面では、橋本隊、肥後隊、中津隊の三隊が未明から七ツ山村へ撤退したため、馬見原の政府軍は難なくここを通過して三田井への連絡路を確保した。政府軍にとって三田井攻略を早期に為し得たことは竹田を攻略する上でも好都合であった。今後は高千穂進出を果たした部隊の中から、熊本鎮台の部隊を割いて竹田方面への投入が可能になったのである。

こうして着々と体制を整えていく官軍の中にあって高千穂家に宿泊した佐々木少尉試補の小隊は、一旦出立したものの、昼過ぎになってまた舞い戻り、「配置が決まるまであと数日宿泊したい」と言ってまたも高千穂家に逗留を決め込んだ。

大勢は決したとは言えまだまだ終わりの見えない戦の最中五月二十六日のこの日、維新三傑の一人木戸孝允が西南戦争の形勢を憂慮しつつ京都で死去した。

この頃豊後方面では政府軍側の軍備が整っていない隙を衝いて、奇兵隊大隊長の野村忍介が指揮する豊後派遣隊が有利に戦闘を進めていた。しかし有利ではあったものの野村も奇兵隊監軍の飫肥の小倉処平も総じて後方の延岡などで指揮を執っていたため、前線では部隊長の一存で行動することがあり、一貫した戦略を欠いていた。緒戦で豊後南部を占領した後は、県庁のある大分や佐伯方面へ場当たり的に進軍し、その結果一進一退で攻略出来ず、未だ勢力圏を広げるまでには至っていなかった。

また一方の政府軍も、薩軍が豊後進駐の拠点としている竹田攻略を第一の目標に掲げて戦力を傾注するも、苦戦を強いられていた。

政府軍は、第十三連隊の二個大隊と、主に東北地方の巡査で組織され、五月二十二日に大分に到着したばかりの警視徴募隊と、そして後方任務で働く熊本有志隊を投入して竹田中心部への進入を試みていたが、地理を熟知している竹田報国隊と奇兵隊とに悉くそれを阻まれていた。

二十六日以降は、銃器で劣る薩軍が抜刀隊を組織して夜間の斬り込みを仕掛け、これにより政府軍は一夜に五〇人前後の死傷者を出すこともあった。特に二十七日は、まだ実戦慣れしていない警視徴募隊が薩軍の偽計で挟撃され、鏡と七里峠一帯の戦闘で戦死者七八人、負傷者一〇〇人余の無残な敗北を喫する。

政府軍の銃器が薩軍のそれと比べて優っていたのは事実であるが、絶対的に優位とまでは言えず、政府軍はこの後も「兵の損失を兵の投入で手当する」消耗戦をせざるを得ないのであった。

ここで、政府軍に与した熊本有志隊について少し触れると、熊本有志隊は四月二十六日頃、薩摩軍の横暴に対して熊本の住民の憤懣が高まった情勢の中で結成された。隊長は紫藤寛治で主に後方支援を担って終戦まで働き、戦後は褒美が与えられたとのことである。

薩摩軍に荷担して戦闘に加わった党薩隊に比べて、政府軍に組織的に与した部隊についてはあまり知られていないのではなかろうか。西郷隆盛の信望が厚い九州にあって、数こそ少ないものの熊本有志隊以外には、南郷有志隊、臼杵勤王隊、そして元は薩軍で降伏後政府軍に従軍した破竹二番隊や人吉隊など、数隊があった。

徴兵制を推進している山縣有朋にとってみれば、正規兵以外の従軍は制度に齟齬を来たしかねず、あまり好ましい状態ではなかったが、それだけ切羽詰まっていたということなのかもしれない。

平時の兵隊とはこんなにもだらしないものなのかとスエは半ば呆れていた。食事以外することもなく、武器の手入れをしている者もいるが、終わればまたごろごろと横になるばかりであった。汚れた衣類を洗ったり、幾らでもすることはあるだろうと思いながらスエが「洗濯しましょうか」と申し出たところ。「余計なお世話だ」と言い返されてしまった。聞けば二週間程前に支給された夏衣は明るく綺麗で目立つため、各人がわざと汚く染めていたのであった。他の者より綺麗であることは他の者より早く死ぬという強迫観念を抱かせていた。それならばせめて下帯か晒でも言うと、隊長の佐々木は喜んで持って来た。「武人たる者の嗜みを怠るところでした」などと大袈裟なことを言い、シャボンという四角い塊も一緒によこした。

夜は夜で家の者は草鞋を編んだりするけれど、兵隊は相変わらず寝てばかりいた。士官の佐々木は流石にそういう訳でもなかったが、時間を持て余していることに変わりはなかった。

「おや、この娘草鞋が編めるのか」

以前佐々木が見た唖は何か虚ろで抜け殻のような人間であったが、改めて見ればこの娘の見た目は他の女児と何ら変わらず、草鞋まで編めるのが思い掛けず興味を引いた。

「言っても分からないものですから見様見真似で、まだ全然履ける代物じゃないんです」

「そうか、それじゃあ俺が教えてやろう」

佐々木はいい暇潰し程度に考えて申し出たのであったが、聴こえないと分かっていながらも言っていることが通じないもどかしさや、手振りで教える難しさを感じつつ、何とか手伝って一組完成させた。

「あにざん」

「ん、今この唖の娘何か言ったか。『あにさん』と言わなかったか。俺は兄さんじゃないが、お前、兄さんがいるのか」

佐々木が怪訝そうに眉間に皺を寄せたので、清右衛門は居た堪れなくなった。

「すみません大変失礼なことを言いまして、実はこの娘の上に兄がいるのですが、西郷軍の雑役夫として連れて行かれてしまったのでございます」

自らすすんで行ったとは言わなかった。清右衛門にしてみれば、それはどちらも同じことであった。

「そうか、それは心配だな。酷なことを言うようだが、雑役夫と雖も覚悟しておいた方がいいだろう」

向こう側にいる人間に対して大砲や鉄砲を容赦なく撃ち込むのが戦であり、特別な場合でない限り、そこには相手の階級や役割によって区別する余地など、どこにもない。当然それはこちら側の官軍も思い知らされていたのであった。

佐々木少尉試補の小隊は二十八日になって三田井の南、岩戸川下流付近に移動した。

「こんにちは、イナです」

このところイナは太郎の様子をそれとなく聞くため、何かしらにかこつけて高千穂家に顔を出すようになっていた。

イナが家の中に入り、ふと、置いてある盥に視線を移すと、その中に見覚えのある固形物を発見した。紛れもない官軍が置いていった爆発物であった。昨日菊池家では、官軍が去り際にハナに渡したその得体の知れない物の正体を、父親がいち早く見破り、イナが慌てて便壷に捨ててことなきを得た、そのとんでもない代物が今ここに無造作に放置されているのであった。

「おばさん、こ、これどうしたの」

「ん、ああ、シャボン。イナちゃんにも少しあげようか」

そう言ってスエは爆発物を手に取り、あっさりと包丁で切ってしまった。

「しゃぼん」

「そう、官軍の兵隊さんに貰ってね。洗い物はすごく綺麗になって便利だよ」

そう言ってスエは使って見せた。イナは驚きと共に鼓動が早くなるのを感じた。すぐさま家に取って返し、父親が制止するのも振り切って便壷を浚(さら)ったが、シャボンは無情にも発見出来なかった。

薩摩軍は人吉に本営を移し、二年間はここを拠点として反政府活動を続ける予定であったが、人吉は幕末の文久二年（一八六二年）に起こった大火災（寅助火事）以降財政が逼迫し、工業化が遅れていた。そのため食糧以外の軍事物資については心許なく、それらの調達先と考えられていた鹿児島も政府軍に抑えられるに至って薩摩軍の幹部は早くも本営を宮崎に移すことを決断する。

この頃日向の東側は未だ政府軍が本格的に進出しておらず、五月二十八日、桐野利秋は宮崎支庁に軍務所を置いた。そして軍資金不足を補うため、幕末、薩摩の贋金作りの拠点となっていた広瀬（現宮崎市佐土原町）に作業場を設け、再び貨幣鋳造と紙幣発行を企てる。

貨幣については普通に流通したか、或いは材料の調達が上手くいかなかったのか、後に語られることはなかったが、紙幣いわゆる軍票は後に西郷札と呼ばれ、宮崎各地取り分け延岡の経済を混乱に陥れた。

この軍票は当然ながら保障も信用もない。有るのはただ受け取りを拒めば最悪の場合死を覚悟しなければならないという恐怖の裏付けのみであった。そのような強盗と変わらない紙幣を薩軍は一カ月後の六月二十五日以降、十八万円程発行し、その内使用されたのは十万円程と言われている。

高千穂太郎が従軍して三カ月が経った。その間、進軍どころか退却の連続で、しかも未だ九州の山岳地帯を流浪していることに半ば嫌気が差してきていた。それでも投降したり脱走したりしないのは、薩摩人による拷問や処刑の恐怖もさることながら「何も成さずに帰ることへの恐ろしさ」を強く感じていたからに外ならない。太郎も、那須九蔵と共に三ケ所村にいた時は、中津隊や正義七番隊の嚮導として延岡隊から遣わされていたが、七ツ山村に転進するに当たっても尚、手人として中津隊に従っていたのは、「自分の村からなるべく離れた所にいたい」という思いがそうさせていたのであった。

戦して　田を植えもせず　勝ちもせず
如何なかんばせ　帰られもせず

太郎の陰鬱な気持ちとは裏腹に、九蔵は鹵獲（ろかく）した政府軍のスナイドル銃を貰って意気揚々としていた。暇さえあれば銃を持ち、撃つ構えをしているので、太郎はある時九蔵に「人を殺すのが好きになったのか」と恐る恐る尋ねてみると、九蔵は憤然たる面持ちで「人を撃つのが好きな訳じゃない、銃を撃つのが好きなだけだ」と言い放った。言っていることは分かるが戦場においてて不幸にもそれは同義に思えた。

高千穂派遣隊の党薩隊には延岡隊、中津隊以外に高鍋隊があった。高鍋隊は田原坂の戦いで壊滅的な敗北を喫して以降、ほとんど解隊に近い状態であったが、元高鍋藩士の坂田諸潔が中心となって旧藩内の動ける男子を身分に関わらず脅し賺して強制的に徴兵し、鎌壌隊と称して一〇個中隊で再編成していた。そのうち一番隊（隊長石井習吉）と三番隊（隊長泥谷直養）を柿原宗敬に指揮させて高千穂に派遣していたのであった。

高千穂派遣隊の一部隊ではあったが延岡隊や中津隊のように前線には投入されずに椎葉村の財木を拠点に、専ら高千穂より南の山岳地帯で警戒に当たっていた。そこに三ケ所村から橋本隊、肥後隊、中津隊の三隊が七ツ山まで後退して来たので、ひとまず四隊でこの地方の警備を分担して実施することになった。そして司令官の高城七之丞は今後の高千穂派遣隊の任務について協議するため、薩摩軍の本営に向かった。

奇兵隊が豊後派遣隊の拠点としていた竹田においては、対峙していた政府軍の兵力が立て続けに増強され、守勢に回った薩軍はその勢いに抗いきれなくなってきていた。

五月二十九日、政府軍による総攻撃で遂に薩軍は竹田からの撤退を余儀なくされる。戦略や展望を具体化しきれないうちに、その占領は二週間余りで終了した。

政府軍は意を決したこの総攻撃で一五〇人の戦死者を出し、多大な犠牲を払う結果となったが、一方の薩軍も六〇人余りの戦死者を出し、加えて竹田報国隊の多くの隊員が投降したため で相当な戦力の低下となった。

この戦闘で薩軍が撤退した後、政府軍は竹田の住居に火を放った。薩軍の潜伏を警戒したためと言われているが、これとは反対に薩軍が放火したとも言われている。いずれにしてもこの時、旧岡藩以来の竹田の街並みは失われた。

この西南戦争において政府軍、薩軍に因らず双方が撤退時、或いは射界確保のために容赦なく民家を焼いている。戦後、政府から僅かな見舞金が支払われたというが、この理不尽な事情による物質的、文化的損失は決して少なくない。

そして南部の戦線においてももはや薩軍は政府軍の攻勢を押しとどめられなくなり、五月二十九日のこの日、人吉の永国寺にいた西郷隆盛はこの地を立って、池上四郎に警護されながら宮崎へと移動する。

宮崎には西郷、桐野ら薩摩軍幹部が駐留し、また延岡には野村をはじめとした奇兵隊幹部が駐留する。日向の地は薩摩軍を支援していたつもりが、いつの間にか薩摩軍に支配される関係へと変容していった。資金、物資の徴用はもとより、平民の徴兵も盛んに行われるようになる。延岡では東京にいる元延岡藩主内藤政擧の意向に反して、士族子弟と農兵の徴募が決められた。

桐野は元々、徴兵制は「志願者ではない平民」が含まれるとして反対の立場であったが、差し迫まった状況ではやむを得なかったのであろう。

戦闘が続く限り死傷者が出て、双方がその死傷者の穴を埋めるため招集や徴兵を行う。それによってまた戦闘が継続されていくのであった。

八　高千穂駐留

［五月三十日〜六月二十一日］

薩軍が本拠にすると定めた人吉であったが、そこにはもはや西郷隆盛も桐野利秋もおらず、薩摩軍本営は失われていた。それでも慢性的に資金及び、物資の欠乏に陥っていた薩軍は簡単に支配地を放棄する訳にはいかず、村田新八を司令官として残し、人吉の占領を続けていた。

その人吉を防衛するために、人吉隊（隊長犬童治成）を主として配置し、その他に鵬翼隊、破竹隊などの大隊から各中隊を機動的に運用するなどして兵員不足を補っていた。高千穂派遣隊に属して七ツ山に後退していた正義七番隊（隊長橋本諒助）も人吉方面へ配置転換されている。しかしそうして部隊をやり繰りしても、退潮傾向にある中においては結局、彌縫策（びほうさく）に過ぎなかった。

山田顕義少将率いる別働第二旅団は、人吉攻略を目指して北方から七つの経路に分かれて進軍していた。途中各個に薩軍の堡塁を攻め落とし、五月三十日から本格的に旧人吉藩領への進攻を開始した。数日前まで桐野が指令を出していた江代もその日に落とし、翌日には薩軍の最終防衛地点である大久保、下払、神園、一勝地を突破して残るは人吉市街のみとなった。

人吉の街は東西に流れる球磨川で南北に分かれ、城や武家屋敷の多くは南側にある。そのため薩軍の司令部も南側に置かれていた。

六月一日払暁、北側から侵攻してくる政府軍を薩軍が北岸で迎え撃ち、戦闘は北の市街から始まった。逃げ遅れた住民は家の中に引き籠ってこの災難が過ぎ去るのをじっと待つしかなかったが、戦闘の障害となる建造物や、薩軍が潜伏していると疑われる家屋は政府軍によって容赦なく焼かれ、焼け出された住民はもはや身を隠す場所もなくなって、ただ逃げ惑うばかりであった。

数倍の兵で猛射してくる政府軍に後退を余儀なくされた薩軍は辛うじて南岸に踏み止まり、川を挟んでの銃撃戦となる。援軍に来ていた鵬翼隊大隊長の淵辺群平と破竹隊大隊長の河野主一郎は人吉城の天然の堀である球磨川に架かる橋を落とそうと試みるが、もはや時機を逸しており、恰好の的となった淵辺群平は敢なくここで最期を遂げる。

さらに攻める政府軍は、城の北西約二キロメートルにある村山台地に大砲を引き上げ、南側の薩軍に対し砲撃を始める。大音響と共に炸裂する四斤砲弾は薩軍の意気を挫くのに充分であった。薩軍も人吉城の三の丸から砲撃するが、その砲弾は政府軍の台場までは届かず、虚しく北岸の街を破壊しただけであった。

政府軍の砲撃は時間を追うごとに激しさを増してゆき、午後一時、その攻撃に対処する術のなくなった薩軍は、退路の民家に放火しながら南の大畑方面へ撤退した。こうして薩軍の人吉占領は一カ月余りで終了した。

しかし何故この時村田新八は人吉城での籠城を選択しなかったのであろうか。まさか敗走慣れということはないと思われるが、寡兵であれば籠城も選択肢に上がる筈であり、実際熊本鎮台司令長官の谷干城は早々に熊本城籠城を決めている。籠城戦の定石として城外からの支援が欠かせないが、この頃まだ合わせて数千の薩軍が南九州の各地に残存しており、全く支援が期待出来ない状況でもなかった。にも関わらず一顧だにしなかったのは、人吉隊の丸目徹が後に言っているように住民に迷惑を掛けないようにするためなのか、或いはそういった表面上の理由だけでなく戦力において火器の性能と量が政府軍のそれと比較して明らかに劣勢であり、その結果見切ったのであろうか。最大射程二六〇〇メートルの四斤砲を昼夜を問わず撃ち込まれては確かに戦にならないが、果たしてそれだけであろうか。

城に拠らない傾向はこの時ばかりではなく、薩摩軍全体に共通している。薩軍の支配地域となった人吉、延岡、竹田には熊本城には及ばずともそれぞれ名城と言って差し支えない城がある。それでも城地を本営としなかったのは、単に不便であるからというだけでなく「城をもって守りと成さず、人をもって城と成す」という島津氏の哲学、薩摩武士の信条がそうさせているると考えるのは穿ち過ぎか。村田の部隊が人吉城に籠城したとなれば西郷隆盛も見殺しにはしなかったと思われる。であるが結局村田は元土佐藩士谷干城とは違う選択をした。そうしてこの日から三カ月後に薩軍は城山の古城に行き着く、二十日余りそこに籠り最期は駆け下って討って出るのであった。

人吉陥落から三日後に人吉隊約二八〇人は大畑にて政府軍に降伏した。人吉隊参謀格の新宮嘉善に、別働第二旅団に随行していた第十二連隊所属で実父の陸軍裁判官中主理新宮簡から頻りに降伏を促す手紙が届けられ、その結果、人吉隊の幹部もその意を受け入れて政府軍の軍門に降ったのであった。

そして降伏後の人吉隊の隊員の中には、これまでの行いを改めて政府軍に従軍し、今度は薩軍を敵に回して戦闘を続ける者も少なくなかったとのことである。

人吉陥落の二日前、五月三十日、高千穂の南方七ツ山村に後退していた正義六番隊（隊長肥後壮之介）と中津隊の二隊、そして高鍋隊は、日之影に駐留している高千穂派遣隊と合流するよう薩摩軍本営から指示を受けた。日向の山岳地帯の連絡と警戒はこの際一旦放棄して、東部沿岸の延岡など重要拠点の防衛力強化を図ったのであった。

日之影では、五月二十五日に三田井で敗北を喫した奇兵十六番隊（隊長小浜半之丞）、正義五番隊（隊長久永重喜）、延岡隊の三隊と、野村忍介が援軍として派遣した奇兵二十一番隊（隊長堀国治）と坂本敬介隊が日之影川と五ケ瀬川の岸辺に堡塁を築いて警戒に当たっていた。

三田井にあった区長事務扱所も移転してきており、相木常謙区長や石崎行篤副区長が行政の体裁を整えながら周辺の村の戸長や人夫を使って薩軍への援助を続けていた。

そこへまた六月一日に七ツ山から三隊と、高千穂派遣隊の司令官である高城七之丞が到着した。これにより高千穂派遣隊の全部隊がここに参集し、各部隊の守備範囲が改めて取り決められた。

その概要は、日之影川の東岸の大菅から五ケ瀬川の合流地点まで約四キロメートルの区間を延岡隊、高鍋隊、久永隊で守備し、五ケ瀬川の南岸の大楠付近を小浜隊、堀隊、肥後隊、坂本隊、中津隊で守備する。というものであった。そして高千穂派遣隊の本営を日之影川の防衛線から約五キロメートル南東に下った舟の尾に設置して高城はそこに入った。

舟の尾は江戸時代初期からおよそ一七〇年間代官所があった場所で、火災によりそれ自体は失われていたが延岡との連絡には適当な場所であった。

一方、三田井を占領した政府軍は、およそ一〇キロメートル南東に移動した薩軍を容易に追撃出来ずにいた。差し当たって高千穂よりも豊後方面の薩軍の掃討が急務であり、その方面へ兵力を投入していたのと、ここ高千穂の地理が追撃を困難にさせていたのである。

政府軍の士官がこの征討で使用していた高千穂の地図は、元を辿れば六五年前の一八一二年に、第八次伊能忠敬測量隊が五日間かけて計測した結果の地図であり、生憎その地図は、すぐ間近に深緑の山が群集しているこの攢峰の実態を正確に反映しているとは言い難かった。今後高千穂の薩軍を確実に攻略し且つ、味方の犠牲を少なくするためには、ある程度の日数をかけてでも正確な地理の把握が不可欠となっていたのである。

そうした多分に政府軍の事情によるものであったが、高千穂派遣隊の中では戦をしているという緊張感が少し薄らいできているのを各人が感じていた。時折響く単発の発砲音は、政府軍の探索を威嚇しているだけで、その音を聞いても誰も戦闘が開始されたとは思わなくなってきていた。

堡塁構築の指揮を執っていた中津隊隊長の増田宗太郎は、作業の合間に日差しを避けようと五ケ瀬川の岸を下りた。そこで思いがけず光なき谷に春の名残を見付けたのであった。

後れしと　人な咎めそ　おくれても
　一たびは散る　山さくらかな

「増田隊長そちらで何をしておられるのですか」

「ああ太郎か。ちょっとな歌を詠んでた」

高千穂太郎と那須九蔵は既に延岡隊に復隊していたが、地元民であり且つ各隊に顔見知りも多いため、何かと重宝がられて雑用や連絡を任されることが多かった。

「延岡から牛と酒が送られて来ましたので中津隊の皆さんへ届けに来ました。後で増田隊長も召し上がって下さい」

そう言いつつ太郎は増田の手元にある帳面を見せてもらった。

「御武家の方らしく凛々しい感じのする歌ですね。私もたまに歌を詠むんですよ」

増田が国学を修めて慶應義塾でも学んだ俊英であると知っていれば、太郎も恥ずかしくて懐から帳面を出さなかったであろう。増田は時折笑顔を浮かべながら頁をめくり太郎にそれを返した。

「妹がいるのか」

「はい一人。生きている兄弟はそれだけです」

歌についての批評が何もないのが少し不満ではあったが、良ければ良いと言ってくれるであろうから、太郎はそれだけのものと理解した。

「私には姉が三人と、一緒に従軍している弟が一人いる」

「はい。岡本さんのことは存じております」

増田宗太郎の実弟岡本真阪(まさか)は中津隊結成当時から隊に加わり、最期まで兄宗太郎と行動を共にする。

「妹といっても唖ですので私が死んだら家がどうなるか少し心配ですが、それでも親類縁者が良いようにしてくれるでしょうから私は最後まで御奉公したいと思っています」

「そうか。思えば私も弟も士族でありながら家を顧みるなど殆どなかった」

自嘲気味に語るその言葉とは裏腹に家名が途絶えることに関しては何の罪悪感もなかった。あるとすればこのまま国家のために何も成さずに死んでいくことへの恐れ、暗澹たる国家への憂いそれだけであった。

「〝先陣ほぎ〟の中津隊や増田隊長の名は軍内に知れ渡っておりますので、この戦が終わったら中津隊の皆様はそれぞれ重いお役に就かれるでしょうね」

「そうかな、私はそもそもこの戦で生き残ろうとは思っていない。故に役職云々は関心がないな」

出世など如何にも下々の考えそうなことであると増田は太郎を憐れんだ。と同時に増田にも西郷のように国家に名を成したいという気持ちがない訳ではなく、また自分にはその器量があると思っていた。それは如何にも不遜であると自分でも分かってはいたが、打ち消すことの出来ない真実であった。

「すみません百姓の分際で僭越なことを申しました」

「いや構わん。そうだ戦が終わって万一お互い生きていたら、家にある歌集を何冊かお前にやろう」

「ありがとうございます」

しかしその後増田は西郷らと共に鹿児島へ行き、そこで戦死したため、歌集が太郎の元へ届けられることはなかった。

「おおい太郎そろそろ隊へ戻るぞ」

九蔵が太郎を呼んだ。

増田は差し当たって大規模な戦闘になる恐れがないこの地を離れて劣勢が伝えられている郷土の地、豊後方面での戦闘に力を尽くしたいと考えるようになってきていた。

太郎が増田隊長との会話を九蔵に話したところ、不意に九蔵が言い出した。

「太郎、俺の辞世を作ってくれないか」

あまりに唐突な願いに太郎は戸惑った。「自分の辞世ですら作っていないばかりか作るつもりもない中で、ましてや他人の辞世など作られよう筈もない。そもそも平民である自分達に辞世など必要なのだろうか。仮に作ったとして、その日のうちに九蔵が死んでしまっては悔しくて取返しが着かない」

「出来ませんよ、そんなこと」

「頼むよ太郎。俺は字が苦手だから」

「作ったら死んでしまうんじゃないでしょうね」

「作っても、作らなくても、死ぬ時は死ぬ。そうだろう」

九蔵のいつになく熱心な願いであった。「死ぬ時は死ぬ。それはそうだ。ただ辞世など簡単に作れるものではない。この世に残す最後の言葉であり、その人の生き様を表す思いでもある」。

「九蔵さんは死ぬ時、どういう気持ちになると思いますか」

「それは分からないが、この世に恨みや後悔は全くない。恵まれてはいなかったけれど、死ぬ時は晴れた日の空のように清々しい気分で死にたいな」

日々鬱屈した思いを抱きながら、それを隠して生きてきた太郎は、九蔵が羨ましくもあり、自分を不甲斐なくも感じた。従軍する口実として新太郎に語ったことは出鱈目ではなく、確かに自分の心情ではあったが、一方で本心は単に、今の生活から抜け出したい。ただそれだけのことであったようにも思っていた。

「すみません。猟師の九蔵さんを戦に引っ張り込んでしまって」

「何にも謝ることなんてない」

太郎が責任を感じていることに九蔵は反って悪い気がした。「従軍は自分で決めたことだ。シノのせいでも太郎のせいでもない」九蔵は本心からそう思っていた。

九蔵は徴兵制度が布かれた時、本心では志願したいと思っていた。その頃、養父母は既に亡くなっていて、家人は九蔵一人であったため志願するのに特に差障りがある訳ではなかったが、読み書きが出来なかったので、なんとはなしに諦めていた。であるから、シノと太郎はきっかけであり、従軍は望んでしたのであった。

従軍を決めた次の日、慌ただしく実家に挨拶に行くと、両親と兄は、初め声も出ない程驚いていたが、終いには「しっかりやってこい」と送り出してくれた。その言葉を受けた九蔵にはもはや戦に出る怖さはなく、充実感で満たされていた。

「俺はな太郎。確かに猟師ではあるけれど、那須与一の血が流れているんだ」

高千穂周辺の那須家の先祖が那須大八郎であると、太郎は以前聞いたことがあった。大八郎は与一の弟と言われているが、そのことについては黙っていた。

「那須与一知ってるか」

「ああうん、子供の頃聞いたことがある。弓の名人でしょ。九蔵さんは弓から鉄砲に変えた訳か」

「うん、まあ、そう言う訳でもないけどな」

「分かった。考えてみるよ」
太郎は何とか考えて、九蔵に渡し聞かせた。

扇射る　昔を今に術なくも
　撃ちつつ仰ぐ　とこしえの空

九蔵は礼を言って受け取ったが、あまり気に入った様子ではなかった。

安穏とした状況に不満を持つ主戦派の小浜半之丞や増田宗太郎らは、高千穂派遣隊司令官の高城七之丞では話をしても埒が明かないと考えたのか、この時期延岡の奇兵隊本営や豊後方面へ頻りに出張って行って自らの戦いの場を模索し始めていた。

確かに高千穂の薩軍が三田井の政府軍に対して積極的に戦闘を仕掛けていれば、政府軍は豊後方面へ傾注している戦力を三田井へも振り向けざるを得なくなり、結果として豊後方面の奇兵隊を援護することになった筈であるが、薩軍の本営と、奇兵隊隊長の野村はそうはしなかった。

日々大小の戦闘が行われている状況で兵士、弾薬はそのつど消耗していく、しかしそれを補う体制が充分ではなかったのである。そうした中で積極策を採っては、反って傷を深くすると考えたのかもしれない。

政府軍との兵力の差を少しでも縮めようと、延岡や宮崎では農民を否応なしに徴集し速成で兵隊に仕立て上げ、三〇人から一〇〇人の組に分けて、幡竜〇番隊や宮崎〇番隊他様々な隊名を付けて体裁を繕い、士族を小隊長格の指揮官にして前線に投入していった。物資についてはこれもまた後の大戦でも見られたように金属の徴発を行い、集められた鍋、釜、梵鐘などを次々に弾丸、砲弾、大砲に加工していくのであった。

延岡の工場で昼夜を舎かず働く人々は、元より天皇に弓を引くつもりなど毛頭ない、それでもそうせざるを得ないのは、薩軍の威圧によって仕方なしの者もいれば、戦場にいる知人や肉親に届けるつもりで働く者もいたであろう。そしてその人達の根底に共通するのは郷土に対する愛情ではなかったろうか。その献身的な姿勢はその後延岡の街を救うことになる。

高千穂の谷を流れる五ケ瀬川や日之影川は渡河出来る場所も限られ、そこを抑えておきさえすれば侵入してくる政府軍を対岸の崖の上から狙撃するのはさして難しいことではなかった。しかも政府軍がこれまで効果的に使用してきた大砲も、この攅峰の谷間にはそのままで据えられる適当な場所はなく、そのため薩軍が堡塁を築いたこの場所は鉄砲と弾薬と撃手さえいれば容易には突破されない、まさに要害と言っていい場所であった。

しかし鎖の強さは一番弱い環によって決まるとの理が示す通り、二つの川沿い約七キロメートルの範囲全てに等しく鉄壁の防御を敷くことは不可能である。薩軍は弱い場所を補強し、政府軍は弱い箇所を探索していた。

高千穂派遣隊の最右翼である日之影川沿いの大菅は延岡隊の担当区域であった。延岡隊から見て左翼側にあたる竹の原には高鍋隊が詰めていたが、右翼側は小高い山が連なっているだけで全くのがら空きであった。大嶋隊長がこの周辺を隈なく探査すると、日之影川を渡河して延岡隊の後方へ抜ける経路がいくつもあるのが分かった。また脅かされるのは薩軍陣地ばかりでなく、さらに後方の舟の尾の高千穂派遣隊本営までもが奇襲されかねない状態であった。

現在の延岡隊の兵力（農兵も合わせておよそ二〇〇人位か）で防衛線をさらに北の日之影川上流部まで伸ばすことは現実的でなく、北から迂回してくる敵を警戒するため、楠原から西へ、綱の瀬川沿いの中川まで約四キロメートルの区間に堡塁を数カ所構築した。しかしそれでも、そこに配置出来る隊員の人数は限られ、せいぜい連絡を取り合うくらいであって、防衛線の機能はとても果たせなかった。

大嶋隊長は高千穂派遣隊の高城司令に何度も増員の要請をするが、それが実現されることはなかった。寡兵を分散させた、せざるを得なかった。この状況が後の敗北に繋がっていく。

太郎と九蔵は日之影川を渡り西岸の政府軍の動きを偵察するよう命じられていた。付近の地理に明るく、もし見つかっても地元住民であるため、幾らでも言い逃れ出来ると思われていたからであった。「そんな出任せの通じる相手だろうか」と些か疑わしくも思ったが、そもそも二人共見つかるようなへまはしない自信があった。

この頃は政府軍も未だ旅団本営を馬見原に置いていて、高千穂での体制が整っておらず、日之影川の方までは進出してきていなかった。太郎も九歳も緊張感が薄らいだ時には、見廻りをしていても、ふと家の様子が気になり家には帰れずとも、せめて自分が無事でいることだけでも伝えたい。そう思うようになってきていた。


太郎の母方の伯父でシノの父親である佐藤利兵衛は、世上がどうあろうと一切関わりないかのように、この日も酒を買うため三田井迄出て来ていた。何やら兵隊が至る所にいて落ち着かず、たまに睨み付けてくるのも気に入らなかったが、面倒なのでなるべく見ないようにして、背を丸めて歩いていた。

「おい、お前どこへ行く」

「はい、ちょっとそこまで酒を買いに」

案の定呼び止められて癪に障ったが、そこは辛抱してなるべく慇懃な態度をとり、そのままやり過ごそうと一礼して行こうとした。

「おい待て。ここから先は軍の協力者以外通行禁止だ」

思いも寄らない兵士の言葉であった。利兵衛は一瞬言葉の意味が理解出来なかったが、「軍の協力者」ということであれば、数日前官軍の兵隊を家に泊めたのを思い出した。

「はい私も官軍の協力者でございます」

「ほうそうか、それでは手形か鑑札（軍属などに与えられた証明書）を見せなさい」

利兵衛はそれを聞いて危うく血が上りそうになった。「酒を買いに行くのにわざわざ手形を用意する者などいる訳がない。何て馬鹿なことを言う番兵だ」しかし利兵衛はカンサツという物が何なのか分からなかった。「サツと付いているからには札のことであろうか」利兵衛は懐から一枚の紙切れを出し、番兵に差し出した。

「あははは、何だこれは質札じゃないか」

その時その場にいた兵士は皆堰を切ったように笑い出した。利兵衛はカンサツが質札とは全く異なる物であるのを覚り、ばつが悪くなって愛想笑いを浮かべていた。

「ははは、行っていいぞ」

番兵は利兵衛を世上に疎い田舎の憐れな年寄りと思って特別に通したのであった。

利兵衛は歩きながら兵隊に笑われ馬鹿にされた屈辱で鼓動が速くなり、腋の辺りに汗をかいているのを感じていた。いや馬鹿にされたためばかりではない、あの時自分がとった卑屈な態度が情けなかったのである。以前は平気で役人に盾突いて、敲(たた)かれたことも一度や二度ではない。「わしも遂に焼きが回ったのか」

利兵衛は気が付くと、いつの間にか酒屋に着いていて、いつもの安酒が恐ろしく高くなっているのに怒ってもどうにもならず、仕方なしにそれを買い求めた。帰路につくと、またあの場所を通らなければならないのが鬱陶しく、遠回りして帰ることも考えたが、そこまでするのも何やら屈伏したようで腹立たしい。考えて見れば彼らには別段非はないのである。「不本意ながら、また愛想笑いの一つも浮かべて通るより他ない」と覚悟を決めたのであった。

利兵衛が折角覚悟を決め、愛想よくしていたにも関わらず、番兵は何か別の用事が忙しい様子で、利兵衛を一瞥すると「行け」という手振りをしただけで呆気なく通ることが出来た。行きと帰りで改め方に違いがあるのも分からなくはなく、尻込みしていた自分がつくづく不甲斐ない人間であると、利兵衛は買ったばかりの酒を一口飲んだ。

熊本で戦をしていた頃、高千穂は延岡から運ばれて来る物資の集積所のようになっていて、熊本から撤退するに至ってもまだ、ある程度の物資が残されていた。高千穂派遣隊が三田井に駐屯していた折には適宜供与されていたのであるが、五月二十五日の急な敗戦は高千穂の役人にとって予想外で、物資については政府軍に接収されないように近郊に隠すのが精一杯であった。

中村（三田井からおよそ一〇キロメートル南東）に臨時の区長事務扱所を設置するにあたり、相木区長らはその物資を秘かに中村まで運ぶよう残留している数人の戸長らに命じた。岩戸村の戸長土持信吉も元々は延岡の物であるのを弁（わきま）えていて、やむを得ずこの件について諸事取り計らうことになるのであった。

太郎の従兄である佐藤善三もまたそうした運搬の役目を負わされた一人であった。僅かな駄賃で人夫としてこき使われた善三の腰をシノが揉みほぐし、母親が心配そうに窺っていた。

「明日も行くの。畑の方も人手が足りないし、どうしたもんかねえ」

「組毎に割り当てが決まってるようだから、どうにも断りようがない」

善三は起き上がり胡坐をかいてゆっくりと肩を回した。

「明日は儂（わし）が行くから善三は畑に出ればいい」

思いがけない利兵衛の言葉であった。

「父さん、大丈夫」

「ああ」

シノはそれ以上何も言えなかった。シノの母親も心配そうに利兵衛の顔を窺った。

「お父さん、いいんですか」

「ああ」

あまりしつこく言うと怒り出すのではないかと思い、母親もそれ以上は黙っていた。

「味噌樽だけはやめた方がいい」

善三が利兵衛の方を向いて言った。

「味噌樽だけは重くてかなわない」

「ああ分かった」

シノは久しぶりに利兵衛と善三の会話を聞いたような気がした。

「兄さんそれじゃ何がいいの」

「砂糖袋が一番いい。隙を見て舐められる」

善三は砂糖袋を背負って運びながら砂糖を盗んで舐めるふりをした。

その様子が可笑しかった。

「利兵衛さん、それじゃ俺らは先に帰るけど無理するなよ」

「ああ、分かった。休み休み行くから大丈夫だ」

久しぶりの労役を終えた利兵衛は疲労していたのも事実であるが、一安心した充実感を山の中で一人静かに享受していたかった。腰を下ろし木の幹にもたれて目を閉じた。「帰ったら酒を飲もう。シノは肩を揉んでくれるだろうか」疲れが少し癒えて帰ろうと立ち上がったその時、軍服の兵士と目があった。兵士は二人、辺りを警戒しながらこっちに向かって来た。

「お前さっきの薩賊の人夫の仲間か」

「あ、いいえ、私は山仕事の帰りです」

「ふん道具も持たないでどうやって仕事をするんだ。さっきの奴らは地べたに平伏して貰った駄賃も差し出したので放免にしてやったがお前はどうする」

「ですから私は違います。道具はみんな山小屋に置いてあるんです」

「見え透いたことばっかり言ってると、ただじゃ置かないぞ」

今まで薄笑いで問い詰めていた兵士が腰の小刀に手を掛けた。その状況を制するようにもう一人の兵士が割って入った。

「お前、もしかして質札の爺さんか」

刀に手を掛けた兵士も何か気付いたようにまた薄笑いを浮かべた。

「そうか、どっかで見たと思ったら。質札の爺さんか。それなら可哀想だ。大目に見てやろう、とっとと行け」

利兵衛は助かったと思い兵士に頭を下げた。しかしその時、急に体が震え出し、自分でも思いも寄らぬ言葉を口走った。

「官賊が」

「何、今何て言った」

兵士の顔がまた険しくなった。

「官賊風情がいちいちわしのすることに指図するな」

利兵衛は真正面に兵士を睨み付けた。猛烈な痛みが腹部を襲った。そして刺さった刀が抜かれた途端、足に力が入らなくなりへたり込んだ。

「馬鹿野郎何やってんだ、行くぞ」

二人の兵士が去って行くのが見えた。押さえた手から濡れた着物の感触が伝わり、褌にも滲みて来ているのが分かった。「銭を。銭を家に持って帰らなくては」懸命に息を吸って吐いた。それしか出来なかった。しかし、間もなくそれも出来なくなった。


太郎は見廻りの途中、少し足を延ばして岩戸村の商家の息子高田高吉を訪ねた。高吉は気さくな人柄で、太郎とは気の置けない間柄であった。久しぶりの再会を喜び合った後、太郎が自分と九蔵の無事をそれぞれの家と津田新太郎に伝えてくれるように頼むと、高吉は造作もないと快く引き受けたのであった。

翌日太郎は楠原の延岡隊の陣営から呼び出しを受けた。高田と名乗る男が太郎を訪ねて来たとのことであった。よからぬ思いが頭をもたげた。「家に何かあったのだろうか。それに無断で住民と接触したのが露見したら、どのような罰を受けるのだろうか」。太郎の足取りは重かった。このところ薩軍の陣営で物を売ったりしていた地元住民が其の実、軍内の様子を政府軍に知らせているとの情報が入り、延岡隊でも警戒していたところであった。

陣舎に入ると果たして高吉が地べたに座らされており、間もなく延岡隊監軍の加藤淳が奥から出てきた。太郎も慌てて高吉の横に座って頭を下げた。

「太郎、その者を知っているか」

「はい、昨日私が訪ねて私と九蔵が無事でお務めしていることを家の者に知らせてくれるように頼んだ岩戸の知り合いでございます」

「そうかなるほど、言っていることに齟齬はないようだな。何やらお前に家の者から言伝があるらしい。そこの者この場で申せ」

「はい。太郎さんの家も九蔵さんの家も『家の中は変わりはないから、しっかり務めを果たすように』とのことでございました。後それから『食べ物などを渡したいので明日の朝、日の出前に岩戸神社に太郎さんと九蔵さんとで来てくれるように』と言づかりましたので。私は二人の都合を聞いて、また知らせに戻らなければならないのでございます」

「そうか。それでは二人共明日の未明、岩戸神社に行くと家の者に伝えるといい」

「はい」

「ありがとうございます」

太郎は加藤監軍の温情に感謝した。

ここ延岡隊の陣営と延岡の間は依然として薩軍の勢力圏であり、物資の輸送と合わせて手紙などのやり取りも可能であったが、日之影川を境にして太郎や九蔵の家がある西側はもはや政府軍に占領されていた。加藤にしてみれば少し不憫に思ったのかもしれない。

「とは言っても、この者をこのまま帰すのは如何なものであろうか。我々のことを政府軍の連中に話されるのは大いに障りがある」

前言を撤回しそうな加藤の様子に太郎は焦った。

「この者は大丈夫でございます。この者は生来口が堅く、差し障りのあることを他人に話すような男ではありません。私も何度かこの男に夜這いの仲立ちを頼みましたが、その後人の口端に上ったことは一度たりともございません」

太郎は真剣に訴えるが、こんなことは誰が聞いても口が堅いことの証明になりはしない。傍で聞いていた隊員は笑いを噛み殺していたが、加藤は眉根を寄せて徐に刀を抜き、その刃を直に高吉の肩に乗せた。

「我々のことは一切何も話すな。よいな」

その低い声は場の雰囲気を一気に重たくし皆顔を上げることが出来なかった。高吉も声にならない声で「は、は」と言うのが精一杯であった。

高吉はそれで帰されたが、その後太郎は加藤から「地元に駐屯しているからといって任務の途中で勝手なことをしていい訳ではない」と叱責され、飯抜きの罰を言い渡された。

高千穂家では初め岩戸神社には清右衛門が行くつもりでいたが、スエが「何かあって家に主がいなくなってしまっては困る」からと、「自分が行く」と言い出した。スエの兄である利兵衛が殺されのを考えて言っているのは明らかで、清右衛門が言い聞かせても頑として聞き入れず、終いには清右衛門が折れるしかなかった。

西郷軍の人夫をした住民が今でも別段咎め立てされることもなく、以前と同じ生活をしているので、清右衛門は、処罰されるという心配はそれ程していなかったが、スエが太郎に「すぐに帰って来い」と言うのではないかと、何よりそれを恐れていた。

清右衛門は、この高千穂にあって時代の変化をよく分からぬまま過ごしてきたが、その息吹だけは感じることが出来た。そしてそれは息子の太郎とて同じであるのを清右衛門は理解していた。であるからこそ太郎には好きなように生きてもらいたかった。高千穂に改名するという突拍子もない思い付きも反対しなかった。そういう清右衛門の思いとは裏腹に、スエが家の有様をあれやこれやと太郎に訴えるような気がしてならなかったのである。清右衛門はスエに「戦場にいる者に余計なことを考えさせてはならない」と釘をさした。太郎がたとえ戦死しようとも清右衛門がしてやれることはそれくらいしかなかったのである。

スエは自分が行くことになってひとまずは安心した。姪のシノが九蔵を気に掛けてたのを思い出し、何か言伝はないかと聞きに行ったところシノは、「それならば一緒に行く」と言い出したのでスエもそれは心強いと思い、二人で行くことになった。

食糧は勿論のこと、他にも物資が不足しているのは分かっていたが、用意出来る物といっては限られてくる。物資の中でも草鞋が要りようであると聞きおよび、スエとシノは早速編んだ。

官軍に持って行けば良い物なら五銭で買い取ってもらえると聞いてはいたが、ひとまずそっちは後にして、太郎と九蔵に届ける分が先であった。しかし二人の分だけではいかにも体裁が悪いので、何とか別に一〇足程用意して次の日の日の出前に岩戸神社に向かった。

我が子でありながらスエには太郎が何を考えているのか皆目分からなかった。成長するに従って徐々によそよそしく感じ、唖の妹の方が反って分かるように感じる時があった。男児とはこういうものなのかと思っていたが、太郎が戦に行くと言い出した時、「田圃と畑どうしよう。困ったな」という思いが真っ先に頭に浮かんだ。すぐに打ち消そうとしたが、我が子が死ぬかもしれないという悲しみは終ぞ感じなかった。やはり私はこの子に対する情が薄いのであろうと半ば割り切っていたのであった。

シノはあの晩九蔵が死んだら自死すると言ったのを後悔していた。「あの時の気持ちを思い出すことは出来るが、死ぬというのは勢(はず)みで出たとしか思えない」。九蔵の死が現実になろうとしている今、九蔵にそのことを断っておかなければならないと考えていた。それでも、今更戦場にいる九蔵に言うべきではない気もする。「仏前でお詫びするしかないのだろうか」自らの軽率さで気持ちは次第に沈んでいった。

岩戸神社の参道を進んで行くうちに人の気配が浮かんできて、それが薄っすらと影になった時、シノとスエはそれが太郎と九蔵と九蔵の家の誰かであるのを認め、少し気恥ずかしさを覚えた。そして二人が傍まで行くと一足先に来ていた九蔵の兄は九蔵の肩の辺りを二、三回叩いてシノとスエに会釈をして立ち去ってしまった。

久しぶりに見る太郎は会わなかった期間よりもさらに長く、さらに遠くから帰還した人のように痩せて汚れていた。「こんなにくぐもった目をした子であっただろうか」とシノが言葉を発するのも忘れて見入っていると、太郎はやましいものを隠すように目を逸らした。

「太郎、これは延岡の方々に渡して、こっちのはあんたに」

太郎は僅かばかりの食糧と草鞋の束と、そして自分の分の草鞋を受け取った。

血管が浮き出た母親の手は浅黒く、何カ所も切り傷があった。

「ありがとうございます。本当にすみません」

少しの間、太郎は母親の手を握り、それから離した。受け取った草鞋はやたらと頑丈で重かった。

「これにはね、銭が入ってるからね、間違っても捨てるんじゃないよ。分かってる」

太郎は目を閉じて俯き何度も頷いた。

スエは不意に太郎に手を握られ、太郎の体温を感じたのは赤ん坊の時以来のような気がして思わず涙が出そうになり、慌てて別の話を持ち出した。

「太郎、利兵衛伯父さんが殺されたよ」

「え、殺された」

「薩摩軍の人夫に行った帰りにね。官軍は薩摩軍にやられたって言ってるけど、本当は官軍にやられたんじゃないかって言う人もいてね。よく分からないんだけどね」

「そうか、伯父さんが」

そう遠くない身内の死にあたっても太郎は何の感慨も抱かなくなっていた。それでもシノにお悔やみを言おうと思ったが、九蔵と何やら話している様子であった。

九蔵は太郎達に話を聞かれない程の場所へシノを促した。死ぬ前に会っておきたいと思っていた人のうち、今日は二人に会えたことに九蔵は突き上げて来るものを感じて、それを抑えつけるように深く静かに息を吸った。

「九蔵さん、これ入用になったら使ってください」

シノは九蔵に草鞋を差し出した。

「ありがとうございます」

九蔵は、「こんなに硬くて重い草鞋は初めて見た」と思いながら、素早く懐に押し込んだ。シノの帯には古びた朱塗りの鞘が差し込まれていた。

「この戦、太郎も俺も生きて戻れるか分からなくなってきましたので、もしそうなっても、あなたが自分で死ぬ件はこの際やめてもらって、その代わり俺らのことを弔ってくれませんか」

九蔵は少し微笑んだようであったが、全て見透かされたような気がして、シノは顔を上げることが出来なかった。

「分かりました」

シノは今まで九蔵との間の約束が無くなれば、少しは気が楽になると思っていた。「これで九蔵さんが死んでも生きている自分の薄情さに苛まれなくても済む」しかし、頭でそう考えるのとは裏腹に気持ちは一向に晴れなかった。「自分はこの因業を背負って生きていけるだろうか。何故辛いことばかりが次々と起こるのだろうか」

「どうしたの、大丈夫」

帰り道、スエが泣いているシノを気遣った。

「九蔵さんと何かあったの。太郎も九蔵さんも、もう戻って来られないかもしれないねえ。それでも九蔵さんはよその人だから、あんたあんまり情を寄せない方がいいよ」

シノは頷いた。「叔母さんは何にも分かっていない。叔母さんには私の気持ちは分かりっこない」シノは懐剣の柄を押えながら涙を必死で抑えていた。

九蔵は懐の重く少しひんやりとした草鞋が心地良かった。一方、太郎は九蔵の隣を歩きながら今日ここへ来たことを少し後悔していた。まさか母親が来るとは思ってもみなかったのである。

たまゆらの母の瞳は　かはたれと
　我を見たるは　薄き日の影

そしてここ高千穂では戦とはまた別の抜き差しならない禍に見舞われようとしていた。

六月十日、三田井で警備に当たっていた政府軍の兵卒二人、軍夫一人が疱瘡に罹患する。その二日後には、さらに三五人が罹患するに及んで、政府軍は痘苗を急遽取り寄せて八代に天然痘の病室を開設する。古代より何度も流行を繰り返してきた天然痘がこの時期三田井近郷で流行の兆しを見せ始めていた。

その頃、豊後方面の攻略を担っていた奇兵隊は、大分を占領するという漠然とした方針のみで明確な戦略は定まっておらず、五月二十九日の政府軍の竹田総攻撃で敗れて以降は、三重市、臼杵に転戦するものの何れも場当たり的ともいえる戦闘で、反攻の足掛かりとはならず、徐々に追い詰められていった。

しかしそのような中で六月十三日、大分県の直川村横川において、前に奇兵隊が佐伯に進攻した際に協力した佐伯士族が中心になって、四〇人程の佐伯新奇隊が結成される。この部隊については現在殆ど分かっていないが、組織としてある程度主体的に薩摩軍に合流した部隊であるならば、恐らく最後の党薩隊ということになるであろう。

そして、そのひと月程前に結成された竹田報国隊の残存部隊もまた、この時期この直川村にあって、隊全体が鬱々とした雰囲気に覆われていた。

今まで別段問題になっていなかった事柄であっても、物事が上手くいかなくなってくると、その本質とはかけ離れた言説が拡散され、恰もその事柄が失敗の原因であるかのように変容し、その結果、自然と責任を取らされる人物があぶり出されて、生贄にされるというのは間々あることである。竹田報国隊の中で発生した諍いもまた、それに類する一件であった。

島田数馬は竹田報国隊結成時に名を豊岡太郎に改めた。岡藩漢方医の養子であるのも幹部は勿論知っていたが殊更公けにはしなかった。そのため隊員の中には数馬のことを薩摩の人間と思っていた者もいた程である。そうして数馬は、竹田報国隊一番隊隊長として指揮を執り、阿蘇方面から竹田へ進軍して来る熊本鎮台を、恵良原、古城で迎え撃った。しかしその奮戦も虚しく、今や竹田報国隊は竹田を追われ、佐伯の地まで逃れて来ていた。

現状の有様に不満を抱く隊員の中には、幹部をあからさまに非難する者も現れはじめる。そもそも竹田報国隊は結成の段階で既に問題を抱えていた。

気脈を通じた数人の同志が示し合わせ、廻状を以って元岡藩士を誘き出し、取り囲んで逃げられない状態にしてから隊への参加を要求したのである。集められた者達は一旦帰宅することさえも許されず、中には切腹して抗議する者もいたが、結局、多くの者が不本意ながらも参加するに至ったのは、西郷隆盛という名の大きさと、勝てば官軍という思いがあったからであろうか。

そうした経緯があった中での現在の境遇は元岡藩士にとっては受け入れ難く、ふと耳にした「一番隊隊長の豊岡太郎は平民で、元々は油商の息子である。身分を偽っている」という醜聞は恰好の攻撃材料であった。

数馬にしてみれば、士族であるなどと言ったことはなく、身分を偽ったと言われるのは耐えがたい恥辱であった。元来抜群の体格で剛毅な性格であった数馬は、そういった陰口を叩く隊員に容赦なく制裁を科していった。

こうした行為は隊員の不満を増々大きくし、次第に統率は乱れていった。堀田政一、井上恰らが鋭意説得に当たるも、数馬と隊員との断絶は決定的となり、六月十七日、堀田は数馬の放逐を決断したのであった。

高千穂では依然として疱瘡患者は増え続け、毎日二人、三人と野辺送りする日が続いていた。

高千穂での種痘による天然痘の予防は、長崎でモーニッケなどから医学を学んだ地元の医師碓井玄良によって安政二年（一八五五）頃から始められたとされる。玄良は、住民の無知や迷信、恐怖による種痘への忌避に対して粘り強くその意義を説明し、広めていった。しかし現代でもそうである様に、その効果は完全ではなく、まして差し迫った病気の恐れが無くなれば、わざわざそれをする者もいなくなってくるものである。明治十年（一八七七）高千穂で、天然痘が流行した理由は定かではないが。やはり、玄良一人の努力だけでは限界があったのかもしれない。

そして三田井では、六月十八日になって漸く疱瘡病舎が開設され、天然痘予防規則に従って軍人軍属は元より、住民に種痘が奨励されたのであった。

もうこれ以上子供を失いたくない高千穂家でも布達に従い、これまで罹患もせず種痘も受けてこなかった啓を三田井の疱瘡病舎まで連れて来ていた。

「ちょっと待て、そこの娘少し様子がおかしいな」

周りの音や他人の声に一切反応を示さず、声を出さないので、病舎の前で立哨していた巡査が清右衛門父娘を制止した。

「すみません。この子は唖なもんで」

「何、唖だと。唖には種痘など必要ないであろう。帰りなさい」

「そんな。唖でもわしらには大事な娘なんです。お金なら僅かばかりですが持って参りました」

「金だと。無礼な、金など受け取ると思うのか。いいからもう帰れ」

「申し訳ございません。申し訳ございません。何とかお願い出来ませんでしょうか」

病舎の入り口で言うことを聞かずに粘る清右衛門に対して、巡査の方も意地になり全く譲る気配がなかった。

「清右衛門さんじゃないですか。どうしたんですか」

「ああ、佐々木様」

以前高千穂家に泊まった佐々木少尉試補が偶然通りかかった。清右衛門はこの際佐々木にすがるより他はないと考え、事の経緯を話した。佐々木も聞けば何やら不憫な気もしたので介入するつもりはなかったが、行き掛かり上やむを得ず問い質した。

「唖には種痘をしないという決まりでもあるのですか」

「いえ、明確にそう決まっている訳ではないのですが。貴重な種痘を何の役にも立たない者に施すのは無駄ではありませんか」

巡査は思い掛けず横槍が入り、鬱陶しい思いであったが、相手が士官なのでぞんざいにも出来なかった。

「貴方は何の役にも立たないと言われたが、私が履いているこの草鞋はこの娘が編んだものです。どうですか少しは役に立っているとは思われませんか」

巡査ももはや大事にしたくない気持ちも働き、佐々木の提示した事由は譲歩するのに丁度良かった。

「ほう、そうですかこれをこの娘が、いや、それでは私が見損なっておったのかもしれません。いいでしょう。おい、そこの者中に入りなさい」

清右衛門は佐々木に礼を言い、巡査に頭を下げながら啓を連れて病舎に入った。針を打たれることに抗う啓に何とか種痘を受けさせ家に帰ると、スエは安心して二人が家を出た時と同じく、また仏前で手を合わせるのであった。

その後高千穂の天然痘は、戦場が遠ざかって行くのに連れて徐々に収束に向かうのであった。

とうに梅雨となっている六月十九日、延岡の奇兵隊本営から高千穂派遣隊に、奇兵十六番隊、奇兵二十一番隊、中津隊の三隊を豊後方面へ配置転換するとの命令が下された。小浜と増田の以前からの要望が受け入れられたのである。これにより翌日の朝、三隊は宮崎から来た農兵隊と入れ替わりに、曇天の中を延岡に向けて出立した。

この交替により高千穂派遣隊の兵数は減少し、そればかりか歴戦の兵士と速製の農兵とでは当然その能力に格段の差があるため、結果として高千穂の薩軍兵力は著しく低下したのであった。

野村は高千穂派遣隊から異動してきた三隊を豊後方面へ充当したものの時既に遅く、六月二十一日に重岡が陥落する。五月十二日に占領してから豊後進攻の足掛かりとしていた重岡であったが、一カ月余りで政府軍に明け渡すことになった。これ以降、野村の豊後派遣隊は重岡奪還を目指しつつも日豊国境の山岳地帯に堡塁を築き、延岡の防衛に軸足を移さざるを得なくなるのであった。

そして豊後方面での大勢がほぼ決し、後顧の憂いがなくなった第一旅団はいよいよその作戦行動を三田井の防衛から薩軍・高千穂派遣隊の掃討に切り替えていくことになる。

九　日之影川

［六月二十三日〜七月二日］

高千穂の中心地である三田井から薩軍が一掃されて、約ひと月が経った。戦乱と共に見舞われた病禍もまた次第に去りつつある中で、南東の日之影川には未だ薩軍が強固な堡塁を築いて居座っていた。

六月二十三日、津田新太郎のもとに三田井の区長事務扱所から出頭命令が届けられた。新太郎は新任の区長か代理が来たのであろうと推し測り、すぐに三田井に向かった。

百大区の事務については、相木常謙区長も石崎行篤副区長も後事を決めぬまま薩軍と共にいなくなってしまったので、残された新太郎ら正副戸長はどうしようもなく、「そのうち新しい区長が来るだろう」くらいに考えて打捨てていた。折しも疱瘡の蔓延でそれどころではなかったという事情もあった。

三田井の区長事務扱所に着くと、そこには区長の代わりに薩摩から五等警部の大滝新十郎と九等属の添田弼此が来ていた。集まった戸長は新太郎の他には、河内村の志津幾治と桑野内村の後藤兵吾の二人だけであった。

大滝は背筋を真っすぐに伸ばして椅子に座り、難しい顔をしながら自らの名を名乗り、集まった戸長の担当区域と名前を確認した後、三人に要件を切り出した。

「そもそも区長、戸長という職はその土地の人民を治めるに当たって誠に重要な公職であります。それにも関わらず、ここ高千穂ではその職を手前勝手に投げ打って賊と共に遁走した者がいると聞き及びました。実に情けなく不埒な行いであります。そのような中にあって今日ここに来られた三名は、誠に殊勝なる心構えの方々とお見受け致しました」

新太郎は何だか褒められたような気がして気恥ずかしく思ったが、十八人いる正副戸長のうち三人しか来ていないのが残念でならなかった。

「そこでお願いですが、現在のように百大区の区長事務扱所が瓦解している状態は極めて不都合であり、官軍の滞在を円滑にする上でも当地を知る者による事務の従事が不可欠であります。よって御三方のうち必ず一人は終日こちらに詰めて頂きたい。宜しいですかな」

お願いと言いつつも拒めるような状況ではなく、新太郎達は承諾せざるを得なかった。後の話を添田が引き継ぎ、その話を聞きながら大滝も引き締まった表情で何度か頷いていた。そうして新太郎達は二十五日から交替で区長事務扱所に詰めることになった。

六月二十四日、馬見原の第一旅団本営から参謀長の岡本兵四郎中佐が三田井に移動してきた。

前日に正式決定となった高千穂の薩軍掃討について各隊の進路と攻撃目標を改めて告げるためであった。

その指示の概略は、中央を、国司順正中佐、鈴木良光少佐、比志島義輝少佐が歩兵五中隊、砲兵二分隊、工兵隊若干を率いて七折の峠を経て宮水へ進軍し、中村の薩軍を攻撃する。右翼は、長谷川好道中佐が歩兵一中隊と援兵一小隊を率いて本道を進み、大楠の薩軍を攻撃、大島久直少佐が歩兵二中隊を率いて大楠の西方にある高城山（九〇一メートル）方面に進み、そこから大楠を攻撃する。左翼は、迫田鉄五郎少佐が四中隊を率いて岩戸から峠を経て日之影川上流の白仁田（延岡隊が陣を張る楠原のおよそ四キロメートル北）で川を渡り、南下して大菅、楠原を攻撃するというものであった。そうしてこの日の夜、各隊は宿営地を出発した。

数日前から梅雨らしい雨がちの天候が続いていた。この日も日暮れから降り出して、その雨は政府軍の進軍と共に次第に強くなり、終いには豪雨となった。

豪雨の中の進軍は兵士の気を滅入らせる。地上にある全ての物に雨が当たり、その音が絶え間なく鳴り続け、誰も何も話さないし、話したとしても聞こえない。俯いた笠の縁が突然前の人に当たり立ち止まる。前の人は何も言わずまた歩き始める。今日は自分が死ぬ番ではなかろうか、ふとそんなことを考えようものなら瞬く間にその考えに捕らわれていく。そのうち尿意を催し、衣服を着たまま用を足す。そのことに何の不都合も感じない状況が可笑しく、誰かに打ち明けようと思っても豪雨の中の進軍は続くのであった。

長雨や豪雨ともなれば忽ち河川が氾濫して土砂崩れが起き、建造物が損なわれるのは日本列島の宿命であり、高千穂とても例外ではない。谷間の小渓は激流と化し、戦はおろか戦場へ辿り着くのさえ困難であった。いつやむとも知れない滝に打たれているような雨は、それでも次第に弱くなり夜明け前にはすっかりやんだ。あと数刻で攻撃開始の時刻であったが、右翼隊を除いて未だ進軍の途上にあり、もはやその計画は画餅に帰していた。

中央隊は、途中の長谷川に架かっていた土橋が流されていたために進軍が遅滞していた。工兵隊が急造の橋を架けて、何とか全部隊渡りきったものの、日のあるうちに目標の宮水に辿り着くだけで精一杯であった。

左翼もまた、何とか白仁田まで進軍したものの日之影川が増水し、普段は浅く容易に渡れる場所が様変わりしていて、白仁田で足止めに遭っていた。

そうした中にあって右翼隊は、三田井近郊で早々に五ケ瀬川を渡河して進軍してきたため、大楠の薩軍陣地に対し、接近して攻撃することが可能であった。

本道を進んで来た長谷川中佐の隊は夜明けと共に予定通り攻撃を開始した。まずは大楠一帯に陣を構える薩軍の一番外側の堡塁に奇襲をかけて討ち破り、勢いに任せてそのまま進撃した。

大楠の陣の主力は正義六番隊（隊長肥後壮之介）で人数において劣勢とはいえ、簡単に敗れるような部隊ではない。不意を衝かれて外側の一塁は破られても、地の利を活かし考え抜かれた堡塁の数々は頑強で、そこから狙い撃つ射撃もまた正確であり、迫り来る兵士を次々に撃ち倒していった。

それを見た長谷川中佐は叱咤激励しながらも、ここを落とすには相当の犠牲を払わねばならないのではないかと危惧の念を抱いた。

高城山方面から迂回してきた大島少佐の部隊もまたこの堡塁の前に苦戦を強いられていた。木の影、岩の影から機を見て突進するも薩軍の必死の防戦に敢えなく打ちのめされるばかりで、なかなか近づくことが出来なかった。そもそもこの迂回隊は夜通し泥濘の山を登攀してここに辿り着くや、ほとんど休む間もなく戦闘に突入したため、疲労も頂点に達していた。

この日、第一旅団は本営を馬見原から三田井に移し、電信を敷設して高千穂の薩軍掃討に向けて万全の態勢で臨んでいたが、前線から届く戦況は捗々(はかばか)しいものではなかった。

多くの者が一旦態勢を整えるべきと考えているそうした状況にあっても尚、作戦遂行を第一に考える人物はおり、本営から宮水へ視察に来た参謀の瀬戸口重雄中尉が、大楠、中村への砲撃を具申する。こうした強硬論というのは大抵の場合抑え難く、中央隊はまず日之影川対岸の中村に砲撃を仕掛ける。しかし二十日以上前から工事をして造り上げられた堡塁は容易には崩れず、かえって狙い撃たれて負傷者も出始めた。

政府軍が宮水から中村に放つ大砲の音は約三キロメートル北東の楠原に駐屯する延岡隊にもはっきりと聞こえた。数日前に来た新参の隊員は一様に顔色を変えておののいている様子であったが、古参の隊員は緊張こそすれ不思議と高揚しているのが見て取れた。三田井の戦で敗れて以来、ほぼ一カ月ぶりの戦であった。

「やっと始まったか」

古参の隊員達のここでの戦に臨む心境は、勿論それぞれに違ってはいたであろうが、恐らく皆に共通していたのは、「山の中で日々警戒するだけの生活に飽き飽きした」という思いではなかったか。高千穂太郎と那須九蔵も周辺の偵察を命じられ、早速勇んで飛び出して行った。

しかしこの時延岡隊幹部をはじめ多くの隊員は砲声のする南側に、より警戒心を抱き、北側は大菅周辺までの偵察にとどめていた。その結果、白仁田で渡河を試みていた政府軍の左翼隊は発見出来なかった。

中村に陣を張っていた正義五番隊の隊長久永重喜は政府軍の攻撃に対する自軍の損害を見極めると、半隊を割いて五ケ瀬川の対岸にある大楠の応援に向かわせた。

半隊は薩軍支配地域で流失を免れた橋を渡って大楠に至り、友軍を激励して戦闘に加わった。大楠を守り懸命に戦っていた薩軍の兵はこれに気勢を上げて益々奮闘する。

一方大楠の政府軍は攻略の糸口が掴めぬまま、次第に死傷者が増えていく有様に危機感を抱き、長谷川中佐と大島少佐は一旦兵を収める決断をする。長谷川中佐の部隊は大人まで後退し、大島少佐の部隊は高城山に登って防御に転じた。こうして政府軍は目立った戦果を上げられないまま、この日の戦闘を終了したのであった。

翌二十六日、右翼隊以外の政府軍は、前日に戦らしい戦もせずに殆ど移動だけに終わったので既に疲労も回復し、敵を前にして自ずと戦意も高まってきていた。後方の三田井に第一旅団司令長官・野津鎮雄少将が到着したともなれば尚更で、各隊は互いに他の隊より先に手柄を得ようと行動を開始する。しかし目の前を流れる五ケ瀬川と日之影川の濁流は如何ともし難く、工兵隊が八方手を尽くすも架橋の見込みは全く立たなかった。

そうした状況であるため、宮水の中央隊は差し当たり大砲による攻撃以外打つ手がなく、大楠と中村の薩軍に向けて肩墻（けんしょう）を出来るだけ前に構築して山砲を据え、砲撃を開始した。薩軍もその様子を見て地の利のいい高地から鉄砲で応射するが、昨日とは違い肩墻の中の砲兵隊を狙撃するのは容易ではなかった。政府軍の砲弾は爆音と伴に着々と薩軍の堡塁を粉砕していく。しかしこの攻撃も大砲が照準を合わせられる範囲でしか有効ではなく、狭い土地に据えられた山砲二門では自ずと限界があった。

日之影川を渡河出来ずに白仁田に駐留していた左翼隊は、この日も渡河はかなわず、仕方なしにそのまま日之影川西岸を南下し、楠原の向かい側まで来て、そこから川越しに銃撃を試みた。楠原に本営を置く延岡隊も透かさず応射して、これにより北部での戦闘も開始された。しかしこの戦闘は川を挟んで物陰に隠れている兵を互いに狙撃することしか出来ず、そしてまたそれを当てるのも困難であり、左翼隊はここから攻撃する不毛を悟って、ここでも局面を打開出来ないまま引き返さざるを得なかった。

昨日大楠の薩軍に対して歩兵による直接攻撃を敢行した右翼隊は、この日は一転して防御態勢を取り、駐留地の整備と敵地の探索を行っていた。兵力は自軍が勝っており、昨日と同じように正面からの攻撃でも確実に落とせると見越してはいたが、その場合多大なる犠牲を覚悟しなければならず、その代償の大きさを考えると攻撃を一旦見合わせざるを得ないのであった。

こうして二日目の戦闘も終わった。

三日目はまた雨が降り、川の水位もあまり変わらなかった。宮水から中村、大楠への砲撃は引き続き行ってはいるものの、中村も大楠も日之影川、五ケ瀬川を渡れるようにならない限り中央隊の方からではどうにもしようがない、というのが現状であった。

そうした重圧を感じつつ、工兵隊は懸命に橋を架ける場所の探索や材料などの手配を行い、そして漸く白仁田から約一・五キロメートル南にある戸川において架橋の見込みが立ち、工事に着手した。工事と言っても勿論本格的なものではない。杉の木を渡すだけの仮設の橋である。それでも数百人の兵隊や馬、荷車、果ては大砲までもが支障なく渡れるだけのものを造る必要があった。一方、五ケ瀬川の架橋に関しては依然見通しが立たなかった。

右翼隊のいる大楠方面は戦闘を一時見合わせていたが、此方は橋の有無とはそれ程関わりはない。にもかかわらず敵を前にして手をこまねいている状況に、三田井の第一旅団本営から明朝再び攻撃を開始するよう指令が下った。

六月二十八日未明、右翼隊は全身にまとわりつくような霧の中を大人と高城山から大楠を目指して行動を開始した。聞き慣れている筈の増水した五ケ瀬川の音が妙に重く聞こえていた。

第一線の堡塁群に射程距離まで接近して攻撃開始の合図を待つが、日の出の時刻を過ぎても日は差さず霞が懸かったままであった。

料金受取人払郵便

小石川局承認

6163

差出有効期間
令和6年3月
31日まで
(期間後は切手をおはりください)

郵便はがき

112-8790

105

東京都文京区関口1-23-6
東洋出版 編集部 行

本のご注文はこのはがきをご利用ください

●ご注文の本は、小社が委託する本の宅配会社ブックサービス㈱より、1週間前後でお届けいたします。代金は、お届けの際、下記金額をお支払いください。

お支払い金額＝税込価格＋手数料305円

●電話やFAXでもご注文を承ります。
電話 03-5261-1004　　FAX 03-5261-1002

ご注文の書名	税込価格	冊　数

● 本のお届け先　※下記のご連絡先と異なる場合にご記入ください。

ふりがな
お名前　　　　お電話番号

ご住所　〒　　　－

e-mail　　　　@

ご記入いただいた個人情報は、お問い合わせへのお返事、ご注文の商品発送、新刊・企画などのご案内以外の目的には使用いたしません。

東洋出版の書籍をご購入いただき、誠にありがとうございます。

今後の出版活動の参考とさせていただきますので、アンケートにご協力いただきますよう、お願い申し上げます。

● この本の書名

● この本は、何でお知りになりましたか？（複数回答可）
1. 書店　2. 新聞広告（　　　　　　新聞）　3. 書評・記事　4. 人の紹介
5. 図書室・図書館　6. ウェブ・SNS　7. その他（　　　　　　　　）

● この本をご購入いただいた理由は何ですか？（複数回答可）
1. テーマ・タイトル　2. 著者　3. 装丁　4. 広告・書評
5. その他（　　　　　　　　）

● 本書をお読みになったご感想をお書きください

● 今後読んでみたい書籍のテーマ・分野などありましたらお書きください

ご感想を匿名で書籍のPR等に使用させていただくことがございます。
ご了承いただけない場合は、右の□内に✓をご記入ください。　□許可しない

※メッセージは、著者にお届けいたします。差し支えない範囲で下欄もご記入ください。

●ご職業　1.会社員　2.経営者　3.公務員　4.教育関係者　5.自営業　6.主婦
7.学生　8.アルバイト　9.その他（　　　　　　　　）

●お住まいの地域

都道府県　　　　市町村区　男・女　年齢　　　歳

ご協力ありがとうございました。

午前七時、漸く霧が晴れ始めた。本道の部隊が発砲したのを皮切りに宮水からも援護の砲撃が開始され、迂回隊も一斉に攻撃を始めた。

第一線の堡塁を守る薩軍の兵達は常に攻撃があるのを覚悟していたが、この朝は薄っすらと霞が懸かり、敵が朧気にしか見えず的が絞りにくかった。しかも二日前より敵兵の数が多くなっているように感じて、守備兵の誰もが攻め込まれる恐れを抱いた。一カ所堡塁が破られると、その隣接した堡塁の守備兵から次々と後退を始め、間もなく第一線は崩壊した。

肥後は第一線が破られるのをある程度想定していた。第一線の指揮官には守備が困難となった場合には早々に見切って、第二線まで退くよう予め指示していたのである。第一線の堡塁を死守することによってただでさえ少ない隊員を損じるよりも、地形的に有利な第二線の守備を厚くして、敵を迎え撃つ方がこの際得策であると考えたからであった。

第一線を突破した右翼隊はその勢いを駆って第二線への攻撃を仕掛けるが、果たしてそこは現在いる場所よりも高い所に有り、その間の遮蔽物は一切排除されていた。時折差す日の光で斜面から薄っすらと蒸気が上がる。匍匐しながら登る兵士の服は湿気と汗とが相まって蒸し暑く、先程の勢いが瞬く間に削がれていった。

地べたにへばりつく兵士のすぐ傍でプスプスと銃弾が土にめり込む。動きが緩慢になった兵士達は格好の的であった。連日の雨によって土はぬかるみ、表面より下は冷たくて心地よい、その土を擦り付け擬装するもプスプスという音からは逃れられなかった。いつの間にかまた降り出した生暖かい小糠雨が兵士の気力を奪っていった。

午後になっても敵の第二線へ近づけず、右翼隊司令官の長谷川中佐は、この日の攻略を諦めて全軍に撤退を命じる。こうして四日目の戦闘も終了した。

右翼隊による戦果は上げられなかったものの、この日工兵隊による戸川での工事が終わり、日之影川に橋が架けられた。

雨による橋の流失や薩軍の陣地が予想より堅固であったことなどを考慮に入れても、戦闘を開始してから四日を経て未だ形勢に変化のない状況は、第一旅団本営の将校らを甚だしく失望させた。

翌日、参謀部は岡本兵四郎参謀長指揮の下、馬を駆って各所の状況把握に努め、日之影川に橋が架かったこの機を最大限に活かすべく作戦の立て直しに着手した。参謀部はこの作業にほぼ一日を費やし、部隊毎に次のような配置転換と進軍計画を立案した。

隊は大きく分けて国司中佐が統轄する攻撃隊、攻撃本隊と、長谷川中佐が統轄する攻撃支隊、守備隊とし、攻撃隊は比志島少佐が歩兵四中隊を率いて日之影川に架けた橋を渡り、南下して中村まで進撃する。攻撃本隊は二隊に分け、鈴木少佐の指揮で、一方は歩兵一中隊、砲兵一分隊半、工兵一分隊を率いて宮水の守備と中村、大楠の横撃にあたり、もう一方は歩兵一中隊、砲兵一分隊、工兵一分隊を率いて小菅に進入し、大菅を横撃する。則ちこの本隊は攻撃隊が南下するのに合わせて対岸から援護するのが主な任務であった。攻撃支隊は迫田少佐が歩兵三中隊を率いて戸ノ口から日之影川を渡り、そのまま東へ山の尾根を越えて進み、綱の瀬川まで出て南下し、一部を楠原もしくは竹の原の背後に回らせて、残りは新町に進攻する。この隊は大きく迂回して薩軍を背後から攻撃するのが任務であった。そして守備隊は大島少佐が歩兵三中隊、砲兵一分隊半を率いて大楠の周辺に兵を配置して警戒し、時機をみて攻撃に転じる。という計画であった。

要するに今まで事実上実行されなかったと言ってもいい中央隊、右翼隊、左翼隊の三方面同時進攻から、北側（左翼）からの一点切り崩しに転換したのであった。

そしてその場合真っ先に標的となるのが延岡隊の守っている大菅、楠原方面であった。勿論、延岡隊はそのことを知る由もない。戦闘が始まってから五日が経ち、宮水の政府軍からの砲撃は専ら中村、大楠へ向けられていて、それにより主戦場を、本道、五ケ瀬川方面と決めてかかっていたとするならば、往々にしてそうした所に隙が生じる。

翌日政府軍は、参謀部の計画に沿って各隊が粛々と移動を始めた。またその間も薩軍に覚られるのを防ぐため、昨日までと同じように宮水から銃撃や砲撃が加えられた。

七月一日、戦闘開始から七日目、参謀部は前線本部を白仁田に置き、そこに各隊の隊長を集めた。そして攻撃目標と配置などの一部変更を行い、互いに健闘を期して明日の決行に備えたのであった。

攻撃開始は明日であっても工兵隊と砲兵隊は既に動き出していた。計画通り川越しに大菅と楠原を砲撃するため、山砲二門を小菅に運び入れて台場を構築していた。その作業もまた薩軍に知られぬよう、夜通し慎重に行われた。またこれとは別に迫田少佐率いる攻撃支隊も薩軍の背後へ回り込むため、行軍を開始していた。

七月二日未明、昼間の酷暑とは打って変わり、冷涼な川の奔流が聞こえる中で、国司中佐と比志島少佐の攻撃隊は日之影川に架かった橋を渡った。延岡隊の北の防衛線を目指して進軍し、防衛線を分断するため、途中から国司中佐の隊は右の川沿いに、比志島少佐の隊は左の峠道にそれぞれ別れて進んだ。そして朝の光が差し始めた頃、喇叭（らっぱ）による合図で一斉に攻撃を開始した。それに合わせて、小菅の砲兵隊も大菅、楠原に対し、川越しの砲撃を開始した。

北面の延岡隊の堡塁では、不意に銃撃を受けて慌てて反撃するも味方は数人しかおらず、迫る敵の数は桁違いで、務めて一発は発砲しても二発目を撃つ余裕はなく、堡塁を棄てて、とにかく後方の山の中へ皆退避した。

楠原の延岡隊陣内では砲撃により瞬く間に数人が死傷し、大嶋景保隊長や加藤淳監軍が懸命に事態の収拾を図ろうとするも、農兵や新兵は惨たらしい死傷者を目の当たりにして周章狼狽し、反撃態勢へ移行するのに手間取っていた。そうした中で、さらに大菅方面の守備兵が敵に圧されて後退してきた。

大嶋隊長は第一線を放棄して、第二線での防戦を指示する。しかし政府軍は喇叭による信号を使って巧みに砲弾の着弾位置をずらし、第二線での防戦も困難な状況となった。

延岡隊の北面の守備は、比志島少佐の部隊による攻撃でほぼ壊滅状態となり、残るは今村鑑一什長が守備する長籔の堡塁のみとなっていた。今村は比較的早い段階で周辺の兵を集め人数を増やして防戦していたが、兵力の差は歴然としており、楠原に援軍を要請するも、楠原も攻撃されているためか受け入れられず、孤立無援となっていた。

この頃政府軍の迫田少佐の迂回隊は計画通り、点在する薩軍の堡塁を落としながら進軍し、楠原の背後を窺いつつあった。

楠原は遂に三方面からの攻撃を受けるに至って、大嶋隊長は隣接する高鍋隊に援軍を要請する。高鍋隊は困難な状況ながらこれを受け入れ、平島重綱の一個分隊を応援に送る。しかしもはやその援軍で何とか出来るような状況ではなくなってきていた。

第二線の堡塁では、これまでの役割など全く関係なしに、鉄砲を撃つか、弾を込めるかのどちらかに専念し、とにかくとめどなくそれを続けていた。

「ぐぁ」

弾を込めている様子であった九蔵が突然仰け反り倒れた。

太郎に今までと違う恐怖が襲ってきた。「九蔵さんが撃たれた。九蔵さんが逝ってしまう」

「九蔵さん撃たれたのか。九蔵さん、どこ撃たれたんだ」

鳩尾辺りを押えた九蔵は息が吸えず、それでも何とか吸おうとしてその呼吸は呻き声になっていた。

「九蔵さん。腹を撃たれたのか」

九蔵の両の目は見開かれ、汚れた顔は紅く染まっていた。

「あああ息が、痛い」

九蔵が懐から草鞋を取り出した時、銅銭が五枚こぼれ落ちた。

ひしゃげた草鞋に穴が開いていた。太郎が覗くと草鞋に仕込んだ銅銭で辛うじて弾が止まっていた。

「すごい。これシノ姉ちゃんが見たら喜ぶかな」

九蔵は肩で息をしながら、落ちた銅銭と草鞋をまた懐にしまった。

「何をしている。早く鉄砲をよこせ」

堡塁の中には撃ち過ぎて使用出来なくなった鉄砲が見る間に増えていった。

延岡隊は第二線も放棄して楠原神社まで後退する。しかしそこは今いる隊員を全員配置出来るだけの広さはなく、加藤監軍の一個分隊を残して、それ以外の者は神社の後方に下がって防戦することにした。しかしその矢先、加藤監軍の股に銃弾が当り、別の隊員二人も続けざまに撃たれた。大嶋隊長は楠原神社での防戦を断念し、南にある丹助岳の北側の麓に位置する藤峠まで一旦撤退するよう全員に命じた。

国司中佐の部隊は時を移さず楠原を制圧し、延岡隊の陣地は陥落した。この延岡隊の崩壊がひいては高千穂派遣隊全体の撤退へと繋がっていく。


竹ノ原を守る高鍋隊は、楠原陥落によって、砲撃とそれに加えて右翼からの攻撃に晒され、指揮官の柿原宗敬はとても抗戦しきれないと判断して延岡隊とは反対の丹助岳の南側の麓へ順次撤退を始めた。

連日の砲撃に耐え続けてきた中村の正義五番隊（隊長久永重喜）は、右翼の竹ノ原が政府軍の手に落ちたことで横からの攻撃を受け始めた。また正面からは日之影川の渡し場付近に仮設された橋を渡って、宮水から歩兵が侵入して来ていた。砲撃は一時やむも撃ち合い斬り合いの接近戦となり、さらに後方から政府軍の迂回隊に攻め込まれるに至って遂に支え切れなくなり、久永は、中村を放棄して舟の尾への撤退を決断する。そしてこの時隊長の久永自身も負傷し、後の指揮を小隊長の小倉清左衛門に託して、久永はそのまま延岡まで護送されて行った。

大楠の陣地も連日、砲撃や歩兵の攻撃に耐えてきたが、中村が落ちたことによって五ケ瀬川を渡河した敵に背後を脅かされるようになった。背後の敵と大人からの正面の敵とで挟撃される恐れが出てきたため、肥後壮之介はやむなく大楠の放棄を決め、ひとまず五ケ瀬川を南下して小崎の支流付近で迎撃することにした。しかしそこは今までのように弾を避ける胸壁もなく、兵を展開する広さもない、そのため間もなく政府軍の物量に圧され始めた。肥後隊は防戦しながら五ケ瀬川沿いに徐々に後退して行った。

小倉清左衛門が代理で指揮を執る正義五番隊の殿と、野口一馬率いる高鍋隊の一個分隊は本道沿いの上顔、下顔付近で政府軍の追撃を撃退しつつ後退を続けていた。そこへ折よく丹助岳から政府軍に対して銃撃が加えられた。丹助岳の中腹に防御線を敷いた高鍋隊による攻撃であった。政府軍は追撃しようにも上からの狙撃に阻まれて、それ以上先に進めなくなった。高鍋隊本隊の援護により、撤退する兵は辛うじて殲滅を免れたのであった。

その正義五番隊がひとまず撤兵の目的地として定めた舟の尾であったが、司令官の高城七之丞は日之影川沿岸の陣が壊滅したとの報告を受け、早くも本営を新町（舟の尾から約一・五キロメートル東）に移転することを決めて、各隊の隊長に新町に集合するよう伝令を放った。しかし敵に攻め込まれて移動している部隊にそれを満遍なく伝えるのは当然簡単ではない。

その頃延岡隊は丹助岳の北側の藤峠で今村什長の北面守備部隊と合流し、そこで何とか防御線を張って踏み止まっていた。主戦場は明らかに南側に移った様子で、頻りに鉄砲の音が聞こえていた。大嶋隊長は今後の行動を決めるにあたって、まずは現状の把握が必要であると考え、各所に人を派遣した。時刻は午後六時を過ぎていた。

新町までの進出を目論んでいた政府軍であったが、丹助岳から銃撃を受けて本道を進むことが出来ず、舟の尾へも近づけずにいた。本隊の鈴木少佐は一個中隊を丹助岳の攻撃に投入していたが、日没の時刻も迫りつつある中で、さらに一個中隊を向かわせた。

しかし樹木の生い茂った山の中は薄暗く、敵を見付けるのも困難であった。西陽が漏れて光った先に敵の気配がして発砲しても忽ち横合いから攻撃を受け、べったりと地面に這いつくばる。敵を包囲したつもりが逆に包囲されているような不気味な感覚に陥り、体を起こすのが恐ろしくなってきていた。

藤峠で防御線を張る延岡隊は、なるべく有利な場所へ兵を展開して迎撃態勢を取っていた。

進入してくる政府軍は午前中ほどの勢いは感じられず、充分撃退出来ると思われた。そして大嶋隊長は、探索の者の報告から、敵と味方の様子を概ね把握し、延岡隊と高鍋隊で丹助岳の北と南を押さえておけば、ひとまずは舟の尾を守れると考えて暫くここに留まるつもりでいた。

しかしその頃、比志島少佐の迂回隊は、丹助岳で政府軍本隊と薩軍が交戦している隙に首尾よく舟の尾に達していて、陥れるのに成功していた。

やがて日が没し、自然と銃声も聞こえなくなった。

高鍋隊は日が暮れてすぐ、伝えられた命令に従って、夜陰に紛れて粛々と新町へ移動していった。

こうして日之影川から五ケ瀬川にかけて構築された高千穂派遣隊の防衛線は、六月一日に舟の尾を本営と定めてからひと月、六月二十五日の戦闘開始から八日目にして遂に突破されたのであった。政府軍は高鍋隊が撤収した丹助岳を占領すると共に、本道は中村から舟の尾にかけて篝火を焚いて警戒し、野営の準備に掛かり始めていた。

この頃までに延岡隊の大嶋隊長にも新町への集合命令は届いていたが、延岡隊がいる藤峠は薩軍の中でも新町から一番遠く、その分伝わるのが遅かった。しかも延岡隊はそれまで、舟の尾を守り抜き、あわよくば政府軍を押し返して少しでも失地を回復することだけを考えて、退路を意識していなかった。その矢先に届いた舟の尾撤収の報せであった。

日も暮れて戦闘が終わったので隊員を集結させて新町に向かおうとしたが、そこへ行く主要な経路は全て政府軍に押さえられていた。篝火の焚かれた野営の陣地に斬り込んで突破することも出来なくはなかったが、もうそこまでの気力は残っていなかった。延岡隊は篝火から逃れるように北西へと進み、綱の瀬川を渡河した所で、この日初めて休憩を取った。

太郎と九蔵は近藤長輜重長に呼ばれて全員に干芋を配るように命じられた。皆朝から殆ど何も食べていなかったが、戦の最中に楠原から持ち出すことが出来た食糧はそれだけであった。

食べ物の配給はとかく諍いが起こり易い。それは意外にも士族の人とて例外ではないのを太郎は知っていた。大きさがまちまちであるのを階級や年齢によって上手く配らなければならないが、太郎と九蔵はそれをいつもそつなくこなしていた。

受け取った芋を慌てて食べて嘔吐する者もいれば、半分だけ食べて残りを懐に忍ばす者もいる。そんな中、太郎と九蔵は飲み込むのを極力我慢してゆっくりと口の中でふやかして食べる。そして残らず食べる。食べられる時に食べてしまうのは貧しい経験をしてきた者の性分なのかもしれない。

太郎は、事ここに至っても別段後悔はしていなかった。してはいないが、まるっきり予想していたのと違う状況に戸惑っていた。予想といっても明確に何かを思い描いていた訳ではない。ただ「今頃はとっくに凱旋して、東京までの出来事を皆に話して聞かせている筈であった」と、そんなことを考えずにはいられなかった。「連戦連敗、退却につぐ退却、いつまでこの生活が続くのであろうか」と暗澹たる気持ちになるが、それを周りに、殊に九蔵には覚られないようにしなければならない。太郎が見たところ九蔵の様子は四カ月前とさして変わっていないように見える。「しかし内心はどうであろうか」と太郎はそれが少し気掛かりであった。しかしそれを確かめる勇気はない。もしそれを訊けば自分の出鱈目な心根を九蔵に知られてしまう恐れがあるからであった。

戦へと行けど戻れど帰られぬ
日暮の慈鳥　山砲の峰

休憩を終え、そこから南下して新町に着いた頃にはもう夜の十二時を回っていた。新町では既に新しく部隊配置が決められており、先に到着していた正義五番隊と高鍋隊は、それに従って新町周辺の守備に就いていた。大嶋隊長は高城司令に到着したことを伝えて指示を仰ぐと、「敵が新町の後方へ侵入するのを防ぐため延岡隊は日平（新町から北東約一キロメートル）周辺の間道を守備するように」と命じられた。これを受けて延岡隊は、今しがた来た道を菅原まで戻り、そこに延岡隊本営を置いて、日平周辺に部隊を配置した。

高千穂太郎は些か忸怩たる思いを抱いているが、延岡隊の士族とて、もうこの時点で既に戦闘に参加した時の熱い気持ちは失っていたか、或いはおおかた冷めていたのではなかろうか。現に大嶋景保隊長は戦後、疑念を抱きながら従軍していたと供述している。勿論戦場においてはそんなことは決して口には出さないし、目の前の戦に集中していたと思われる。しかし大嶋隊長に限らず、ここにいる誰もが、時に満天の星空の下で沈思黙考したであろうことは想像に難くない。自らの信念や信義を糺して誇りを胸に刻み、戦死した仲間達に思いを致し、家族に詫びて感謝する。そういう普通の人々が賊として死んでいった戦争であった。

十　綱の瀬川

［七月三日〜七月二十四日］

日之影川周辺の薩軍の陣地と、舟の尾の本営が陥落したことは、中村に臨時区長事務扱所を構え、専ら延岡隊をはじめ薩軍の後方支援事務を行っていた百大区の区長達にとっても難儀な出来事であった。薩軍の後退に伴って区長達もまた移転せざるを得なくなり、七月二日、一旦北方村の椎畑に移転し、その後改めて北方村曽木（新町から約一二キロメートル南東、延岡へは東へ約一二キロメートル）の北方村小区長事務扱所に移ることにしたのであった。しかしそこまで行くともはや百大区の管轄地ではなく、九十九大区の管轄地であった。

政府軍による日之影総攻撃の日（七月二日）の翌日は、申し合わせた訳でもなく自然と休戦になった。その間に高千穂派遣隊では改めて状況の確認を行い、新町を防衛するにあたっては舟の尾と新町の間にある高塚山を言わば砦と見做して政府軍を邀撃するのが、この際最善であるとの結論に至り、次のように部隊配置を取り決めた。

その概略は、高塚山に高鍋隊三番小隊の半隊をまず配置して、高塚山の左翼である本道は正義五番の一小隊で防ぎ、高塚山の右翼の間道は正義五番の一小隊、高鍋隊三番小隊の半隊、高鍋隊一番隊で防ぐ。というものであり、この態勢で政府軍の追撃に備えた。（小隊は一二〇人から五〇人、半隊はその半数）

政府軍と比べて心許ない戦力であるのは否めないが、乏しくなった戦力で新町の正面に配置出来る、これが限界であった。

戦力が低下した要因は、前日の戦闘で死傷者を出したということ以外にも、強制的に連れて来られた農兵らの中に、死傷者を目の当たりにして恐怖心、或いは理不尽な思いを抱いて戦乱に紛れて帰ってしまった者がおり、こうした事情もまた一つの要因であった。

高千穂派遣隊の他の部隊については、延岡隊が昨日着いた菅原から日平近辺で新町の後方守備にあたり、大楠から後退した正義六番隊は荒平で政府軍と対峙して動けず。その他の農兵を主とした部隊は南の山岳地帯において元々守備に就いていた佐土原隊と共に警備にあたることになった。

一方高千穂方面の薩軍討伐を担う第一旅団はこの日、撤退した薩軍の態勢を探索することに務めていた。そしてその結果、薩軍は新町に本営を置き、高塚山に堡塁を構築して本道と間道の防備を固めているのが分かった。これを受けて参謀長の岡本兵四郎中佐は、間を置かずに新町を攻略すべく部隊を編制し、攻撃目標を次のように定めた。

その概略は、まず攻撃隊の司令官を国司順正中佐として、先駆隊四個中隊を鈴木良光少佐が率い、攻撃本隊の二個中隊を比志島義輝少佐が率いて両隊共に本道を進んで新町に進入する。また迂回隊の司令官を長谷川好道中佐として、迂回本隊の二個中隊を迫田鉄五郎少佐が率いて丹助岳の東側を回り、北から新町に進入する。迂回援隊の一個中隊は伊地知季成大尉が率いて、迂回本隊とは反対の南側から新町へ進入する。という計画で、戦力差を以て殆ど正面から押し切る考えであった。

七月三日のこの日、宮水に官軍の炊爨場が設置された。借り受けた家に鍋釜や燃料、米や味噌などの食糧を運び入れるのは軍夫の仕事であったが、その中にイナの姿もあった。

軍夫の募集は随時行われていて、手っ取り早く現金収入が得られるので希望者も多かった。イナも敵方とはいえ戦をしている当人達の中に入れば、多少なりとも延岡隊の情報が入って来るのではないかと考えて世話役に申し入れていたが、募集されるのはどんな作業であれ男のみであった。イナはそれを、多少危険が伴うとか、力仕事があるとか、そういった配慮から女を雇わないようにしているものと受け取って、それならば自分は並の男と同等の力仕事もこなせるので直に証明しようと官軍の営舎を訪ねたところ、担当の軍吏は別段厭わず、二、三身の上を聞いただけでイナをまじまじと見つめ、一度「うんん」と頷き、一人勝手に納得して、イナは呆気なく三田井の炊爨場に採用されたのであった。

炊爨場での主な仕事は米を炊いて握り飯を作るという女でも充分事足りそうな作業であった。イナはむしろ女の方が向いているのではないかと思い、ある時炊爨主任に、「何故男しか雇わないのですか」と尋ねたところ、主任は、「以前は女も雇っていたが軍夫相手に色恋の揉め事が起こって、それ以来男しか雇わなくなったのだ」と教えてくれた。それを聞かされた後イナは、（高千穂）太郎の安否を気遣いつつも男ばかりの中で何の差障りもなく一途に働いている自分が滑稽に思えた。そんなことは充分自覚していたつもりでも、折に触れて、「賊軍に知り合いがいて心配だ」「あの人はまだ生きているだろうか」などと言ってしまうのであった。

そして忸怩たる思いを抱きながらも官軍兵士達の糧食を作り続け、その仕事ぶりはやがて炊爨主任に認められるまでになった。宮水に炊爨場設置が決まった時には同道が持ち掛けられたので、イナはそれを承知し、三日の日はその手伝いをかって出たのであった。

作業の合間に、昨日は官軍がここ宮水に本隊を置き、日之影川の対岸に陣を構えていた賊軍を散々に打払ったという話を聞いて、イナは、川向こうのあの山に、つい前日まで太郎がいたというのが俄かには信じられないながらも、延岡隊の人達に付いて逃げて行く太郎の姿が頭に浮かび、「どうして百姓なのに戦争なんかに行ったのだろう」と不憫に思うのであった。

七月に入り、高千穂以外の各戦線も不利な戦況を変えられないまま限界に近い状態で戦い続けていた。

日向南部の戦線においては、六月一日に重要な拠点である人吉を失った後、日向南西部の小林に拠点を移して破竹隊（大隊長河野主一郎）を主力に戦闘を続けていた。西から迫る別働第二旅団を度々飯野付近で撃退していたが、七月に入り第二旅団がこの方面に投入されてからは、撃退はおろか防衛すら難しい形勢になってきていた。
また薩摩方面では、雷撃隊（大隊長辺見十郎太）、熊本隊、熊本協同隊が、第三旅団と別働第三旅団に、六月三十日、大口及びその近郊で敗れて以降、抗戦しつつも徐々に後退を余儀なくされていった。そしてそれに伴って政府軍の戦力はいよいよ集約され、薩軍との戦力差は広がるばかりであった。この方面ではその後、第四旅団（司令長官曽我祐準少将）、別働第一旅団も加わり、四個旅団でかさに懸かって薩軍を追い詰めていくことになる。
そのような中、豊後方面では重岡の奪還は成らずとも日豊国境の山岳戦において、熊本鎮台を主力とする政府軍を白兵で圧倒していた。豊後派遣隊司令官の野村忍介は、今ここで兵を増やせば、再び豊後の市街へ進出出来ると考え、七月三日、宮崎の薩摩軍本営に赴き、薩軍の主な兵力を豊後方面へ振り分けるよう嘆願する。しかしそれは桐野利秋ににべもなく却下された。その後野村は挨拶に行った西郷隆盛に手厚く労われ、豊後派遣隊の本営がある熊田（延岡市北川町）へ帰って行った。
兵員の増強が困難であることを悟った豊後派遣隊の幹部は、薩摩軍と飫肥隊からなる奇兵隊の編成を次のように改めて四個大隊とする。
総指揮　野村忍介
総軍監　佐藤三二、小倉処平、石井貞興
大隊長　重久雄七、中山盛高、伊東直二、川久保十次
監軍　米良一之助、水間新七、嶺崎良明、石塚長左衛門

そしてさらに一個大隊として救應隊を次のように組織した。

総軍監　増田宗太郎

一番隊　中津隊

二番隊　竹田報国隊

三番隊　熊本協同隊の分隊

四番隊　高鍋隊の分隊

この軍の改編がどれ程機能し、効果があったのかは判らないが、この野村の豊後派遣隊はその後一カ月以上戦線を維持し、その結果、熊本鎮台参謀の児玉源太郎少佐は、「豊後口の攻撃遅滞に渉り恐悚の至りに絶えず」と山縣有朋参軍に謝している。

七月四日、高千穂では国司中佐が指揮する攻撃隊が新町攻略を目指し、夜明けと共に進軍を開始した。薩軍が高塚山と、それを挟むようにして本道と間道の三カ所で守備を固めていることは事前に掴んでいたので、国司中佐も攻撃隊を三方に分けて、それぞれ薩軍の正面に対峙させた。

午前七時、一斉に攻撃が開始された。銃声が轟き、飛び交う弾丸の当たる音と怒号が至る所で聞こえ出した。

しかし、戦闘開始からしばらくして国司中佐は予想外の戦況に焦り出す。敵を侮っていたという訳ではなかったが、敵の頑強な守りを前にして全く前進が出来なかったのである。

薩軍からしてみれば、一昨日は言わば横合いから奇襲を受けたような形になったが、今回は正面から受けて立つ形であり、地形も狭く兵士の数が戦力差に表れにくい状況であった。しかも高千穂派遣隊司令官の高城七之丞からは「高塚山は重要な陣地であるから弾丸の続く限り防戦せよ。もし弾丸がなくなったら抜刀して斬りこめ」と厳命されていて、薩軍の兵士各人がその重要性を理解し、必死に防戦していたのである。

その頃、迫田少佐が指揮する迂回隊は山むこうの銃声を聞きながら丹助岳山麓の峠を着々と新町目指して進軍していた。一方、綱の瀬川を隔てて新町の後方を守備する延岡隊は一昨日のように自軍から崩れるのだけは何としても避けたいと考え、周辺の警戒を厳しくすると共に戦況を注視していた。

午後になっても正義五番隊と高鍋隊は政府軍の攻撃を懸命に凌ぎ、戦況に大きな変化はなかった。それでも銃声は明らかに劣勢となってきていて、弾薬も残りが見え始めていた。

南下していた迫田少佐の迂回隊が新町まであと一キロメートルの所まで迫った時、間道を守る薩軍の右翼隊がそれに気付いた。直ちに銃撃戦となり、迂回隊は高塚山方面からも狙撃され、そこで一旦進軍を阻まれる。

未だ後方に控える延岡隊の大嶋景保隊長は周辺の探索結果を考え合わせて、後方まで回り込む政府軍の部隊はないと判断し、最小限の兵だけを残して加勢を決断する。綱の瀬川を渡り、阿下で右翼隊と交戦している政府軍（迂回隊）を横撃しようと密かに部隊を進めるが、それを高地で警戒していた政府軍の部隊に発見され、忽ちそこから銃撃を受ける。進軍を阻まれた延岡隊の隊員は各人が物陰に隠れて、高みに向かって撃ち返しながら何とか突破口を探るものの、時間ばかりが過ぎていった。

延岡隊の援軍がならない中でも正義五番隊と高鍋隊は懸命に戦い、午後四時になってもまだ高塚山は落ちなかった。国司中佐はこの状況を打開すべく砲兵隊の投入を要請する。しかし宮水の台場から日之影川を渡って舟の尾までの道程は七キロメートル近くあるため、日のあるうちに砲撃するのは難しい時間となってきていた。

そうした状況の中で、高塚山攻略を何としてでも成し遂げたいと考えていた迂回隊の迫田少佐は、伊地知大尉の迂回援隊が自軍に合流し、兵力に余裕が出来たこの機会を活かして、白兵に打って出ることを決意する。配下の内藤正明大尉と伴に隊を率いて高塚山の薩軍の堡塁下まで潜行し、示し合わせた自軍の銃撃がやんだ瞬間に突撃を敢行した。

銃剣を抱えた政府軍の歩兵が薩軍の堡塁に雪崩込み、その銃剣を槍のように薩軍の兵士に突き刺していく。しっかりと刺したつもりでも、ちゃんと刺さっていないような、鈍く重たく空っぽな感触が手に伝わり、引き抜いてはまた刺すのであった。

一斉射撃と示し合わせながらの狂ったような突撃も、その単調な繰り返しに薩軍の中には抜刀して迎え討つ者もいた。しかし刺すのに慣れてきた兵隊に、忽ち取り囲まれて銃剣を体中に受け、二太刀とはいかず斃されていった。

そうして遂に高塚山の陣地は崩壊した。薩軍は新町、桃木方面に次々と後退し、司令官の高城は綱の瀬川を渡って高千穂派遣隊の本営をひとまず椎畑（新町の約三キロメートル南東）に移動させた。また、高塚山の陥落を知った延岡隊も、結局援護出来なかったことに忸怩たる思いを抱きつつ虚しく退却していった。

徐々に後退しながら防戦を続ける正義五番隊と高鍋隊は椛木の丘陵で踏み止まるが、背後は綱の瀬川の断崖であった。前方に迫る政府軍を牽制しながら退路を探すが、既に影が伸びて足元が暗い。

政府軍の新町の陣営には山砲が到着し、夕日に照らされた丘陵の頂に向かって砲弾が撃ち込まれる。容赦のない砲撃で、砲弾が炸裂し木が折れ、土が舞う。薩軍の兵士の体にそれが落ちて来てその度に恐れが増幅されていく。それからはもう各々がそこから逃れることだけしか考えられなくなるのであった。崖下の岩の上といわず岩の間にも、血や脳漿を滴らせた兵士の遺体が有り、川に向かっても血の線が続いていた。しかし出血していた兵士はもうそこにはいない。泳げるか否かに関わらず、速い流れに翻弄されて対岸に行き着く者もいれば、生と死の間で五ケ瀬川まで流されていく者もいた。

綱の瀬川の対岸に行き着いた薩軍は椎畑から北の菅原まで、川沿いにおよそ三キロメートルに渡って警戒線を張り、政府軍の襲撃に備えたが、既に日も暮れて政府軍の兵士が川を渡って来る様子は見られなかった。代わりに現れるのは濡れそぼった薩軍の兵士達で、力なく自分の所属する隊を尋ね歩く。そういった様子が明け方まで続いた。

七月四日の新町周辺の戦いにおける死傷者数は何らかの記録があるとされる人だけで、両軍合わせて五〇人余りを数え、高千穂領内では一日の犠牲者数が多い、激しい戦闘であった。

新町周辺で戦闘が行われていた頃、第一旅団が本営を置く三田井では、一五キロメートル南東で多くの死傷者が出ていることなど全く慮る様子もなく、政府軍に勝手に付いて来た物売りなどで俄かに形成された市場が賑わっていた。目当ての客は勿論高千穂の領民ではない。今この地で金を持っているのは軍人と軍属である。殊に前線へ送られそうな者は金払いがよかった。

高千穂の地に思いがけず襲来したこの戦争によって、政府軍は様々な物をこの地に持ち込んだ。電信（戦後には撤去される）などの技術、機械、日用品などの物品のみならず、御上のための労役や物品の提供によっても、その対価が支払われることなどは、民権意識の萌芽の一つとなったのではなかろうか。こうして高千穂の領民は十年目にして、図らずも明治という時代の一端を目の当たりにしたのであった。

三田井の区長事務扱所に向かう津田新太郎は初めのうちこそ様変わりして賑やかになった一画を興味深く眺めていたが、購買力のない領民が蠅蚋（ようぜい）のように追い払われるのを見かけてからは、ある種の忌々しさを感じるようになった。この日も市場を一瞥し、ふと別の方へ顔を向けると岩戸村の戸長である土持信吉が官軍の兵士に縄をかけられて連れて行かれるのが目に入った。恐れていたことが現実となった気持ちの悪い感覚を抱きつつ新太郎は駆け寄った。

「これは一体どういうことですか」

「ん、ああ、この者は賊の手先だ」

「賊の手先って、いやそれは、」

新太郎は「違う。そんなことはない」と、そう言えなかった。土持は終始何も言わず口を真一文字に結び、新太郎を見ても、少し頷いたように見せただけであった。それは覚悟を決めた土持が「何も言うな、何もするな」と諭したようにも思われた。

新太郎はどう言っていいか分からず、ただその場で立ち尽くし、土持が連行されるのを見送った。たとえ土持が「何もするな」と言ったとしても、それでも新太郎は何もしない訳にはいかなかった。

新太郎も副戸長の立場上、薩摩軍や延岡隊、それらと行動を共にしている百大区の上役達の要求については把握していた。ただ五ケ所村は領内の北端に位置し、戸数も少ないので、そういった要求を避けることが出来た。その一方で中心に近い岩戸村はそういう訳にはいかなかったのである。その辺りの事情は新太郎にも容易に推察出来た。なにより土持信吉は全国の国学者と交誼を結ぶ程の識者であり、領民にも慕われ尊敬されていた。それだけに新太郎は土持が安易に処罰、最悪の場合処刑されるのを何としてでも押しとどめたかったのである。

土持は平素から区長や他の戸長から一目置かれ、領内の行政全般について頼みにされていた。新太郎は情状酌量を求める嘆願書に、そうしたしがらみを断ち切るのは容易でないということをしたためた。そして書いていくうちに、高千穂と延岡の抜き差しならない関係にまで筆が及び、これはあまりにも冗長であるし、この関係の本質は到底他所の者には理解出来ないであろうと思い直した。そこで土持が如何に人格者であるかを書き連ね、最後に『もし土持を処刑すれば民心は悉く官軍から離れていくであろう』という脅しとも取れる一文を、覚悟を決めて付け足した。

この頃、高千穂の司法も行政も全て官軍（第一旅団）の統制下にあった。そのため、新太郎も嘆願書を結局は第一旅団の参謀部に提出したのであるが、考慮に入れてもらえるかということ以前に、読んでもらえるのか甚だ心許なく感じたのであった。

そもそも第一旅団が高千穂を統治していたのは、飽く迄も征討の都合上仕方なくそうしていたのであって、こんな僻地に軍政を布きに来た訳では勿論ない。上層部は一日も早くこの地から離れたいと考えていたであろう。しかし今、三田井を撤収すれば、その機に乗じて薩軍に同調する勢力が此の地で蜂起するような事態にもなり兼ねず、そうなれば第一旅団はさらに困難な戦局へと陥る恐れがあった。そうした万一の場合を勘案し、三田井周辺で影響力のある人物を特定した時、真っ先に挙げられたのが土持信吉であった。

土持の拘束はこうした意図を内包しつつ、表向きは薩軍への協力の嫌疑ということで執行されたのであった。

この地を離れる前に土持をどうしても取り調べておかなければならない第一旅団であったが、明治十年となっても近代司法制度の確立は未だ道半ばであり、土持の処分についてもこの後、裁判が行われる訳でもなく、概して恣意的に決せられていくのであった。

七月四日の戦闘の様子は、北西に約七キロメートル離れた宮水にも断続的に伝えられた。炊爨場で飯を炊くイナにも、重なり合った微かな破裂音が時折耳に入って来ていた。その音はやがてイナの胸を締め付け、喉から鼻腔に苦い味のものを込み上げさせた。「太郎は怪我をしないで逃げおおせられるのだろうか」。少し前、繃帯所へ食べ物を運んだ折りに垣間見た、あの血生臭い光景がイナの脳裡に浮かぶ。「きっと太郎は官軍とは違って屋根のない所で臥しているのだろう」と思っても、それをどうすることも出来なかった。

五日、第一旅団は占領したばかりの新町に早くも炊爨場の設置を決める。イナも炊爨主任の指示の下、何か当り前のように設置作業に駆り出され、早速そこで飯を炊き、そのままそこに配置替えさせられたのであった。

前日の敗戦から一夜明け、綱の瀬川の東岸に集結した正義五番隊、高鍋隊、延岡隊の各隊は殆ど休む間もなく侵入経路を監視するための堡塁を山々に構築し始めた。政府軍側から川越しに、その作業を妨害するかのような射撃を受けるが、その都度応射して作業は終日続けられた。

攻め入っても攻め入ってもすぐにまたその後ろの青い山と渓谷が要塞と化す。まさに天孫の地を防衛する高千穂の真骨頂であった。が、本来は海側から攻めて来る敵に対して防衛すべきところ、この戦では高千穂側から攻めて来る政府軍に対して、海側の、延岡の防衛をするという全く逆の状況になっているのであった。それでも攻める側にしてみれば嫌気が差してくることに変わりはない。六月二十四日に三田井の宿営地を出てから十二日目、その行程に真っすぐで平らな道は皆無に等しく、敵を追って雨の中、熱暑の中、幾つもの峠を越え、川を渡りして漸く第一の要害を落としたものの直線距離にして約一五キロメートル進んだに過ぎず、その間の死傷者、傷病者は決して少なくなかった。しかもまた目の前には新たな要害が構築されようとしていたのである。

第一旅団は綱の瀬川対岸に向けて突貫工事で台場を一〇座余り構築して攻撃態勢を整え、調査した情報を基にして参謀部が作戦を練り上げた。そして七月六日、参謀長の岡本中佐は新町周辺の戦跡巡視に来た司令長官野津少将に翌日の作戦決行を報告したのであった。第一旅団にしてみれば、敵の防衛態勢が整う前に速やかに攻撃を仕掛けて、この際出来ることなら一挙に掃討したいと考えていたことであろう。

ところが、ここ一週間程晴れていたのが、折悪しく六日から崩れ始め、その雨脚は次第に強くなり、七日は朝から雷を伴う豪雨となった。午後は回復したものの綱の瀬川は増水して渡れず、攻撃は中止せざるを得なくなった。それどころか後方にある日之影川の軍橋が流され、第一旅団の前線は綱の瀬川と日之影川との間で殆ど身動きが取れない状態に陥ったのであった。

後方との連絡が絶たれるということは、とりも直さず物資と食糧が断たれるということになる。第一旅団は戦略の練り直しを余儀なくされた。

七月七日、まずは距離が離れすぎた本営を三田井から宮水に移し、出張所を舟の尾に設置する。そしてこの際日之影川の架橋を最優先として行い、橋が架かるまでの間、前線は防衛に専念することに決した。

第一旅団の主要な組織が三田井から宮水に移転されるにあたって、要注意人物として拘束されていた土持信吉は、三日間の取り調べの後釈放され、自宅謹慎の処分となった。新太郎の嘆願が聞き入れられたかどうかは分からないが、恕せに出来ない行いはあったものの、土持が道理を弁えている人物であり、何よりも人民の安寧を考えているその姿勢は第一旅団の警戒心を解くのに充分であったと考えられる。

一方、綱の瀬川の東岸では、勝ち目のない戦を強いられて虚無感すら漂いかねない薩軍の陣にあって、七日の雨はこれまでの厄を落としてほしいと願うその気持ちが増していく程に強くなる、そんな降り方であり、午後の晴れ間は俄かに願いが通じたかのような、そんな思いを抱かせた。

菅原の延岡隊の陣営には新たに数十人の農兵が着陣し、それと共に前々から延岡に発注していた大砲と砲弾が届けられた。薩軍も当初は大砲を配備していたが、戦をするうちに破損したり、撤退する際に放擲するなどして、その殆どを失っていたのである。砲弾は政府軍が使用している炸裂する榴弾ではなく、つまりは砲丸であったが、砲丸であっても敵陣に損害を与えることは可能であり、最大限活用出来ればその効果は大きかった。延岡隊では砲術を習った隊員を呼び寄せて台場の構築を始めた。

翌日菅原の台場に大砲が据えられ、早速、新町の政府軍陣地を砲撃することになった。久しく敵陣からしか聞くことのなかった爆音が自陣に鳴り響いた時、隊員の誰もが頼もしく思い、心の内に歓喜したであろう。ところが狙いを定めた場所は何の変化もなく、そこから数十メートル離れた畑で土煙が上がった。砲手は慌てて距離や角度その他手順などを見直して再度放つも矢張り当たらない。それぞれの砲の癖もあるからと曲がりを計算して放っても駄目であった。様々なものを犠牲にして延岡の人々が街にあった金属製の物を鋳潰してどうにか作った弾であったが、比重の違う素材が多く、それが混ざり合い重心が偏っていたものと思われる。「これなら鉄砲の弾にした方がよかったのではないか」遣る瀬無く、そう思う隊員もいた。

七月八日から開始された日之影川の架橋工事は、工兵隊の大塚庸俊中尉指揮の下で行われ、警部の大滝新十郎も協力して、一日に二〇〇人前後の七折村の住民が動員された。

架橋工事の間、第一旅団は、薩軍を砲撃で牽制しつつ敵の内情を探ることも怠らなかった。その結果、薩軍の前線の兵の殆どが戦意に乏しい農兵であるのが明らかとなり、そういった兵に対して投降を呼び掛ける裏面工作を行うことになった。しかし薩軍もまたそれに対して逃亡出来ないように締め付けを厳しくしたので、この時点での裏面工作の効果は限定的であったと考えられる。

農兵でなくとも既に戦意を挫かれている者はいたであろうが、たとえそうであっても、呼び掛けられてすぐに投降出来る状況というのはそうはない。条件が整い、きっかけがあって初めて実行に移すことが出来る。その条件の中でも一番難しいのが「信義を如何にして通すか」ではなかろうか。仮にこれを誤ると、投降してもその後一生苦しむことにもなり兼ねない。

しかし訳も分からず徴兵された者達には折り合いをつけるべき信義など元々ない。最終的な手段として降参という選択肢が提示されたのは、一つの安心感をもたらしたのではなかろうか。

そうしてこの後、戦う術を失った者達は次々に官軍に投降する。

この頃、大水以外に第一旅団の進撃を阻むもう一つの由々しき事態が起こっていた。前線の兵士のなかで、次々に下痢の症状を訴えて動けなくなる者が出てきたのである。未だ梅雨明けとはならないこの時期にあって、前線の兵隊は衛生状態の悪い野営を余儀なくされ、しかもその大半は九州の気候風土に不慣れであった。事態を重く見た第一旅団は再三にわたり飲食や寝臥時の注意事項について通達を出す。しかし、その後士官らも次々に罹患していって、この事態が収束するのにこれから約半月を要した。

そして、こうした症状は兵士ばかりではなく、一部の住民の間でも表れるようになった。たとえ気候風土に順応していても、一時に大勢の人間が入り込めば、当然出される屎尿は処理出来る量を超過して、さらに虫や小動物が活発に動き回る季節ともなれば、この時代感染は避けようがなかった。

この疾患についてコレラ菌による感染症であったという説もある。戦後、兵の帰還に伴って九州、近畿、横浜などで実際にコレラが流行したとのことである。

近代戦へと移行する中で勃発した西南戦争において、帝国陸軍は医学的知識の乏しさや物理的な制約がある中で、軍の衛生の重要性を認識し、それを改善するため、試行錯誤していたことが窺える。そしてその後も帝国陸海軍は近代国家の軍隊たるべく、衛生や傷病者の扱いについて法整備や研究を続けていく。

しかし初期のそうした真摯な姿勢は外国と戦火を交えるうちに次第に影を潜めていき、日本軍には、全てにおいて科学的、医学的見地に基づかない極端な精神主義が蔓延っていく。そうした姿勢は当然兵士の心身を蝕んで、状態を悪化させる。初心を閑却して兵士の心身の状態を顧みない組織の末路については今更言うまでもない。

薩軍の側で罹患者がいたかどうかは定かではないが、食糧事情は日増しに悪くなっていった。高千穂派遣隊と延岡の間の兵站線は確保されていたものの、延岡だけで高千穂派遣隊と豊後派遣隊を支え続けるのは困難であった。

ある日、高千穂太郎と那須九蔵は延岡隊の近藤長輜重長から、「山に入って猟をして食糧を調達してくるように」と命じられた。そこで二人は言われた通り、山に入った。

太郎は九蔵の後について行きながら、普段とはまるで違う九蔵の様子が何やら恐ろしく、話し掛けることさえ出来ずにいた。素人の自分が付き添っているのを迷惑に思っているに違いないと思い、成るべく邪魔にならないように、足の運びも九蔵に合わせて努めて存在感をなくしながら歩いていた。

九蔵は元々猟師であったが、自分の得意とする分野で貢献する機会を得た。という素直な気持ちにはどうしてもなれずにいた。隊の雑用であれば何であっても素直に応じられるのであるが、猟は違った。猟は自身の生業である。命じられてすることに幾許かのわだかまりがあった。それにここが自分の所の猟場でないのも後ろめたさを覚えさせた。しかしこれは命令であり、自分の勝手な思いでやめられないのも重々承知していた。

暫くして、平坦な場所の木の前で九蔵は不意にしゃがみ込み、手を合わせて何事か唱え始めた。見ると、その木の根元には御幣が立てられており、太郎も作法については知る由もないが、九蔵の後ろで手を合わせて猟の上首尾を願った。

「何だかお前、やけに静かだな」

振り向いた九蔵の顔はさっき迄とは打って変わって、いつもの九蔵であった。

「この山に猪はいますかねえ」

太郎は少し安心したものの、どうしても砕けた気持ちにはなれなかった。

「このところ戦で山が騒がしいから猪は無理だろうな。せいぜい鹿かな、鹿も獲れるかどうか分からないな」

九蔵はそう言ってまた登り始めた。辺りの様子や、たまに木の皮や地面を窺いつつ休まず登って行った。片側はもう少し行けば崖という所まで来て「まだ登るのか」と流石に太郎も嫌気が差し始めた頃。九蔵が振り返り腰をかがめた。

「いいか太郎、この木の影で待ち伏せて、二十間程先のあの辺りに獲物が来たら撃て」

九蔵の指しているのがウジ（獣道）であるのは太郎にも分かった。

「はい。でもきっとここからでは当たらないと思います」

「当たらなくてもいいから必ず引き金は引け、いいな」

そう言って九蔵はまた登り始めた。

早速太郎は九蔵に指示された場所に狙いを定め、今にも現れるであろう獲物を息を殺して待った。しかし、その集中力もやがて途切れ、枝で鉄砲を支えるようにしてからは手は殆ど添えているだけの状態で、木にもたれながら虚ろな目でその場所を眺めるだけになった。

久しぶりに一人になった気がした。戦場にいないという安堵感で満たされていた。「百姓しながらたまに九蔵さんの猟の手伝いが出来ればどんなにか良いだろう。新さんにも肉を分けて上げよう。新さんはどうしているだろうか。家のみんなはどうしているだろうか。そう云えば、ハナちゃんに会いに行った時イナちゃんがいたのはどういう行き違いがあったのだろうか」

その時、太郎は視線の先で何かが動いているのに気が付いた。「いつの間に現れたのだろうか」。初め鹿かと思ったが違った。久しぶりに見る生きた羚羊であった。鼓動が速くなる。音を立てないようゆっくりと鉄砲を構えた。引き金を引こうと思い、口の中の唾を飲み込んだその時、羚羊は頭を上げて身を翻した。発砲音が虚しく響いた。

案の定失敗し、太郎が弾を込め始めたその時、いきなり上の方で発砲があった。そしてその音より幾分遠く感じる場所から九蔵の呼ぶのが聞こえた。

「おおい、太郎。仕留めたぞ」

太郎が声のした方へ登って行くと、先程逃げて行った羚羊が九蔵に撃たれて事切れていた。

殺生が　命を繋ぐものなれば
人の戦は　何の理（ことわり）

高千穂の戦局が一時膠着している間にも薩摩軍の主力とも言える破竹隊、振武隊（大隊長中島健彦）、雷撃隊、行進隊（大隊長相良長良）の各隊は都城周辺の地で奮戦し、政府軍の進攻を阻んでいた。しかし一時的に政府軍を蹴散らすことはあっても、全体として、都城を取り巻く防衛線は政府軍の軍事力を前にして徐々に狭められていった。そして七月十六日、山縣参軍は八代から第三旅団が本営を置く鹿児島の国分へ移動し、来るべき都城進攻に備えた。

七月二十一日、第一旅団が行っていた日之影川の架橋工事は十四日目にして竣工した。延べ一、四二三人、七折村男女二〇〇人余が無償で奉仕して完成したその橋は、西南戦争後も村の生活を支える重要な橋となった。

そしてこの同じ日、国分の山縣参軍は都城総攻撃を二十四日に行うと決定した。都城へ進軍する政府軍の部隊は総勢約一万六〇〇〇人。まずは都城の外にある防衛拠点の突破を目指し、北部の庄内は第三旅団、西部の財部は別働第三旅団、通山は第四旅団、南部の末吉は別働第一旅団と、それぞれ攻略目標を定めた。

対する薩摩軍は五〇〇〇人から六〇〇〇人程と思われ、庄内は破竹隊、財部は熊本隊と熊本協同隊、通山は振武隊、末吉は雷撃隊と行進隊がそれぞれ防衛にあたり、都城には村田新八が入って指揮を執っていた。

七月二十四日、政府軍の四個旅団は奇襲によって一気に決着をつけるべく夜明け前から行動を開始。午前四時戦端が開かれた。兵数は言うまでもなく武器弾薬に乏しい薩軍は、まず庄内方面が崩れ、次いで財部方面も持ち堪えられなくなった。午前十時には早くも別働第三旅団の先駆の部隊が都城市内へ攻め込み、敗残の兵が流入した都城では指揮命令系統が破綻。迎撃するもかなわず、午前十一時には都城を放棄、薩軍の兵は散り散りになって飫肥或いは宮崎方面へ落ち延びて行った。そして午後二時、政府軍は都城を完全に制圧した。

この日以降、薩軍は大隅における拠点も失い、日ごとに兵力を減らしながら日向国内を南から北の延岡まで北退の道を辿ることになる。

都城を落とした政府軍にとって弱体化した薩摩の本軍を攻めるのに、もはや綿密な戦術などなくなり、この方面に参集している第二、第三、第四、別働第一、別働第二、別働第三、新撰(司令長官東伏見宮嘉彰親王少将)の七旅団のうちから適宜その旅団の進軍目標を定めるだけであった。軍人や兵隊にとって確実に勝てる戦をして、敵が潰走して行く姿を見さげることほど小気味いいものはない。撤退を続ける薩軍の後ろから嵩に懸かって攻め上って行った。

薩摩軍が本営を置く宮崎は新しい街であり、多くの軍勢を支えきれるだけの生産力はなかったが、一方で豊後派遣隊や高千穂派遣隊の後方支援を担った延岡は、特別豊かではないものの城下町として一定の商工業の基盤が整っていた。それがため、住民はその労働力や財産を薩軍に搾取されてきたのであるが、それもあとひと月足らずで終わりを迎える。

十一　滞陣

［七月二十五日～八月十日］

明治十年、この年の九州は田原坂の歌でも謡われているように実に雨の多い年であった。現代の気象観測設備があれば恐らくこの時期、前線の停滞や偏西風の蛇行、太平洋高気圧の張り出しが弱い、などの気象条件が現れていたと思われる。

梅雨明けの晴れは続かず、戻り梅雨がまた数日続いた。

からがらに命永らえ見上げれば
　茂る山の木甘い雨降る

七月二十五日も雨、その中を菅原の延岡隊の陣営に数人の農兵と物資が届けられた。こうした場合引率してくるのは、大抵何かしら戦に出られない訳のある延岡の士族なのが、この日は珍しく竹田の者で、隊長付という役職のまま暫く隊に留まるとのことであった。高千穂太郎は一瞬見掛けたその不敵な面構えの男に見覚えがあった。

日之影川の架橋工事が終了してからも第一旅団はすぐに攻撃を仕掛けずに、今まで通り防衛態勢を固め、二十六日には二日前に編入された遊撃第六大隊と、遊撃第八大隊を含めて警戒区域の見直しを行った。

第一旅団の部隊配備は大きく分けて五ケ瀬川の左岸側（北側）と右岸側（南側）に別れて配置されており、左岸側は高千穂往還から綱の瀬川沿いに北へ約二キロメートルの区間を、国司順正中佐指揮の中央隊（七個半中隊）が守備し、そこからさらに綱の瀬川上流の鹿川までの約九キロメートルの区間を、長谷川好道中佐指揮の左翼隊（四個半中隊）が守備していた。右岸側は七ツ山村を、川崎宗則少佐指揮の第一右翼隊（五個中隊）が守備し、家代村から分城村を、大島久直少佐指揮の第二右翼隊（四個中隊）が守備していた。

第一旅団が延岡まであと約三〇キロメートルの地点で進攻を先延ばしにした理由は定かではないが、第一旅団のいる高千穂は豊後方面と日向南部方面の間にあって、過度に突出しすぎると両方面から逃れて来る薩軍敗残兵の捕捉が難しくなるのと、たとえそれが寡兵であっても裏を取られると熊本との兵站線及び通信線が切られる恐れがあったことは理由の一つとして考えられるかもしれない。

豊後方面の熊本鎮台は日豊国境にあって延岡まであと約三〇キロメートルの所まで進攻していたが、苦戦しており、日向南部方面はこの時点でまだ宮崎に到達しておらず、延岡まであと一〇〇キロメートル以上もあった。

第一旅団にしてみれば、無理に力押しで突破出来ないこともなかったが、薩軍の本軍ではなく主要な幹部の存在も確認出来ていない一派遣部隊に対して、攻め急ぐ必要もなく、各方面の進攻に合わせて、ある程度調整する必要があったとも考えられる。

それでも進攻こそしないものの川越しから容赦なく威嚇射撃と砲撃を行い、頃合を見て投降の呼び掛けも行った。

反転攻勢の機運の見えない薩軍の中にあって、これらの戦術は兵士の士気を下げる不都合な作用をもたらした。

士気の低下を憂いた延岡隊の大嶋景保隊長は椎畑にある高千穂派遣隊本営に司令官の高城七之丞を訪ね、政府軍への進撃を具申した。高城もその辺りの事情と必要性を充分認識していたが、それでも尚、武器弾薬の補充が思うに任せない現状を鑑みれば、先制攻撃には踏み出せないのであった。

そうした薩軍の事情を知ってか知らでか、七月二十七日の政府軍による砲撃は凄まじく、延岡隊が陣を構える菅原では堡塁が破壊されて三人が命を落とした。またその砲撃は薩軍が利用していた民家にも及び、そこもまた容赦なく破壊された。

そしてこの日は日向南部においても別働第三旅団の攻撃により飫肥が陥落し、飫肥隊約八四〇人、薩摩軍約八〇〇人が政府軍に投降している。

翌日、菅原の延岡隊陣営では堡塁や建物の修理に一日中費やすも、賽の河原のような虚しさを各人が思わずにはいられなかった。午後から降り出した雨を避けるのにも濡れながら潰れた家屋の板切れを確保し、それぞれが何とか囲いを造った頃にはもう日も暮れていた。

高千穂太郎と那須九蔵も穴を掘って石と板とで囲いと屋根を作り、杉の葉を敷き詰めて何とか雨を凌げる場所を確保した。そしてその中で小さな火を起して鮎と芋を焼いて夕餉にするつもりでいた。

「何だ、二人共こんな所にいたのか」

島田数馬が酒徳利と欠けた茶碗を持って狭い窪みに入り込んで来た。酒などは特別なことでもない限り手人にまで回っては来ないけれど、数馬は隊長付という役得でもって、酒、煙草なども手に入るらしかった。

少ない酒を三人でちびちびと飲みながら戦場での苦労話をしていたのが、いつしか話は大西郷のことになった。

「二人は西郷先生にお会いしたことはあるか」

「いいえ、ありません」

「そうか、西郷先生という方はな、見た目はそこいらの百姓と何ら変わらないで襤褸(ぼろ)を着ているが、その度量は計り知れない程大きくてな、まあそういった仁者というのは各村に一人位はいるものだが、西郷先生と比べれば猫と獅子くらいの違いがあるな、獅子と言っても怖い人では勿論ない。一番違うのは西郷先生は口先だけではないということだ。西郷先生が意見すれば役人だろうが、領主だろうが従うしかないんだ。何故かと言えば、西郷先生が説かれるのは人でも国家でも常に根本、土台、核心であって、そこに私心など入りようもなく、公平で全くの正道だからだ。いや、そんな真っ当な答えじゃ陳腐に聞こえるな、要するにあの人の前に出たら観念せざるを得なくなるんだ。それでいて、その獅子（しし）吼を聞けば、冥利を得たような心地になる。まあ、会ってみないと分らんだろうがな。つまり今の官吏共とは大違いだと言いたい訳だが、分かるか太郎」

「はあ」

「新政府の官吏共は身形や肩書ばかり繕って、それで自分が偉人であると勘違いして驕慢に振舞っている。そんな連中ばかりじゃないか。そうだろう」

　太郎の頭に浮かんだ百大区の相木常謙区長や石崎行篤副区長は、鼻持ちならない所はあるけれど悪い人のようには思えなかった。であるからこそ相木や石崎はこちら側の人間なのであると妙に納得した。

「そういった奸賊を誅戮すべく俺は竹田報国隊を結成したんだ。それなのに何故この俺が除隊させられなきゃならないんだ」

「え、除隊。数馬さん除隊させられたんですか」

　数馬はその問に答えず。

「俺は目が覚めたよ、この戦は日本国のためでも人民のためでもないぞ。鹿児島の私学校と新政府のただの権力闘争だ。それに元を正せば私学校も新政府も同類の士族だ。俺ら平民はその戦に巻き込まれて家や財産を失って、挙句の果てに命まで失っているという訳だ。こんな理不尽なことがあるか」

それはそうであるが、であるからと言ってどうすればいいか太郎も九蔵も分からなかった。

「それでももうこの戦の先は見えた、薩摩軍の負けだ。その引導を渡しに行かないか」

太郎は心の中だけに止めていた「負け」という言葉を、数馬がはっきりと口に出したので些か不快な気持ちになった。前日の砲撃を耐え忍んだ後で、大嶋隊長が「我々も苦しいが、敵も苦しいのだ。だから攻めて来られずに大砲ばかり撃っているのだ。この苦しみに耐えた方が勝つのだ」と言っていたのを聞いて奮起したばかりであった。にも関わらず、その気持ちを今、数馬に害されたような気がした。

「引導を渡すって。どうするんですか」

「西郷先生を討つ」

「え、西郷先生をですか」

太郎も九蔵も数馬が除隊させられたことに腹を立てて自棄になっていると思った。

「今の今まで西郷先生に対する畏敬の思いを語っていたのに何でまた､気でも触れたんですか」

「狂っちゃいない。どちらかと言うと狂っているのは西郷先生を担いでいる私学校の無為徒食だった輩だ」

「私学校だとかそういうことは俺らには分からないけれど､それより西郷先生は総大将ですよ。裏切りじゃないですか」

「違う。薩摩軍が俺ら平民を裏切ったのだ。平民を侮り過酷な状況に至らしめた報いを受けてもらう。そのためには西郷先生を討つ以外にはない」

何やら愛憎が入り乱れた数馬の複雑な感情を理解するのは到底不可能なように二人には思えた。九蔵が「もう関わるのはよそう」と目で言ったが、太郎はそれでも心配であった。

「西郷先生を討つと言ってもそんなに簡単にはいかないでしょう。どうするんですか」

「簡単だ、会いに行くだけでいい。幸い俺は知己を得ているからな、西郷先生なら全て受けとめてくれて、何も言わず笑いながら銃口の前に立ってくださる。そういうお方だ。二人は俺の供としてついて来るだけでいい。この話も知らなかったことにすれば処刑まではされない。ただ二人には俺がすることを見届けてもらいたい。一介の平民の俺が士族の総大将で偉大なる西郷先生を討ち、戦を終わらせたと新聞社に言ってくれるだけでいいんだ」

数馬の憤懣は理解出来なくもないが、太郎はどうしても同意しかねた。

「数馬さんがそれを成し遂げたとして、その後は『結局なんだかんだと言っても、平民出は卑劣で姑息な輩だ』と蔑まれるようなことになりはしませんか」

「何だと」

数馬は椀の酒を地面にぶちまけた。

九蔵も数馬の計画について何か邪な印象を持った。

「今の話は誰にも言わないからあんた一人で行ってくれ、俺らは行かない」

数馬はその決然とした九蔵の視線を避けて太郎の方を見たが、太郎ももはや何も言わなかった。

「こんな山の中で死んだって蛆虫の餌になるのが関の山だぞ」

数馬のその言葉に対しても二人はもう何も言い返さなかった。

翌日、島田数馬は原隊に復帰したいと願い出て高千穂の地を離れた。

「九蔵さん、数馬さんは〝あれ〟をやり遂げると思いますか」

「さあな、俺は別にどっちでもいいけどな」

「でも西郷さんには一度会ってみたい気がしませんか」

「そうだな、何か自慢出来そうだしな」

日の本の同じ時代に生まれしも
　冥利を得るは　土のうえした

数馬は歩きながら勝手に出てくる涙を忌ま忌ましく思っていた。「何故俺はあの計画をあんな二人に話したのだろうか。単身宮崎の本営に行って成し遂げればいい話ではないか。俺は一人では何も出来ない腰抜けなのか。否、そうではない。俺はあの漠然とした計画が正しいことなのかどうか自分自身で確認したかっただけなのだ。実行に移すのが怖かった訳ではない。何か腑に落ちなかっただけなのだ。実際もし計画通り西郷先生を討ったとして、将来、大西郷が語られる時には必ず自分の名前も、太郎が言ったように、裏切り者或いは卑怯者として語られるであろう。一体何故こんなことになったのか」

数馬はこれまでこの世に生を受けた以上、何事かを成そうとして生きてきた。そして様々な人と知り合ううちに、社会の不条理を正し、この国の発展に尽くそうと考えるようになった。しかし今、数馬は、天が自分に与えた使命は、自分が思い描いていたようなものではなかったことを思い知る。数馬が知る偉人は、殊更使命などというものを意識せず、ただその時々において為すべきことを、信念を持って為し遂げたに過ぎないのではないか、自分が使命と思っているものは、単に賽の目と同じようなものなのではないかと数馬は思った。

「俺の賽の目は大目ではなかったのだ」そう見極めた時、その残酷な裁定に対して自棄になってもおかしくないのに、自分でも不思議なくらい精神の均衡を保てた。「何故自分は傲慢にも自分の賽の目が大目であると思っていたのか。何故賽の目を大目に変えられると考えていたのか」

数馬はそう考えると何やら可笑しくて堪らなくなった。「その大小の価値自体、所詮は人が便宜的に付けたものに過ぎないではないか」そしてやっと自分の進むべき道に立てると、そう思った。

「しかし、自分の進むべき道とは何か」。数馬は立ち止まり、暫し考えた。考えても容易に答えは見つからない。「分からないが、誤った道にさえ進まなければそのうち気付くだろう」

数馬は再び歩き始めた。

この頃、日向南方では宮崎の西、高岡まで政府軍が迫り、宮崎広島通りの黒木家に寄宿していた西郷隆盛は、池上四郎ら側近に促されて下北方の帝釈寺に移動する。その後は一つ所に落ち着くことは殆んどなくなり、終焉の地まで流転の日々を送ることになる。

七月三十日、高千穂派遣隊の高城司令は、構成する各隊の上申を聞き入れて、遂に翌日の総攻撃を決断する。それは勝機を見出したからではない。ただ、次攻められれば高千穂派遣隊の崩壊は免れないという現実的な危機感を皆が持っていたということに他ならない。ならばいっそ自分達の方から攻めて行けば、そこから活路を見出せるやもしれないと考えるのは無理からぬことであった。しかもこれは強ち無謀とまでは言い切れない。

第一旅団は本営を置く宮水や舟の尾がある五ケ瀬川沿いの高千穂往還を中心にして、北東から南西まで約二五キロメートルの範囲で警戒活動を行っていた。そのため中心から外れた各拠点における兵員は二〇〇人前後であり、また実際に任務についている兵士はそれよりも少なく、局地戦においては充分に勝算があったのである。

進撃する部隊は大きく分けて、五ケ瀬川南岸の左翼隊、本営のある椎畑を主とした本隊、北の綱の瀬川上流部から迂回する右翼隊の三隊であった。

左翼隊は正義六番隊、佐土原隊、佐伯新奇隊、宮崎隊（農兵隊）の各隊で、五ケ瀬川南岸の政府軍の拠点を突破して大楠まで進み、五ケ瀬川を渡河して政府軍の裏側を目指す。

右翼隊は正義五番隊、奇兵十一番隊、奇兵二十二番隊、宮崎隊（農兵隊）、他の各隊で、綱の瀬川上流の鹿川付近で川を渡った後に二手に別れ、南下する部隊は舟の尾の横合に進出し、峠越えの部隊は日之影川に到達してから南下して、政府軍の裏に回り、攻撃する。

本隊は正義隊の残存兵、高鍋隊、延岡隊の各隊で、左翼隊、右翼隊が政府軍の背後に回ったのを見極めた後、敵の前面に出て攻撃する。

以上のように決まった。本隊は初めから正面に攻撃を仕掛けても勝ち目は薄いので、左翼と右翼が予め敵を取り囲んで兵を分散させてから敵の中央を突いたほうが、まだ勝機はあるという目論見であった。そして早速この日から粛々と行動を開始した。


高千穂派遣隊が秘かに明日の進撃に備えていたその日、舟の尾の第一旅団本営出張所に豊後方面軍の参謀長野津道貫大佐が訪ねて来ていた。

豊後方面の戦況については、奇兵隊をはじめとする薩軍を日豊国境にまで追い詰めた所までは良かったが、その後は薩軍が山岳地帯に鹿柴を施した堡塁を築くなどしたため、進攻が思うに任せなくなってきていた。抜刀攻撃なども繰り出されて、僅かな堡塁を攻略するのに死傷者がいたずらに増えていくような有り様であり、参謀長の野津大佐は打開策を見出すべく、第一旅団司令長官で実兄の野津鎮雄少将に謀議を持ち掛けてきたのであった。

その内容というのは、第一旅団が速やかに延岡まで進出して薩軍の裏側に回り込み、熊本鎮台と第一旅団とで日豊国境の薩軍を挟撃するか、それが無理であるならば、二、三個大隊を豊後方面に差し向けて欲しいという内容のものであった。

しかし第一旅団としても未だ目の前の敵と対峙している最中にあり、仮に高千穂の敵を撃退したとしても、今や敵の本拠地とも言える延岡に不用意に踏み込めば、自軍の犠牲も相当出ることが予想された。何より、山縣有朋参軍がどのような意向であるのか今の段階では分からず、第一旅団の側から動かずとも官軍本隊が南から進攻し、豊後或いは高千穂まで追い込んで敵を殲滅させる方法もあり得ると考えていた。

そこで、野津少将は弟に今しばらく待つように諭し、野津大佐も数日とどまって様子をみることにしたのであった。

朝靄が着衣の隙間から入り込み、皆、涼しさとも勇んでいるとも知れない体の震えを柄を握りしめて抑えていた。日の光と共に物の形が認識出来るようになってきた頃合。低く、くぐもった「抜刀」の声が次々に口伝えされる。振りかざした白刃が朝日に照らされた時。正義六番隊長肥後壮之助が絶叫した。

「斬り込めえ」

七月三十一日の戦闘は五ケ瀬川の南岸、千本杉の集落辺りで始まった。

その身の毛もよだつ不快な奇声を聞くまでは、そこにいる誰もが昨日と同じ日を迎えたと思っていた。福原正義中尉の部隊は、不意の襲撃を受けて混乱し、闇雲にでも発砲して逃げるのはまだいい方で、殆どの兵が一目散に逃げていった。不意に薩摩の斬り込みを受けた時には単発銃など何の役にも立たない。それは経験上皆が知り得た事実であった。

危急を聞き河野茂太郎中尉の部隊が千本杉の後方の越戸まで駆け付けるも、そこにも既に敵が迫って迎撃出来ず、そこからさらに後方で川岸の星山の線まで退却せざるを得なかった。

舟の尾本営出張所の参謀長岡本兵四郎中佐は、第一報を受けた際には前線での小競合い程度と見ていたのが、次々に陣を破られているとの報に接して流石に危機感を抱き、中央の部隊を割いて援軍に向かわせると共に、大楠に急使を飛ばして右翼隊を指揮する大島少佐に陣地の奪還を指示した。しかし事態はそれだけでは済まされない。

間もなく、北側の戦線において綱の瀬川上流鹿川辺りを渡河した敵が官軍陣地を陥れ、長谷川中佐も防戦の指揮に当っているとの報告を受ける。ここで初めて、これらは敵が示し合わせて攻撃して来たものであると確信する。未だ椎畑から菅原に至る中心部に動きは見られないが、危惧を抱いた岡本中佐は舟の尾周辺の兵の数を増やして警戒を厳にすると共に、綱の瀬川対岸への砲撃を命じて敵の進攻を防ぐよう指示を出した。

北の薩軍右翼隊も左翼隊同様奇襲によって、まずは対岸の西の内の陣を打ち破り、奇兵二十二番隊、正義五番隊などはそのまま山間に進入して日之影川を目指した。そして奇兵十一番隊を中心とする部隊はそれより南に位置する中川を急襲した。

中川には第八連隊第二大隊の本部が置かれていたが、ここも迎え撃つ間もなく撤退のやむなきに至る。一旦山中で態勢を立て直そうとするも追撃され、薩軍に追われた兵は悉く日之影川方面へ退却して行った。

薩軍の左翼隊は午前中の奇襲により戦線を約三キロメートル西へ押し戻したが、その勢いもやがて途切れ、防御態勢を整えた政府軍に対し押し込めなくなってきていた。

岡本中佐からの指示を受けた大島少佐は可能な限りの兵の動員を部下に命じ、すぐさま前線へと赴いた。薩軍は攻むるに難い高地から攻撃をしていたが、その銃撃に勢いはなかった。片や政府軍は武器も兵力も充分となって、間もなく反撃に転じた。統制のとれた銃撃と銃剣突撃を繰り出して、午後五時には戦線を元の位置にまで押し返した。

薩軍を返り討ちにして歓声を上げたその場所には、先刻まで薩軍が使用していた鉄砲十七挺と弾薬五千発が放擲されていた。

薩軍の農兵の中には敵前で逃亡した者もいたと思われる。そもそも何のために戦をして、そして何のために死ぬのかが理解出来ぬまま、半ば強制的に連れてこられた農民にとって、この居た堪れない、自分の場所ではない戦場から逃れたいとする思いは、向後に憂いがあったとしても、自ずと醸成されるものであり、戦場の混乱は離脱するのに絶好の機会であった。そして最早、無用の長物となった武器を放棄した農兵は、また一人の農民に戻っていったのである。

左翼隊の攻撃が失敗に終わった一方で、右翼隊の方は当初目指していた日之影川には到達出来なかったものの、山間の主要な陣地を攻略し、その夜は鹵獲した食糧で久方振りに腹を満たして怪気炎を上げたのであった。

薩軍の思わぬ奇襲によって為す術もなく四キロメートルから五キロメートル押し戻され、日之影川近くに退いた政府軍の左翼隊は、諸和久、楠原に士官を糾合し、「もし敵をここで撃退出来なければ第一旅団全軍の敗北にも繋がり兼ねない」と危機感を募らせ作戦を協議した。

しかし問題は狭い山間部で敵の場所、規模などが掴み切れていないことであった。通常であれば、それらを確かめた上で行動を起こすのであるが、この際その猶予はなかった。全隊で防備を固め迎え撃つか、防衛する部隊と進撃する部隊とを分けて反撃するかであったが、雪辱に意欲を燃やす左翼隊は最小限の部隊のみ守備に残して、おおかたの部隊を進撃させることに決したのであった。

一方でこの同日、日向南部の戦線においては、政府軍がその圧倒的な戦力によって宮崎と佐土原を落としている。

漸くここにきて順調に征討が進むようになり、その戦力に幾らか余剰も出来てきたので政府軍は、警視隊から成る別働第三旅団を解体して、一部は新撰旅団に編入し、その大半を本来の警察業務に戻すことにした。

山縣にしてみれば、私学校党から西郷暗殺計画の首謀者と目されている大警視川路利良を従軍させておくのは、薩軍の敵愾心をいたずらに煽るばかりであるとの考えもあり、これについては大久保利通からも指摘されていて、この際、東京に帰しておいた方が無難であると判断したのであった。さらには荒廃した地域、殊に鹿児島県下の治安維持と投降者の処理も焦眉の急となっていたのである。

尚、宮崎が落ちたこの日、約六カ月前、積極的に延岡隊結成を働きかけた藁谷英孝宮崎支庁長が政府軍に投降している。地理的な巡り合わせであって、ある面では不可抗力であるが、元延岡藩の幹部では最初の投降者となり、刑もその中では一番重い懲役一〇年に処せられた。

翌日高千穂では、政府軍の左翼隊が、小隊よりもさらに少人数の半隊程度を一部隊として、諸和久方面から出撃し、山に入っていった。多くの小部隊で行動することによって、狭い山の中でも機動性を高め、敵を捕捉し易くすると共に、被害を少なくする効果を狙ったものであった。そしてそれは図に当る。

間もなく薩軍右翼隊の行動は政府軍に察知され、進軍は阻まれる。四方からの銃撃に晒され、昨日と今日とで立場がまるで逆転した。さしもの抜刀攻撃も守勢に回っては影を潜め、徐々に後退を余儀なくされたのであった。

綱の瀬川と日之影川の間の山間の各地で戦闘が続けられていた頃。五ケ瀬川の南の薩軍左翼隊は大山から荒平の間に防衛線を張って踏み止まっていた。しかし今日また政府軍が本格的に攻めて来るようであれば、まず崩壊は免れない。それ程までに戦力が低下していた。

弾薬の欠乏は致し方ないとしても脱走兵による兵力の減少には、そこに残る多くの者が腹立ちを抑えきれずにいた。と同時に些か羨ましく思う者もあった。羨ましいというのは生への未練ということではない。今日もし自分が死んだとしても、それは自分の番として受け入れられるが、その反面、ここが自分の死に場所であるかと自らに問えば、「そうではない」という確信があった。しかし上官は常にこの場所を死守せよと命じるのである。ただでさえ過酷な環境の中で精神までもが蝕まれていく。絶望的な状態で故郷の田畑に安らぎを求めたくなったとしても、それは無理からぬことであろう。

左右両隊の進攻が挫折した中で、対岸からの砲撃に晒された高千穂派遣隊の本隊は、右翼隊の支援にまわった部隊以外は、砲撃を避ける以外為すことのない有り様であった。そして翌八月二日、薩軍の右翼隊は全隊が綱の瀬川の東岸に撤退し、七月三十一日から開始した進撃の企ては結局失敗に終わった。

この攻撃によって高千穂派遣隊は回復不能な戦力の低下を招き、これ以降、派遣軍としての組織的な軍事行動をとることが出来なくなってしまった。

日向南部の戦線においてはこの日、政府軍の第二、第三、第四旅団及び、別働第二旅団の攻撃によって高鍋が落とされた。

未明から始まった戦闘で薩軍は街から約八・五キロメートル南にある一ツ瀬川に沿って布陣し、政府軍の北上阻止を試みたが、抵抗虚しく政府軍に押し渡られ、早くも午前十時には高鍋市街に進入された。そしてその後は恒の如く、北へと撤退したのであった。

戦力及び兵力が非対称の場合において、劣っている側は奇襲や隘路への誘導など、何らかの策を講じなければ通常の場合勝ちは望めないが、薩軍はこの戦争を通じて往々にして無謀な戦闘に挑んでいく。武士としての精神や薩摩士族としての矜持であろうか、しかし、この頃になると、それも何か虚無的で、また荒んでいるようにも思えるのである。

第一旅団は七月三十一日の旧線を完全に回復した。しかしこのまま手をこまねいていては、いつまた薩軍が攻めて来ないとも限らないので、司令長官の野津少将は豊後方面と日向南部の戦況を注視しつつも、延岡進出への準備をするよう参謀部に命じた。

そして豊後方面の参謀長である野津大佐は、第一旅団の支援を諦めて八月三日、重岡へと戻って行った。

この時、豊後方面においては、山岳地帯での進撃の困難を悟った谷少将が、東の海側から迂回して三川内方面へ進撃する戦術の転換を図り、そしてその結果、八月二日に九〇人余の死傷者を出しながらも、歌糸（延岡まで約二三キロメートル）の攻略を果たしていた。

こうして北、西、南の三方面の政府軍は、その戦線を徐々に狭めながら延岡を目指す。しかし、八月四日から九州地方では、またもや天候が崩れ始める。

雨は、その携帯していた銃の性能において、薩軍に不利であったと言われている。それは政府軍が後装式で、弾丸と爆薬、雷管などが一体となった実包を装填するスナイドル銃を使用していたのに対し、薩軍はそれ以前の前装式で、銃口から爆薬と弾丸を詰め込む耐水性が乏しい銃を多く使用していたためである。しかし様々な局面において政府軍の進軍を阻んだのも、また、この雨であった。

この頃、延岡隊とその周りでは、羚羊肉の汁で戻した高鍋の乾麺が一番の御馳走になっていた。その場にあったものを鍋に入れたものが思いがけず旨かったのであるが、気鬱な日々の中で旨い食べ物は何よりの気慰みとなる。それは昔も今も変わらない。

そういった事情により、このところ九蔵とその手伝いをする太郎は、猟を命じられることが多くなっていた。初めのうちこそ「こんなのは軍隊の仕事じゃない」と愚痴をこぼしていた九蔵も、羚羊一頭で五円の食糧調達手当を貰えるようになってからは俄かにやる気を出し始め、綱の瀬川と祝子川の間の山にある主なウジ（獣道）は既に二人の知る所となっていた。しかし二人が幾ら頑張ろうとも貰っていた金は軍用札、いわゆる西郷札で、それはつい先頃、八月三日に鹿児島県令岩村通俊によって、軍票通用厳禁の通達が出されたばかりの代物であった。勿論二人はそれを知る由もない。

樹間に雨が滴る中、九蔵と太郎は食糧を調達すべく山に入る。暫くして枝葉の間から強い日が差し込み、辺りが明るく輝き出すと、湿った土からは湯気も湧き出す。それでも雨粒の音は消えない。やがて日差しもなくなれば、この日もやはり、くすんだ色の雨天であるのに違いなかった。

猟に出ている間に戦になれば、駐屯地が敵に落とされて、味方とはぐれる心配もないではなかったが、それでも多くの隊員から「死ぬ前にもう一度あれが食べたい」と言われれば、九蔵も太郎も獲りに行かざるを得ないのであった。

征討も最終段階に入ってきたと認識した山縣は、八月六日に総督本営を鹿児島から都城に移した。そして、前線の状況や自らの指示について少しの遺漏もないように同郷の平佐是純大尉（後に陸軍乗馬学校校長）を呼び寄せ、電信で伝えきれないことについて、なるべく早く伝えられるよう連絡体制を整えた。

降ってはやみ、また降り続く、不順な天候の中にあっても、政府軍は着々と進撃の態勢を整えていく、そして日向南部の戦線は、延岡の南、約二七キロメートルにある耳川を挟んでの攻防に移ってきていた。

耳川と言えば天正六年（一五七八年）に大友宗麟と島津義久が雌雄を決した「耳川の戦い」が史上名高い。高城の河原で戦闘に勝利した島津軍がすぐさま追い討ちをかけ、耳川まで北上して大友軍を完膚なきまでに打ちのめした戦いであるが、それからおよそ三〇〇年後に薩摩軍が耳川を挟んで北に布陣し、北上する政府軍に追い詰められようとは、一体何の因果であろうか。

耳川で両軍が対峙したのが、八月四日。北側には雷撃隊、破竹隊、振武隊、熊本、熊本協同、竜口の熊本三隊、高鍋徴募隊が布陣し、南側の政府軍は第三旅団、第四旅団、新撰旅団が布陣していた。戦力では兵士数も装備も政府軍が圧倒していたが、舟は全て薩軍が引き揚げており、堡塁からはしきりに狙撃してくるため、政府軍も容易に渡河出来ず、川越しから砲撃するにとどまっていた。政府軍の各隊は何とかして渡河しようと適当な場所を探索するも、折りからの雨のよって、普段でも一〇〇メートル以上ある下流域の川幅が増水でさらに広がって奔流となり、現地の司令官達は半ば諦めているような状況であった。

しかしその間も政府軍の左翼を担う第二旅団と別働第二旅団は、自隊に課せられた任務を全うし、あわよくば他の部隊を出し抜いて手柄を上げようと、日向中西部の山間部にある薩軍の拠点を攻略しながら北上し、果敢に進軍を続けていた。

そして八月五日には神門を制圧。そこから東に進路を変え、八月六日には別働第二旅団が沖ノ水流まで到達していた。そこから耳川を挟んで対岸は山陰（富高新町の西約一一キロメートル）であり、山陰とその東の小野田は薩軍の弾薬と食糧の集積地で、堅固な堡塁が築かれていた。

八月七日、別働第二旅団はその配下の砲兵隊が粘り強く運搬して来た山砲を沖ノ水流に据えて、続けざまに砲撃し、山陰の堡塁を破壊する。しかし目の前の濁流はそれより先の侵入を突っ撥ねるかのように音を立てて流れ下り、下流の部隊と同様、虚しい時を過ごさざるを得ない状況下であった。それでも中村重遠中佐はそこからさらに上流部を探索して渡河を試みる。

午前十時頃、雨が小康状態になって俄かに流れが緩くなったように思われたその時を逃さず、泳ぎに自信のある者らが向う岸にあった舟を確保し、その舟で繰り返し兵隊を渡した。ある程度戦力がまとまったところで一気に進撃を開始。渡って来られないと高を括って油断をしていた山陰の薩軍を撃破し、そのままの勢いで富高新町、細島までをも占領したのであった。

しかしその後も雨はやむことなく強くなるばかりで、この日この部隊以外に渡河に成功した部隊はなかった。中村中佐隊は豪雨の中、占領した富高新町と細島に防衛線を張りながら孤立無援の状態で友軍との連絡を待ち続けた。

門川に退いた桐野利秋や、耳川の陣の後方にいた辺見十郎太らは態勢を立て直して富高新町の奪還を試みるも、こちらも雨に阻まれて思うような攻撃が出来ず、結局、この日は断念のやむなきに至るのであった。

第一旅団ではこの日、征討本軍の進攻状況を窺いつつ、いよいよ延岡へ進出するための作戦について話し合いが行われた。

そこで、まずは順調な本軍の北上に歩調を合わせる上からも、第一旅団の右翼隊は南下して、然るべき場所へ展開させることが肝要であるとの考えが示された。

その概略は、川崎少佐指揮の四個中隊と栗原一郎右衛門少佐指揮の一個半中隊余は、それぞれ敵陣を撃破しつつ宇納間まで進出する。そして大島少佐指揮の四個中隊は五ケ瀬川南岸の山に堡塁を構える薩軍を掃討し、その後は宇納間方面と曽木方面へ展開するというものであった。また一方で五ケ瀬川左岸、北側の中央隊と左翼隊は、右翼隊の戦況を確認した後、時機を見て綱の瀬川を渡河し、国司中佐指揮の中央隊五個中隊は、椎畑から菅原の薩軍を攻撃してそのまま進撃。長谷川中佐指揮の左翼隊六個中隊は、綱の瀬川上流の薩軍を掃討した後、南下して高千穂往還沿いの薩軍を横撃。そしてその後は敵を攻撃しつつ曽木を目指す。という計画であった。

北は綱の瀬川上流の鹿川から南は宇納間まで直線距離にしておよそ二二キロメートル。最も恐れるのは薩軍に裏を取られて包囲の網が破られることであった。第一旅団の参謀はそうした危険性を慎重に見極めつつ、各隊にこの計画に沿って準備を進めさせ、右翼隊の進撃開始は三日後の八月十日未明に決まった。

食べ物の日持ちがしないこの時期、新町の炊爨場も終日大忙しであった。明日の糧食の下ごしらえを漸く終えてイナが寝床に就いたのは他の者がもうすっかり眠りについた頃合であった。真夜中であっても外の風雨と家の中の鼾は昼間の喧騒の続きのようにも思われた。イナは目を閉じて明日の糧食の段取りを思い描いた。「まあいいだろう」と一人納得しつつ、「このまま軍隊の炊爨婦として生活するのもいいかな」と思い、「炊爨主任に頼んで、どこか住み込みで雇ってくれる所へ行ければ、父も諦めて妹を嫁がせるだろう」と思いを巡らせ、「我ながらいい考えだ」と満足して眠りにつこうとしたその時、道で知り合いに呼び止められたかのように、「太郎はどうしてる」と頭の中で声がした。

イナが炊爨場の仕事に着いてからひと月余が経った。けれども太郎の動静は一向に掴めない。もう投降して家に帰っているのかとも思い、数週間前に一旦実家に帰る途中、太郎の家に寄ったところ、逆に太郎の安否を聞かれて、その時は双方で落胆し合う有様であった。それが仕事にかまけて次第に太郎のことを考えない時間が長くなるにつけ、遂には全く考えなくなり、さっきの声は何日か振りの声であった。自分の薄情さに驚き、申し訳ないと心の中で謝るのであるが、その思いとは裏腹に「何故自分が謝るのだ、謝るべきは太郎の方ではないか。風雨に晒されて眠れなくても知ったことではない」とも思うのであった。考えてみれば自分と太郎との間に何か約束がある訳ではない。自分が勝手に、いや、父親が勝手にそう仕向けようとしたのを受け入れたに過ぎない。向こうの意向すら知らないのである。自分に対する高千穂家の人達の優しさを勘違いしていたのを今更ながらに恥ずかしく思い、その人達と家族になれない寂しさをしみじみと感じた。このあとその優しさに報いるには戦が終わってから太郎の屍を探して、その屍を高千穂家に送り届けるくらいしかないと考え直し、「うん、これでいい」と頭の中の声を聞いて、イナは今度こそ眠りにつこうとするのであるが、外の雨と風の音がさっきよりどうにも気になるのであった。

八月四日から断続的に降り続く雨は七日の夕刻から非常に強くなり、さらには風も真っすぐ立っていられない程強くなってきていた。この時の暴風雨について、或いは高千穂線を廃線へと至らしめた二〇〇五年九月の台風十四号に匹敵するようなものであったのかもしれない。耳川、坪谷川、五ケ瀬川、綱の瀬川など日向各地の河川は暴漲し、強度の乏しい橋梁はたちまち砕けて濁流に呑み込まれてしまった。

八月八日も富高新町の周辺では薩軍、政府軍双方が降りしきる雨の中で気力を振り絞って敵を攻撃、或いは作戦を遂行しようと、ずぶ濡れの状態で潜行していた。

耳川北岸の薩軍は、背後の富高新町と細島が政府軍に占領されたことを知って、取って返して攻撃を仕掛けるも奪還するまでには至らず、その後は粛々と門川へ撤退して行った。途中、永田付近で、遭遇した別働第二旅団の輸送隊を襲撃して四斤山砲一門と砲弾、小銃弾薬などを奪ったのがこの日唯一の戦果であった。

一方政府軍の側は、昨日別働第二旅団の中村中佐の部隊が富高新町を奪ったとの報告を受けたもう一方の左翼隊、第二旅団の今井兼利少佐隊が、孤立しているはずの中村中佐隊に合流すべく、暴漲している耳川の渡河を敢行する。その結果、三個中隊が耳川を渡りきり、午後合流に成功した。しかしこの日政府軍で進攻出来たのは今井少佐隊だけで、耳川の下流域の南岸に陣を張る三個旅団は、富高新町と細島を既に友軍が占領しているとも知らず、激流を前にしてなす術もなくただ眺めているばかりであった。

九日の朝になっても未だぐずぐずとやみ渋る空模様の中、参軍の山縣有朋陸軍中将と川村純義海軍中将、それと視察に来た陸軍卿代理の西郷従道陸軍中将が耳川に到着した。後方で指揮を執りながら前線を追っていた山縣であったが、とうとうこの日耳川南岸の最前線に追いつく形となった。

早速、山縣は視察に出て耳川のその暴漲する有り様を目の当たりにする。そして対岸に目をやると、そこにいるはずの薩軍は殆んど引き揚げてしまっているように見えた。何らかの策略か、或いは単に政府軍が渡って来られないものと高を括っているのか、その真意の程は知れないものの、もしも後者であるならば、それは川を渡る絶好の機会のように思われた。

山縣は各旅団の指令長官と参謀を招集し、進軍について協議する。しかしここ数日来、渡河を試みては数人の溺死者と行方不明者を出すばかりで一向に成功の端緒が掴めない中にあっては、前線の指令官達も意気消沈たる面持ちで一様に消極的で要領を得なかった。一日も早く征討を終わらせたい山縣にとって、一万人以上の将兵が五日も川留めに遭っている状況はどうにも受け入れ難かったが、であるからと言って山縣自身も画期的な打開策を持ち合わせている訳でもないため、強いて渡河を命令することも出来なかった。

そうした中、対岸に数十人の部隊が俄かに現れる。その兵隊らが何やら声を出して挑発しているように見えたので、政府軍の側ではひとまず脅して様子を見ようと狙撃を試みた。しかしそれでも相変わらず声を出して逃げるでもなく、また撃ち返すでもないので、何やら様子がおかしいと思っていたところ、そのうち向うから喇叭で合図を送ってきたので、そこで初めて友軍であることが判明したのであった。

対岸を友軍が占領したと分かり、政府軍内の士気は一気に上がった。山縣もここは寸刻の猶予もならず是が非でも渡河しなければならないと命令を下し、向う岸からも舟が供給されて漸く舟橋の造作が開始されたのであった。

ここで透かさず山縣は、高鍋にいる会計部長田中光顕に、細島に弾薬、食糧の補給船を廻すよう指示を出している。政府軍が占領した細島は、海上交通の難所である日向灘にあって、古代から交通の要衝として整備され、大型船も入港可能な港であった。

数万の将兵が戦闘を継続するのに武器弾薬、食糧、医薬品などの補給は当然欠かすことが出来ない。それも日々大量に必要となる。征討本軍の進軍の速さに対し、これまで輜重は、陸路で、牛や馬或いは人力で運ばざるを得ず、それでは到底必要な量を満たすことは出来なかった。実際この時期、前線では兵士の食糧不足が深刻となっており、更には衰弱した投降兵も日々増えていく有り様で、延岡進軍を前にして船による物資の補給は必要不可欠であった。

こうした事情を勘案すれば、山縣の命令は至極当然であるとも言えるが、それに加えて山縣の用心深い性格の顕れとも思える。その結果、細島運輸局が開設され、三日後の八月十二日には輸送船が入港し、補給が開始された。

八月十日、第一旅団が全軍で進撃を開始する日。この日もまた雨天となった。中央隊と左翼隊は増水した綱の瀬川を渡河出来ず、進撃を断念するが、比較的大きな川がない五ケ瀬川南岸の右翼隊は進撃を決行した。

右翼隊のうち大島少佐の部隊が五ケ瀬川に沿って東進し、栗原少佐の部隊が南下して宇納間を目指し、それよりさらに外側から川崎少佐の部隊が同じく南下して宇納間を目指した。

東進する部隊の先、大山、荒平では正義六番隊（隊長肥後壮之介）が主力となって守備に着いていた。大島少佐隊にとってはそこが最大の障害であったが、しかしその正義六番隊は十日前（七月三十一日）に決行した攻撃で武器弾薬を消耗しており、それが未だ回復されておらず、まともに戦える状態ではなかった。

一方、南下する部隊が進軍する南側の北郷村や諸塚村の集落には、佐土原、高鍋、宮崎などの農兵が主に配置されていたが、その大部分は数日前に投降して解散させられていたため、宇納間を目指す部隊にとっては薩軍との交戦よりもむしろ渓谷に進軍を阻まれることが予想された。

夜明け前、付近の様子が視認出来るようになったのを見計らい、大島少佐配下の阪本彪少尉の一隊が、大山の堡塁を攻撃目標に定めて全員が鉄砲に銃剣を装着し、吶喊(とっかん)して突撃を敢行した。これを契機に大山、荒平の各地で戦闘が開始された。

虚を突かれた薩軍は一旦後退したものの守りの堅い堡塁に拠って暫くは踏み止まって抗戦する。しかし政府軍に徐々に取り囲まれて、そのうち逃走する者も出始め、弾薬も尽き、守備は崩壊した。退却する薩軍を政府軍は執拗に追撃し、追われた薩軍兵がこの時、深谷川（五ケ瀬川の支流）や五ケ瀬川を渡ろうとして大勢溺死したと言われている。

肥後壮之介の正義六番隊が高千穂の地に来てからおよそ三カ月、高い戦闘力を有して高千穂派遣隊の一翼を担ってきたが、徐々に後退を余儀なくされて、この日遂に散りぢりになって瓦解してしまった。

追撃していた大島少佐の部隊は、増水している深谷川を無理には渡らず、その手前で進軍をやめ、中央隊と左翼隊の進軍を一旦見極めることにした。

そしてその中央隊の進撃を妨げている綱の瀬川では、一刻も早く対岸に兵隊を移送させるため、急遽、工兵隊が綱を渡して筏の組み立てに取り掛かっていた。

また日向南部の戦線においては、この日の午後、参軍の山縣が無事、耳川を渡って富高新町に入った。そして早速そこで征討本軍を構成する五個旅団の指令官を招集し、延岡攻略の作戦を協議する。しかし延岡の前に門川を落とさねばならず、その前には五十鈴川が流れている。

桐野らは、今度はここで政府軍の進攻を阻むべく態勢を整えつつあった。

十二　延岡

［八月十一日〜八月十四日］

高千穂領の東の境界に、尚も食い下がる様にして高千穂派遣隊は居座っている。また日豊国境でも、門川でも戦闘は依然として続いている。もはやそこに何の意義も無いように思うのは、結果を知っている自分が浅はかにも、勝ち負け、或いは利害という政治的な戦争の見方しか出来ないからなのであろう。政治も利害も越えて、自らが信じるものの尊厳に命を懸ける薩軍の人々がおり、政府軍にとってそれが脅威となる勢力である限り、この戦争は続いていかざるを得ないのである。

八月十一日、第一旅団の工兵隊が綱の瀬川に構築していた竹の筏の軍橋は夜中に完成し、間もなく比志島義輝少佐の部隊が粛々と渡り始めた。

雨は昨日のうちに上がっていたものの、霧が出て、灯りがぼんやりとしか分からない、しかしそれはかえって敵に見つかる危険が少なくなって好都合であった。川沿いを移動し、敵の陣への突入口までやって来て一旦待機となる。徐々に明るくなってきても川霧は未だ晴れず、それ程近くではないはずの敵の声が、まるで頭上で話しているように聞こえ始めた。漲流（ちょうりゅう）の音ばかりしておぼろげであった川の流れが徐々に現れてくると、兵士は皆逃げ場のないことを覚るのであった。

霧が晴れて攻撃目標が視認出来るようになるとすぐに砲撃は開始された。砲兵隊は、山砲六門で日平から菅原の延岡隊の陣地に連続して砲撃を浴びせた。その大砲による攻撃に対抗する術のない延岡隊の隊員は、ただ本能のままに、着弾地点から逃れようと移動するだけで精一杯であった。

政府軍の砲撃は菅原の前陣を壊滅させて漸く終わった。全身泥まみれの延岡隊の隊員達が肩で息をしながら茫然と辺りを見まわす、何人かがやられている。呻き声しか出せない者、まだ動く体の一部を動かして自分の最期と向き合おうとする者。無事であった隊員がそうした者達を助けようとするのも束の間で、待機していた比志島隊が延岡隊への突撃を敢行した。もはや戦意も喪失して迎撃する術もなくなれば逃げるしかない。大嶋景保隊長はやむなく椎畑への退却を指示した。

しかし一旦退却するも、中には戦わないのを潔しとしない隊員もいて、延岡隊は途中の峠で散開し、迎撃する。追撃して来た政府軍もここで一旦態勢を整え、身を隠しながらの銃撃戦となった。延岡隊が、「あわよくばここで食い止められるのでは」、と考えていた矢先、新手の迂回隊が側面から攻撃を仕掛けてきたため、数名が銃弾を受けて斃された。延岡隊は結局そこも支えきれなくなる。目指していた椎畑も砲撃によって至る所で火災が発生し、既に落とされたのが明らかとなって、大嶋隊長はやむを得ず行き先を椎畑の東、約二キロメートル先にある八峡に転じる。

しかし延岡隊が八峡に達した時には既に薩摩軍はおらず、味方はさらに東へ後退していた。大嶋隊長は延岡隊一隊で八峡を支えるのは不可能であると判断し、再度、約三キロメートル東の藤の木に方向を転じた。

藤の木迄来た所で漸く政府軍を振り切ったのを確認し、延岡隊はこの日初めて、隊員を落ち着かせ息を整えることが出来た。それでも藤の木は曽木川（五ケ瀬川の支流）の上流の集落で、高千穂往還に近い薩摩軍との連絡には適さず、大嶋隊長は曽木川沿いを約二キロメートル南に下り、獺越に移動するのが適当であると判断する。しかし、ひとまずは隊員の集結と疲労の回復とを待たねばならなかった。

手人である高千穂太郎と那須九蔵も荷を負って何とか無事に藤の木に到着した。しかし二人は殆んど休む間もなく隊長に呼び出され、分遣隊を探して獺越への集結を伝えるよう命ぜられた。場合によっては綱の瀬川の方まで戻らなければならない危険な任務であったが、二人であれば目立たないし、当地を熟知しているので適任であるとの大嶋隊長の判断であった。

延岡隊が拠点としていた菅原で陣を構えるにあたって憂慮すべきはやはり北側であった。そこで約三キロメートル北にある片内に分遣隊を置いて哨戒に当らせていたのである。しかし、この日は政府軍に突然菅原を攻められて撤退したため、分遣隊との連絡がつかなくなっていた。

分遣隊の方ではこの日、菅原が攻撃されたことで自陣でも警戒を強めていたが、暫くして菅原の様子を見に行かせた時には既に本隊は撤退して行方が分からなくなっていた。指揮を任されていた兵員の吉田元明は、本隊からの命令がない状態で、しばし撤退をためらっていたが、片内よりさらに北側で政府軍が渡河しているとの情報が入り、「このままでは敵に囲まれて全滅する。もはや一刻の猶予もない」ということになり、撤退を決断した。しかしその途端、敵に囲まれているとの恐怖心からか、農兵は皆自分勝手に裏山に駆け上り、立ちどころに四散してしまった。吉田と数人の隊員は政府軍を避けつつ山の中を彷徨い、いつの間にか延岡隊本隊を追い越して、さらに東側の行縢山に到達していたのであった。

そんなことになっているとは知る由もない太郎と九蔵は、分遣隊の行跡を探るも杳(よう)として分からず、隊とはぐれたという数人を連れて帰ることしか出来なかった。

この日、五ケ瀬川右岸の南方では第一旅団の右翼隊が、昨日と同様に進撃を続けた。宇納間を目指して南下していた川崎宗則少佐の部隊と栗原一郎右衛門少佐配下の部隊は、薩軍の残存部隊を掃討しつつ渓谷を踏破し、遂に宇納間に達して別働第二旅団の部隊との連絡に成功する。

四月二十日の熊本での城東会戦の後、薩軍の逃走をゆるし、結果として肥後、薩摩、大隅、日向、豊後の広範囲にわたって戦乱を拡大させてからおよそ四カ月、遂にその包囲の鎖は繋がり、後はその環を縮めていくだけとなった。

政府軍の包囲網が敷かれる中、八月二日に延岡に入った西郷隆盛は早くもこの日、八月十一日に延岡を出て北へと移動している。高千穂派遣隊の防衛線が破られたことのみならず、延岡の南方、門川でも鳴子川付近の戦線が危うくなってきていて、西側或いは南側から延岡に侵入される恐れがあった。西郷の側近は西郷の身の安全を第一に考えて、夜、元延岡藩家老原時行宅にいた西郷を連れ出し、舟で川を遡り、この日は舟上で一夜を明かしている。

翌八月十二日、高千穂派遣隊の各隊は、昨日の政府軍による攻撃で、南東に約一〇キロメートル後退を余儀なくされた。そして、そこでまた新たに曽木川付近を拠点として態勢の立て直しを図った。

高千穂往還沿いの久保山には奇兵十一番隊、正義五番隊、佐土原の部隊が入り、左翼の五ケ瀬川南岸、黒原には高鍋の部隊、そして右翼の北側、曽木川沿いの獺越には延岡隊が入った。ただ各隊共に兵力は著しく低下しており、殊に七月三十一日の進撃以降は、高千穂派遣隊としての各隊の連携に綻びが生じ、防衛線としての機能は殆んど失われていた。

獺越(うそごえ)の延岡隊陣営では早速政府軍の侵攻に備えて堡塁と胸壁造りに取り掛かっていたが、傍らを流れる曽木川は、延岡の平野に近づいた分だけ険しさがなくなり、これまで陣を構えた日之影川や綱の瀬川のように敵の進攻を妨げる防御力は殆んど期待出来なかった。黙々と作業を続けながらも、多くの隊員が、「この陣は長くは持つまい」と考えたのではなかろうか。

そのような中で、太郎と九蔵は今日も分遣隊の捜索を命じられていた。延岡隊の人数はこの時点でおよそ五〇人で、その他に農兵もある程度いたと思われるが、それでも一人一人が大事な戦力であった。そのため、大嶋景保隊長も放っておく訳にもいかず、今日は昨日よりも西を捜索して、それでも見つからなければ諦めることにしたのであった。

本来、生きている隊員もさることながら、戦場に残してきた戦死者もまた、放っておく訳にはいかないと思うものの、撤退と退却の連続ではそれも思うに任せない状況であった。それについては大嶋隊長をはじめ、延岡隊の隊員皆が、心に咎めを抱いていたのではなかろうか。放置された戦死者は、おおかた村人によって埋葬され、後に親族が引取りに来ることもあれば、そこに碑が建てられて供養されることもあった。しかしそれは大抵が士族の話。

曽木川の西を流れる細見川の方まで行って捜索しても分遣隊はおろか、はぐれた兵も見当らないので太郎と九蔵は一旦隊に戻るべく山を下りて、ひとまず街道に出ようと脇道を下って行った。そして、もうすぐ街道に出るというところで、思いがけず出汁の香りが漂って来たのであった。

「九蔵さん何か食べませんか」

「そうだな。あそこで何か食えるかな」

見ると道の山側を開いた一画に一軒小屋が建っており、その傍には年老いた馬一頭と男が二人佇んでいた。一人は四十歳代で、置いてある丸太に腰を掛けて煙草をふかしていた。もう一人は三十歳代、こちらは立って四十男と何か話し込んでいる様子であった。四十男が太郎と九蔵に気付いたので、それを見た三十男も話をやめて太郎と九蔵の方を見た。そしておもむろに右手を懐に入れた。

　話が出来る間合いまでやって来て太郎が聞いた。

「ここの人ですか」

「ああ、そうだが」

　三十男が答えた。

「飯ありますか」

「あるにはあるが、銭は持ってんのかい。西郷さんの札は使えないよ」

「西郷さんの札ってこの軍用札のことですか」

「そうそう、それはもう使えねんだ」

　九蔵が俄かに気色ばんだ。

「使えないってどういうことだよ」

「どうもこうも、使えないもんは使えないんだよ」

　九蔵は自らが猟で稼いだ金が使えないという事実が俄かに信じられなかった。

「まあまあ九蔵さん、ここでは使えないってことでしょう」

　こういった手合いはこっちが脅してどうにかなるものでないのを太郎は知っていたし、それより何より太郎は腹が減っていた。

「九蔵さん銭持ってますか」

「あっ、ああ、あれなら、あるけど」

「俺もあれしか持ってないけど」

太郎は九蔵が少し出し渋っているのが分かった。

「それじゃ、ここは俺が出します」

「悪いな太郎」

太郎は懐から草鞋を片方取り出して、それをぎしぎしと歪ませて隙間から銅銭を一枚取り出した。そしてまたぎしぎしと歪ませ始めた。

「おいおい、何だそりゃ」

三十男が覗き込む。四十男は相変わらず座ったままであったが、煙草をふかしながらやはり太郎の手元を凝視していた。

「ちょっと貸してみろ」

三十男が懐に入れていた手を太郎の前に差し出したので太郎も素直に半足の草鞋をその男の手に乗せた。

三十男は目を閉じて軽くその手を上下させた。

「大体四十文（四〇厘＝四銭）だな。それでいいか」

「はい」

「それじゃ、これで二人分だな」

「ちょっと待った、そいつはちょっと高いなあ」

九蔵にしてみれば一人二十文というのは倍以上の感覚であり、太郎に出してもらう引け目もあって、ここで正当な値段にまで下げさせるのが自分の役割であると考えたのであった。

「生憎だが戦で物が片っ端からなくなって当節はこれが相場なんだよ」

品不足によって値段が上がっているという理屈はさすがに突き崩すのは難しいと九蔵は判断した。

「それじゃせめて草鞋半足分の代金は返してもらおうじゃないですか」

三十男は軒に吊るしてあった新し気な草鞋を取り、片方を太郎に投げて寄越した。その草鞋は太郎の草鞋の代わりとしては充分であり九蔵もそれ以上は何も言い返せなかった。

「おおい。飯二人分だ」

「はああい」

三十男が小屋の中に声を掛けると、女房と思しき女が返事をした。

「まあ、突っ立ってないで座りなよ」

太郎と九蔵は三十男に促されるまま、やや大きめの縁台に腰を下ろした。小屋から女が湯呑と茶瓶を持って来た。そして女は湯呑に冷やした麦湯を入れて、ついでに四十男の湯呑にも麦湯を継ぎ足してまた奥へ行ってしまった。

「ところで、あんた達は一体どういう人なんだい。土地の猟師みたいだけど」

太郎は返答に困った。どこまで言ってよくて、どこまで言ってはいけないのか。それを一々判断するのが面倒なので出来れば何も聞いて欲しくなかったし、何も言いたくなかった。しかし、太郎が考えるのも無駄であるくらい九蔵はそういったことに無頓着であった。

「はい。それで延岡隊の手伝いをすることになったんですけど。昨日の戦で部隊のひとつがはぐれてしまって、今捜索してるとこなんです。何か見たり聞いたりしてないですか」

奥のほうから赤ん坊の泣き声がしてさっきの女が「はいはい。ちょっと待ってな」と言葉だけであやすのが聞こえた。そしてすぐに女が出て来て、麦飯と芋の入った汁物と鮎の塩焼きを縁台に置いた。

「うるか（鮎の塩辛）が有るけど要るかい」

「はい。頂きます」

太郎は別に好物という訳でもなかったが、妙に塩辛いものが食べたくなったのであった。

「そうは言っても戦争が始まってから街道は毎日のように兵隊が通るし、それがどこの隊か何てこっちは分からないからな。吉松さんはどうだい」

三十男が相変わらず丸太に腰掛けている四十男に尋ねた。

「ああ、俺も分からないな。ただ今日は見なかったが、ここ数日、兵隊だか何だか分からないのが街道付近に出没してるのは確かだ」

「ああ、あれか、あれは大抵無理やり西郷軍にしょっぴかれた人らだ。あんたらが捜してるのが、そういった人達ならもう家に帰ってるんじゃないかな。余計なお世話かもしれないけれど、あんたらも時機見て切り上げた方が身のためじゃないかな」

「はい」

太郎はそう言って九蔵を一目見ると何事もなく飯を食っているように見えた。太郎は無理やりしょっぴかれた訳ではない、自分から従軍を申し出たのである。にもかかわらず自分勝手に辞めるのは軍律以前に卑怯な行いであるように思った。そして、成り行きとはいえ太郎に付き合う羽目になった九蔵を差し置いて、さっさと切り上げろと他人に言われてそれに同意するのは、その場しのぎの生返事であるとしても道義に反すると思った。

「あ、いや、でも俺らは自分から隊に入ったんで勝手に辞める訳にはいかないんです」

恐らく三十男には呆れられるであろうが、これだけは言っておくべきことであった。しかしそれを言葉にした時、太郎は改めて現在の状況を恨めしく思い、九蔵への謝罪の気持ちが募るのであった。

「へえ、そうかい」

太郎が予想した通り、呆れたと言うような返事であった。

「ええ、そうなんですよ」

九蔵が太郎の代わりに自嘲気味に答えた。

女が小皿にのせたうるかを持って来た。

「おい、この中に銭が入ってるから出しといてくれるか。四十文くらいは入ってそうだ」

三十男が女に太郎の草鞋を渡した。

「へええ。しかしまあ、よく入れたねえ」

女は草鞋を持って奥に入っていった。

「それはそうと、西郷さんの札だが使えないのはここだけじゃなくて、もう何処もかしこも使えなくなってきてるから。それでこっちも大損食らって頭にきてるとこなんだ」

「えっ。それ、本当ですか」

三十男の話を聞いて九蔵の箸が止まった。

「ああ、本当だよ。噂では延岡にいた西郷さんが昨日の夜延岡を出たらしいって言うもんで、西郷さんの札も使えなくなるって、もうあっという間にただの布切れだよ」

九蔵は稍(やや)うな垂れて箸の運びが遅くなった。

四十男は九蔵のそんな様子を一瞥するも、同情する風もなく、まるで達観したように煙草をふかしてさり気なく会話に入ってきた。

「ああ、郡代所に乗り込んだ人もいたらしいけど、『これは薩摩軍が発行したもので当大区（九十九大区）は一切関わりない』って洟(はな)も引っ掛けないって言うんだからな。でも喜平さん、さっきも言ったけど幾らか金が残ってるだけ、あんたも俺もまだ良い方だよ。文無しになった人もいるらしいからな」

「本当に。吉松さんのお蔭で助かったよ」

この四十男の吉松と三十男の喜平は元は百姓であったが、共に戦が始まってから俄かに物資の運搬などを請負って稼いできたらしい。喜平の女房は身重であったために力仕事はせず、ここで茶を出し始めたとのことであったが、もう戦絡みの運搬も潮時であると、この二人は太郎と九蔵に語った。

太郎は二人の向後が気になり訊ねた。

「お二人はこの後どうするんですか」

「俺はまた百姓に戻るかな」

四十男の吉松は答えた。

「俺は女房と子供を連れて大阪へ行こうと思っている」

太郎も九蔵も喜平の返答に驚いた。九州から出る。単に出るだけでなく移住してそこで生活するということを二人は今まで考えもしなかった。しかし考えたことがないというだけで、太郎も九蔵もそれが特別なことではなく、自分達もそうしたければ出来るのは知っていた。ただ今まで自分達の周りで村を出て行くのは大抵、奉公か、男なら徴兵、女なら嫁に行くくらいなもので、自らの自由な意思で故郷を出るという行動を現実として捉えられていなかった。それが今、目の前の自分達と同じ百姓が、これからそれを成そうとしているのが信じられなかった。

「やっと終わったよ。全部で三十九文だった」

女房が銅銭と草鞋を持って出て来た。

「あっ。それじゃこれ最初に俺が取った一文です」

太郎は一文銭と代わりとして受け取った草鞋半足を女房に渡し、女房が持って来た自分の草鞋を受け取った。

「女将さん大阪へ行くんですか」

「んん。少し怖いんだけどね」

太郎の問に女房は笑って答えた。太郎の手には銅銭が全て抜き取られ、軽くなった半足の草鞋が戻って来ていた。

　くたびれし草鞋を見れば　遠き日の
　　旅路を思う　行くあてもなく

食べ終わった太郎と九蔵はその茶屋を後にした。

「九蔵さん軍用札の件、近藤（長）輜重長に話しますか」

「そうだな。いや、やめておこう。茶屋で使えなかったとは言えないからな」

「そうですね」


中津隊が高千穂を離れて奇兵隊に合流した後に、延岡の士族の青年五名が中津隊に加わっている。いつ頃のことかは分からないが、おおよそこのくらいの時期と考える向きもある。皆、二〇歳前後で最年少は一七歳であった。この五名は恐らく、若年であることや親兄弟が既に出征しているなどの理由で、延岡隊への入隊が許可されなかったものと考えられる。それでは何故中津隊であったのか。それについても不明であるが、それだけ〝先陣ほぎ〟の中津隊の武名が轟いていたためであろうか、或いはまた、中津隊隊長増田宗太郎が文武に優れ、人品骨柄が良く、指導力があったためであろうか。

一七歳の青年の母親からその息子を託された際、増田が詠んだ歌が二首残されている。

いさぎよく　打死せよと　ゆるせしも
　子を思ふ親の　情なりけり

おもふこと　なす野の原の　若草の
　摘まれながらに　萌えいづるかな

この一つ目の歌について、或いはこの親の気持ちが素直に理解出来ないと思われる諸賢もおられるかもしれないが、増田が詠んでいる如く、我が子を不憫に思い「武士として生きなさい」と諭す親の慈愛が表れているように思う。

明治になって新しい世に希望を抱く者達がいた反面、そうした世の中に適応出来ない人、殊に武士階級であった人々の蹉跌(さてつ)話は様々ある。それはなにも大人達に限った話ではない。武士の子として厳しく育てられ、混沌とした動乱の時代を訳も分からず、ただ無邪気に過ごしてきた少年達もまた同じであった。

社会構造の転換点、それが大きかろうが、そうでなかろうが、そこに立たされた青年の多くは、いつの時代も不遇である。それを託つも世の遷り変わりは如何ともし難く、いつの間にか下を向いて歩くようになっている者も少なくない。そして、その鬱屈した心情はそのうち、外部へ解き放たれるか、自分自身に向けられて自滅するか、そのどちらかしかなくなるのである。この一七歳の士族の青年もまた、こうした戸惑いや、わだかまりを抱いていた一人であったのかもしれない。そして、そういった若者達の心情を理解し、全身全霊で受け止めることが出来た人物こそ、不世出の傑物西郷隆盛であったのではなかろうか。

門川の鳴子川付近での戦闘は、辺見十郎太や河野主一郎らの奮戦も虚しく、政府軍に加草、庵川一帯を占領され、薩軍はやむなく門川を諦めて徐々に後退を始めた。そして延岡市街防衛の最後の拠点として、延岡の中心部から約三キロメートル南にある愛宕山（二五一メートル）に堡塁を築き、残存兵力の集結を図っていた。

一方、政府軍はこの日、各旅団の指令官の会合において、参軍の山縣有朋が門川での戦闘の形勢を踏まえた上で、延岡進攻の日にちを十四日とする決定を下した。

八月十三日、第一旅団は未明から右翼隊、中央隊、左翼隊が示し合せて行動を起こした。前日には左翼隊を北側の山岳地帯へ進攻させて包囲を固め、そうして夜明けと共に一斉に薩軍めがけて突撃を敢行した。

高千穂派遣隊の殆どの部隊は弾薬も払底し、士気も下がっていたため、この攻撃にたちまち退却を余儀なくされた。しかし、そうした中にあって獺越の延岡隊だけは健気にその場に留まり政府軍を迎え撃った。

大嶋隊長は、想定よりも早い政府軍の攻撃に苦渋の表情を浮かべた。堡塁は無いに等しく、延岡からの補給も不充分で、敵の攻撃を防ぎきるのは不可能であった。それでも菅原での失態を繰り返すまいとして警戒を厳しくしていたため、早くに迎撃の態勢を取ることが出来たのであった。何より延岡隊だけは、高千穂派遣隊のどの隊よりも士気が高かった。

延岡隊の場所から延岡市街まで直線距離にして約一二キロメートル。ここで戦う多くの延岡士族が、二月に薩摩軍に合流した際には薩摩軍と伴に第二の維新を成し遂げようとする熱意に満ちていたものの、敗退と共にそれが意地となり、今や純粋に延岡の街を守ろうとする献身へと変わっていたとしても何らおかしくはない。延岡隊は圧倒的に不利な状況下でありながら、政府軍の攻撃を数時間にわたり耐え続けた。

しかし大嶋隊長も、その精神力のみで活路が開ける訳でないのを心得ており、一部を後方の霧子山に登らせて援護兵として配備し、本隊は徐々に後退させていった。そうして後退しつつ高千穂往還沿いの集落を拠点にして政府軍を迎撃した。無論、迎撃と言っても単に時間稼ぎにしかならない。しかもその時間は、政府軍が歩兵と共に砲兵も前線に押し出して来て、山砲で遮蔽物を破壊していくので、それ程長い時間持ち堪えられる訳でもなかった。けれども、ここにきて、その一分一秒が俄かに重要となってきていたのである。

そして、この時が、第九十九大区区長塚本長民の、或いは延岡藩幹部の、また或いは延岡のいちばん長い日の序章であった。

塚本は今後の行動を決定するにあたり、三つの立場からなる責務と心情が、ない交ぜになって戸惑っていた。その三つというのは、現在の奉職である第九十九大区（延岡）区長としての立場と、元小参事として延岡藩の幹部と長老で組織された軍事世話役としての立場、それともう一つは延岡隊隊長大嶋景保の実兄としての立場であった。

延岡の軍事世話役の各人は、今まで薩軍劣勢の報を受けながらも、奇兵隊の支配下に置かれていたために半ば観念して、主体的な活動から手を引き、ある意味においては思考停止状態であった。それが、俄かに現実の戦闘が間近に聞こえるに及んで焦燥に駆られ、急遽、区長事務扱所に集まって、どうすべきかを協議し出した。列席した主な幹部は、元大参事の大嶋味膳を筆頭に、長谷川伯成、池内成美、井上勝利ら、旧藩関係者と、塚本長民区長、片岡精一副区長、柴田敬副区長ら、九十九大区関係者であった。

もう既に宮崎で藁谷英孝支庁長が投降している状況では、延岡の各人においても投降するのに如くはないということで一致はしていた。しかし問題は、区政が事実上、奇兵隊に握られているため、ここに集った各人の投降が、そのまま延岡の街の「明け渡し」とはならないことであった。それと、もう一つは、延岡隊が未だ死力を尽くして戦っている最中であり、彼らを差し置いて自分達が先に投降するのは武士として気が咎めた。「前線の兵を孤立させてはならない。彼らと自分達とは一緒なのだ」という思いは、ここにいる誰もが持っていた。延岡隊に命じて、軍事世話役と一緒に投降出来れば一番良いが、軍事世話役は奇兵隊に、延岡隊は高千穂派遣隊にいわば頸木をかけられていて自分達の都合だけで事が上手く運べない事情もあったのである。

しかし残された時間はそれ程ない。はっきりしているのは、もう明日にでも政府軍が延岡に進入して来るということであり、薩軍はそれを防ぐことが出来ないであろうという現実であった。

塚本は投降の件はひとまず置いておき、区長としての立場から「住民を早急に避難させるのと、薩軍に市街地での戦はしないよう、つまりは延岡から撤収するよう要請すべきである」と居並ぶ幹部に述べ立てて了承を得た。そこで早速、住民を避難させるよう戸長らに命じた。

しかし避難といっても北、西、南の三方面から攻められている状況では東側しか残されていない。延岡の東はすぐ海であるから避難も儘ならないが、それでもやむを得ず漁村へ避難する住民が多くいた。

延岡からの撤収については、区長の塚本自らが北小路の宿営地にいる奇兵隊司令の野村忍介を訪ねて要請することになった。

塚本区長の願いに対して、当初、野村は難色を示していた。情において忍び難いと雖も、延岡市街には、祝子川、五ケ瀬川、大瀬川など、大きな河川があり、これまで多くの戦闘で川を挟んで対峙してきた薩軍は、延岡においても当然今までと同様の戦術を考えており、それが基本方針であった。それに野村は総司令の桐野に嫌われており、野村が言って受け入れられる見込みはほぼなかった。

それを聞いた塚本は、「それならば西郷先生に直接お願いは出来ないでしょうか」と尚も懇願した。その塚本の必死な様子を見た野村の脳裏には、延岡の人々がこれまで薩摩軍に尽してくれた支援の様子がまざまざと浮かび上がった。そして、たとえその恩に報いることは出来なくても、せめてこれ以上の苦難は招かないようにするべきであると思うに至り、「直接西郷先生に伺うのは憚られるし、かえって桐野総司令の怒りをかうことにもなり兼ねないので、代りに西郷先生の側近の池上（四郎）司令にお願いしてみよう」と塚本に約束した。

野村はすぐに一三キロメートル余の道程を馬を駆って北川村吉祥寺の池上を訪ね、延岡撤収とその後の各部隊の展開について献策した。

野村は豊後派遣隊の司令として延岡と豊後を調査し、その中で、早くから和田越の険要に目を付け、そのうち防衛の拠点として使うかもしれないと考えて、大友宗麟が築いたと思われる縄張りなども利用しつつ整備してきたのであった。そうした事情を説明したところ、稍あって池上は野村の策を了承し、今度は池上もその他の幹部の了承を得るため、奔走した。

その頃、延岡市街は避難をする人々で半ば狂乱状態となっており、区長事務扱所の幹部達もその喧騒で落ち着かず、話し合いどころではなくなっていた。さらに投降の噂を聞きつけた延岡士族や延岡隊の負傷兵が押しかけ、所内も一時混乱した。抗戦を主張する一部の者達には、「出来る限りの協力は惜しまない」などと約束して何とかなだめすかし、塚本が戻ってきた頃になってようやく収まったのであった。

塚本は延岡隊を率いて懸命に戦っている弟を思うと、野村の知らせを待つしかない我が身が歯痒く、出来ることなら押しかけてきた延岡士族達と共に延岡隊を援けに行きたい。そんな気持ちに駆られていた。

七月二日の戦闘で負傷し治療中であった延岡隊監軍の加藤淳は、延岡隊が窮地に立たされているのを聞きつけ、矢も楯もたまらず延岡士族を糾合し、まだ治っていない身でありながらも自らが中心となって延岡隊を援護するために動き出した。そして元々薩摩軍に与するのに反対していた者達も、同郷の部隊を援けるためには協力を惜しまず、一丸となって奔走した。

加藤監軍から連絡を受けて、延岡隊が市街に入る前に踏み止まり抗戦するための場所として目指したのが、中世に縣の領主であった土持氏が約一三〇年に亘って居城にしていた要害の地、松尾城であった。松尾城は延岡の中心地から約三キロメートル西にある平山城で、南を流れる五ケ瀬川との間に高千穂往還が通り、高地から敵を狙い撃つことによって延岡への侵入を阻止する最後の砦であった。

加藤監軍率いる援護の部隊は、使用可能な大砲と砲弾、鉄砲と弾薬を松尾城まで運び込み、台場や堡塁、胸壁を時間の許す限り構築し続けた。そうして撤退して来る延岡隊を迎え入れ、それを追う政府軍をここで邀撃する手筈であった。

延岡隊は今朝陣を構えていた獺越から、防戦しては後退するを繰り返し、東へ約九キロメートル移動していた。時折り小雨を降らせていた雲の間から夕陽が差し込み、延岡隊が目指す緑の小山と水田の稲穂を照らし出した。山の中腹の曲輪で旗持が何処から調達してきたのか御旗を振れば、はためく黒地に金の釘貫が夕日を浴びて煌めいていた。

松尾城の木の影で鉄砲を持って待機する援護部隊にも､銃声が近くなってくるのが分かった。加藤監軍は数名を撤退の支援に向かわせて、自らは延岡隊の様子を確認すべく杖をついて、そこから更に上へと登った。夕日が目に入り判然としないながら延岡隊本隊の先頭と思しき隊員が視界に入った。その隊員はすぐに陰に隠れて後続の援護態勢をとった。

「いいか。合図するまで絶対に撃つなよ。絶対に味方を撃つなよ」

加藤監軍は厳命し、大嶋隊長の姿を探した。間もなく数名の隊員に囲まれた大嶋隊長を認めた。時々姿勢を低くして最後尾との距離を測りながら指揮している様子が見て取れた。そうしてやたらと長く感じる時間が経過し､ようやく大嶋隊長が松尾城に入ると、一斉に歓声が上がった。それから間もなく最後尾が城域に入った。

「撃てえ」

松尾城からの銃撃と砲撃は政府軍の追撃を完全に停止させた。加藤監軍は再会を果たした大嶋隊長を慰労し、自らの不甲斐なさを謝した。大嶋隊長はかぶった水を滴らせながら疲労した顔をしばしほころばせた。

塚本ら、延岡藩幹部は延岡隊と大嶋隊長が松尾城に入ったのを聞いてひとまず安堵した。しかし、未だ抗戦中であるとの報に、幹部らは一様に複雑な心境であった。心情としては、降伏するように申し付けたかったのであるが、野村からは未だ延岡撤収決定の知らせはなく、この段階で早々に延岡が降伏、投降しては懇請した者としての義理を欠き、約束を反故にされる恐れがあった。そのためこの時点では、野村からの知らせを待つ以外なかったのである。

第一旅団は延岡突入の手前で完全に足留めとなってしまった。進入を試みようとするも、緑の木が生い茂る古城の至る所から銃撃されてそれ以上進めず、山砲二門で砲撃するも木が揺れるばかりで敵が損傷を受けているのかどうか判然としなかった。そうしているうちにすっかり日も暮れ、古城はただ深とした漆黒の小山となり、第一旅団はこの日の攻略を諦めざるを得なかった。

その頃、薩摩軍幹部の間では延岡撤収の合意が纏まりつつあった。池上や野村が説得に廻った結果、「局地戦で戦を長引かせるよりも、兵力を結集し一気に輸贏(しゅえい)を決しよう」という雰囲気が醸成され、それは、物資が不足し往々にして悲観的になりがちであった多くの薩軍諸士に、勝ち負けということではなく、士族としての最期の希望をもたらした。

そして夜になって漸く決定したその兵力結集は、時を移さず実行されたのであるが、実際には伝達も移動も思うに任せず、巧みで鮮やかな撤収とはならなかった。

薩軍延岡撤収の知らせは間もなく区長事務扱所にもたらされ、塚本区長ら幹部一同は喜び合った。しかし約五カ月にわたる薩摩軍の支配から解放されたという喜びは薄かった。残された問題は、いつ政府軍に投降するかであり、それは延岡隊の今後の行動を抜きにしては解決出来ない問題でもあった。そこで幹部らは、一応、薩軍と行動を共にしつつ延岡隊が降伏してから自分達も投降しようという決定をした。

薩摩軍の支配に甘んじていた事情もあるが、ここには責任の所在の曖昧さも垣間見える。出兵の決定はその温度差こそあれ延岡の幹部全員の合意の下に行われた筈であるが、降伏については、どうにもならない状況に至るまで誰もそれを決められないのであった。戦の終わらせ方、特に敗戦での終わらせ方というのは特に難しい。

第一旅団の会計部は早くも炊爨場を曽木へ移す。西南戦争の征討軍はこういった後方支援を誠に実直に行っている。

炊爨場の仕事をもう全て理解しているイナは、移動に際しても別段上の人に訊ねることもなくせっせと作業を進めていた。しかし曽木への移動を知らされた時、何故か曽木が最後の炊爨場になるかもしれないという予感がして言いようのない寂しさを感じたのであった。兵隊達の話を聞いていると、どうやらこの戦は延岡で決着がつきそうであるらしく、「ならば曽木か、そうでなければ確実にその次へ移った所で戦は終わる」。戦が終わるのは良いことなのに、イナの中の本当の自分は、このまま戦が続いて欲しいと考えているのであった。「そんなことを考えてはいけない。自分は地獄に落ちてしまうのではないだろうか」と心配になるのであるが、どうにもしようがなかった。「戦が続いて欲しい訳ではない。炊爨場が続いて欲しいだけなのだ」と考え直すのであるが、そもそもここしか知らないイナに、戦のない炊爨場を思い描くのはどだい無理なことであった。「炊爨場の仕事がなくなれば、また元の生活に戻らなければならないだろう」と切なくなり、「太郎の屍も探さなければならない」と思い、やり切れなくなるのであった。

こうして世上では一日が終わろうとしている中、延岡では薩軍の配置転換で騒然としていた。西郷も北川村吉祥寺から熊田の小野彦治宅へ居を移している。松尾城の延岡隊に高千穂派遣隊司令の高城から配置転換が伝えられたのはそんな折であった。

「松尾城には薩摩の部隊を入れるので、延岡隊は守りの薄い五ケ瀬川対岸の野田に移ってもらいたい」とのことであった。加藤監軍はこの命令に高城司令の狡猾な底意を感じた。

「大嶋隊長、薩摩軍は我々を川の対岸へ移動させ、自分達は今のうちに北へ逃れ易い場所へ移ろうと目論んでいるのではないでしょうか」

加藤監軍の薩摩軍への疑いについて、隊長の大嶋は何か諦観の面持ちであった。

「まあ、そう勘ぐるものではない。地元の我々を頼りにしているのであろう。加藤監軍が折角繕ったこの古城であるが、これだけの人数では守り切れないのもまた事実であるから今すぐ移動しよう」

薩摩軍への疑念を抱きつつも、加藤は言われた通り隊員に移動の命令を下した。

政府軍の延岡進攻は、日豊国境で戦闘中の熊本鎮台を除いて、当初の予定通り十四日に六個旅団での決行となった。各旅団の進入経路の概要は、海側から見て新撰、第四、第三が北上し、第二と別働第二が北上した後、五ケ瀬川近辺で東に方向を変えて、第一と共に西側から延岡に進入するという計画であった。またこの際、軍艦による艦砲射撃の支援も計画されていた。

延岡では撤収が決まって数時間経った後も薩軍の兵が一部滞留していた。その理由は詳らかではないが、部隊ごとに様々な思惑があったのだと思われる。元々防衛拠点として考えていた愛宕山の守備隊は、出来るだけ敵に損害を与えてから殿で撤退しようと目論んでいたのかもしれないし、そもそも撤退に同意せず延岡を最後の戦闘の地と考えていた部隊もあったと思われる。出兵した日は、人によって多少の違いはあっても、おおかたの者が半年となって、一つの節目と考えるべき時期にきていた。

政府軍の延岡進攻は十四日の未明から開始された。区長事務扱所にいた塚本区長はじめ幹部数人は、まんじりとも出来ないまだ暗い夜を大砲の音で唐突に終わらされた。政府軍の進攻は塚本達の予想よりも断然早く、昨夜決めた予定を実行出来るか危ぶまれた。昨夜の幹部の話し合いでは、夜が明けてから一同うち揃って延岡から退去することとし、去るにあたっては今後の祈願も兼ねて、今山八幡宮（八〇メートル）に上って街の様子を確認してから北へ移動しようというように決められていた。そのため、一旦屋敷に戻った者もいて、この時点において全員揃っていなかったのである。愛宕山をはじめとした市街地の外周では薩軍が防衛にあたっている様子なので、まだ多少時間があり、塚本は全員が揃うのを待った。

延岡隊は野田へ移動するのに途中の五ケ瀬川の渡河で時間がかかり、そのうち空も白んできて、到着した時には既に戦闘が開始されていた。そこで休む間も無く直ちに加勢して政府軍の進攻を食い止めた。

愛宕山方面でも激しい戦闘が開始されていて、延岡市街は徐々に慌てて北へ撤退する薩軍兵が目立つようになってきていた。日の光によって全ての物が視認出来るようになった頃から、沖合の軍艦による砲撃も開始された。

野田では延岡隊と共に今まで守備していた部隊が弾薬欠乏を理由に延岡隊に後を託して撤退してしまった。しかし延岡隊も既に弾薬が底を突きかけていた。

「大嶋隊長、我々も撤退しませんか」

加藤監軍の進言に大嶋隊長は「んん」とくぐもった返事を一つしてから、立て籠もるのに適当な屋敷を探すよう加藤監軍に指示した。

延岡藩幹部一同は区長事務扱所を出て今山八幡宮を目指した。市街の大半は未だ戦禍を免れているものの薩軍の兵隊や馬が駆けずり廻り、体に響く大砲の音や何処かで起きている火災のきな臭い匂いは、街全体が壊滅するような恐れを抱かせた。「薩軍は撤収をして市街戦をせぬと約束したのではなかったのか」と疑いを抱きつつも、どうすることも出来ず先を急いだ。蹄で跳ね上げられた土が汗をかいた顔や体にへばりつき、兵隊に押し退けられては転ばされることもしばしばで、齢六十を過ぎた大嶋味膳は怒りと情けなさで「わしは残る」と言って戻ろうとするのを塚本らが説得し、また励ましたりして何とか今山八幡宮の境内まで上ったところで皆力尽きてしまった。銃声も砲声もその頃には殆ど聞こえなくなり、変わって蝉の声ばかりが聞こえ出した。境内から見える範囲において街は無事であった。しかし城山の太鼓櫓が炎上しているのを見た時には皆言葉を失くして涙を落とした。

延岡市街への進入を果たした政府軍は、艦砲射撃をやめさせるため、延岡城の天守台にあって、ある種、象徴的な建造物であった太鼓櫓（火の見櫓）に火を放ち、それを信号代わりにしたと言われている。以後もそれは再建されることなく、翌年の明治十一年、一画に鐘撞(かねつき)堂が建てられて今日に至っている。


延岡隊は退却し、本小路にある元延岡藩家老穂鷹家の屋敷に立て籠もった。家人は避難していて家の中はひっそりとしていた。その中で隊長の大嶋らは暫し休息し、隊の今後を話し合った。北へと逃れる方途はもう既に失われたように思われ、仮に北へ逃れたとしても延岡の街が政府軍に占領された今となっては戦を続ける意義が全て虚しく思えた。そして延岡藩幹部が「降伏しても構わない」と言っている以上は、この際降伏しかないということで、間もなく一致した。

大嶋隊長は高千穂派遣隊司令の高城に降伏する旨の詫状をしたためて、太郎と九蔵を呼び、その書状を高城に渡すように言い付けた。然るべき者に持たせることも考えたが、その場合、その者が高城に責められて詰め腹を切らされるようなことにもなり兼ねず、自分以外の者に責任を負わせるのは避けたいとの思いからであった。使者に平民を充てることへの後ろめたさはあるものの、太郎と九蔵であれば面識もあるし、この際別にこだわることもないという薩摩軍に対する一種ぞんざいな気持ちもあった。

「二人共、これを高城殿に渡したらそのまま高千穂に帰っていいぞ。今まで本当によくやってくれたな。これは少ないが取っておけ」

大嶋隊長は二人に硬貨で一円ずつ渡した。高千穂に帰るのを許したのは、元々正式な隊員ではなかったこともあるが、もし帰路で政府軍に訊問されても徴用された平民であれば、すぐに解放されると見越しての大嶋隊長なりの温情のつもりであった。

しかし太郎はその温情を理解しつつも、やはりその言葉に疎外感を抱いた。この五カ月余、延岡隊に付き従って共に過ごしてきたことが全て無に帰したような、そんな気がした。しかし、そうかと言って「最後まで一緒にいさせて欲しい」と訴える程の情がないのも事実であった。

太郎は大嶋隊長の厚情を謝した。九蔵も同じような思いらしく一円硬貨を受け取り普段と変わらぬ面持ちで礼を言い、二人共に部屋を出て屋敷を抜け出す準備を始めた。

大嶋隊長はいつ腹を切ろうかと試みに刀の鯉口を切ったところ違和感をおぼえ、更に半分まで抜いて鞘にしまった。そして悄然と涙を流した。大切に手入れしてきたつもりの刀ではあったが、いつの間にか錆が出ていた。

降伏する際の心持ちは人それぞれであろうが、共通して必ず思うのは死んで逝った同士のことではなかろうか。延岡隊の戦死者数については詳らかではないが、士族は三〇人以上、出兵後随時補充された平民の徴用兵なども含めれば八〇人近くが戦場で命を落としたと言われている。そうした死者や生きて賊徒の烙印を押される者達の責めを一身に受けて降伏を決断したであろう延岡隊隊長の大嶋景保は、戦後、懲役三年の刑に処せられた。

太郎と九蔵が屋敷を抜け出す間際、思いがけず近藤輜重長に声をかけられた。

「最後の務めだ、しっかりやれよ」

二人は近藤輜重長のその言葉に、不意に感傷的な思いが湧き出てきて近藤輜重長に別れを言った時、何か救われたような気がした。輜重長の近藤長は戦後、懲役二年の刑に処せられ獄中で死亡する。

そして太郎と九蔵は布団や鍋を引っ掴み、敵中を駆けた。その姿は火事場泥棒そのものであり、戦場において一々それを咎め立てする者はなかった。

いつ月も過ぎて儚し　五ヶ瀬川
河口の街の　過去の人々

今山八幡宮にも比較的早い段階で政府軍（別働第二旅団の部隊）が迫り、延岡藩幹部一同はもはや北へ移動する気力もなくなり、そこで観念して投降した。

投降した後暫くして、延岡隊の降伏を聞いた塚本区長は心底安堵したことであろう。また時を同じくして百大区の相木常謙区長や石崎行篤副区長、その他戸長の面々も延岡で政府軍に投降している。

延岡で軍事世話役として薩軍の支援を行った塚本長民、大嶋味膳らは戦後、懲役三年の刑に処せられた。一方で百大区の相木常謙らは高千穂から離れ、半ば無為な状態であったことが幸いし、懲役などの過酷な刑にはならなかったようである。

こうして塚本区長ら、延岡藩幹部の長い一日は終わり、延岡隊の戦いも終わった。しかし西南戦争はまだ終わらない。

十三　和田越

［八月十四日〜八月十七日］

二人が五カ月余身を寄せた延岡隊はもう無い。そこに一抹の寂しさを感じつつも、いつかはこうなるという予感が現実になっただけであるという思いから、虚心でいるのもまた事実であった。

高千穂太郎と那須九蔵は、戦とは関係のない部外者を装い、装うと言うよりも武器を持っていないので本当に部外者と言えば言えなくもないのであるが、大嶋景保隊長の書状を持っているため、政府軍に接触しないよう注意しながら走り、時に身を隠し、迂回しながら北の薩軍の陣地を目指した。そうして何とか薩軍の勢力圏に入り、高城七之丞の居場所が判明した頃には既に夕暮れとなっていた。

立哨の兵に用件を言って高城を待っていると、営舎から一人の好漢が出てきた。その偉丈夫は太郎と九蔵を一瞥し、馬に跨って颯爽と去って行った。どこかの隊の隊長であるのは明らかであり、立哨の兵に訊ねると竜口隊の中津大四郎隊長であると教えられた。太郎は今まで薩軍の中にあって幾人もの指揮官を見てきたが、その人品（じんぴん）において今の人物は傑出しており、薩摩軍にもまだまだ立派な将が残っていることに感動した。

そこへ高城が出てきたので、太郎は大嶋隊長から預かった書状を渡した。高城はその書状を披見するや見る間に眉間に皺を寄せてその紙を握り潰し、二人を睨み付けた。が、すぐに一つ息を吐いていつもの顔に戻った。

「分かった」

高城はそう言って、また営舎の中に入ってしまった。

二人は最後の務めを無事終えて、もと来た道を引き返し始めた。お互いに何を言おうかと考えて、話す言葉がなかなか見つからなかった。

「さあ太郎、帰ろうか」

太郎の足は確かに帰路に着いてはいたが、気持ちは故郷に向いておらず、どこか虚ろなのが九蔵には分かった。そして九蔵が声を掛けたのを機に、太郎がおもむろに立ち止まった。

「悪いけど九蔵さん、俺は残ります」

大嶋隊長に書状を託され、ここまで来る間、九蔵は太郎の様子に違和感を覚えていた。それは今、自分が全く望まない考えを太郎が持っているのではないか、薩摩軍に残ろうと言い出すのではないかという不安にも似た恐れであった。果たしてそれは思った通りであり、太郎がとっくにそれを一人で決めていたことが、あまりにも身勝手に思えた。大嶋隊長が戦をやめ政府軍に降伏すると決めた時、九蔵は戦闘の最中にはついぞ感じることのなかった死が、何故か急に自分の身に迫ってくるのを感じ、次の瞬間にはその死から逃れられたという安堵感と、元の生活に戻れるかもしれない幸福感に包まれた。もはや、九蔵にはあの死と隣り合わせの不愉快な戦場に戻って行く気持ちにはなれなかった。そしてそれは太郎も同じ気持ちでいて欲しかったし、そうでなければおかしかった。

「俺らの隊長はもう負けたって言ってるんだ。もう終わったんだ。隊長の命令が聞けないのか」

太郎は今まで窺い知れなかった九蔵の本心を一瞬垣間見た気がした。それでもこの時は別段それを気に留めはしなかった。

「ごめん九蔵さん」

九蔵には太郎の決意が固まっているのは分かっていた。ここで説得する真の意味は、九蔵自身にあった。どうしたら太郎を置いて自分だけ帰れるか、どうしたら自分が卑怯者でなくなるか、そして、シノとの約束を違えた訳ではないという自分の中で納得出来る理由。ただそれを見出すのは自ずから不可能であるのも九蔵には分かっていた。

「一人残ってどうするんだ。何がしたいんだよ」

「高千穂隊をつくる」

太郎は独りよがりとは思いつつも、何か延岡の長い支配から漸く脱したような、そんな開放的な心持ちがして傍から見れば場違いとも思える屈託のない笑みを浮かべていた。そしてそうすれば九蔵も笑って「そうか、よし分かった。やろう」と言ってくれるものと単純に考えていた。

しかし九蔵はそうした太郎を苦々しく思い、腹立ちを抑えながら思いきり馬鹿という意味を

込めて言葉を返す、

「高千穂隊と言っても、お前一人しかいないじゃないか」

九蔵は太郎を睨み付けた。「もはや、薩摩軍は壊滅状態、延岡隊も解隊された今、隊を結成するなど馬鹿馬鹿しくて話にならない」。今まで直感のみを信じて生きてきた九蔵であったが、一人悦に入っている太郎の小狡さが不愉快であった。「太郎はどのみち俺が一緒に来ると高を括っているに違いないのだ」

「この際はっきりさせよう。太郎は俺に付いて来て欲しいと思っているのか、そうじゃないのか、どっちなんだ」

太郎は九蔵の真剣な顔を見て何の考えもなくただ刹那の解放感に浮かれた自分を恥じ、さっきふと九蔵に感じた倦怠を無視して自分の考えに同意してくれるものと期待したことを後悔した。であるからと言って九蔵に「来なくていい」と嘘を付けば、九蔵は必ずその嘘に怒り、互いの信頼は完全に損なわれると思った。

「本当のところは一緒に来てもらいたいと思っています」

九蔵はうな垂れて一つ大きく息を吐いた。自分一人だけで帰る理由は頭に浮かばず、それよりも怒りと諦めが混ざり合いどうしていいか分からなくなった。「馬鹿に付き合う自分はもっと馬鹿だ」不意にシノの顔が浮かび、もう会えないと思った。

ひとまず二人は、まだ中津隊が健在であるなら、増田宗太郎隊長にお願いして身を寄せることにしようと薩軍内を尋ねて廻った。

延岡隊の降伏と元延岡藩幹部の投降は、塚本区長らが懸念していた通り薩摩軍の一部の怒りを買い、延岡奪還に向けて準備が進められていく。野村忍介はもしかすると和田越に守備隊を置き、豊後進出を目論んでいたかもしれないが、薩軍の軍事行動を支え得る街の占領は一刻も早く成すべき要件であり、延岡奪還戦に西郷隆盛自ら前線に出る決意が示されれば、北の豊後よりも南の延岡に全軍であたらざるを得ないのであった。

太郎と九蔵はようやく中津隊を尋ねあて、訳を話せば、そこは馴染みの者でもあり、難なく受け入れられた。中津隊の配置場所は、長尾山の中腹の小梓峠に近い所で、そこで二人は早速否応なしに穴掘りを手伝わされたのであった。

程なくして太郎は中津隊の中に見知らぬ士族の青年が数人加わっているのに気が付いた。それぞれが何らかの作業を言い付けられて懸命にそれらをこなしている中、一番若そうな青年は未だ隊に馴染めずにいる様子で、一人で鉄砲の手入れをして、たまに他の隊員が声を掛けても表情を変えることなく、ただ軽く頷くだけであった。太郎はその寡黙な態度を戦に向かう前の気負いであると理解し、彼が入隊した経緯は不明ながらも痛ましく思うのであった。

中津隊の陣よりさらに右手側に奇兵隊が陣を構えていた。そしてその中に島田数馬がいた。菅原で太郎達と別れてから原隊復帰を願うも叶わず、奇兵隊の中に組み入れられて一兵卒のような扱いを受けていた。しかし数馬はどのような扱いを受けようとも自らに課した務めが果たせればそれでよかった。数馬が自分に課した務めとは何か。それは徴兵された平民を逃がすことであった。

主に百姓など、戦が本分ではない教えざる民を以って戦わせ、その命を失うのは国家にとっての損失であり、愚かな行為であると数馬は悟った。薩軍は徴兵するにあたって、時には「〇年間無税にする」、「〇石宛がう」などというような褒美を示したり、時には「家族全員処罰する」という脅しをかけたりして兵隊を集めていた。数馬は細心の注意を払いながら、それらが全て偽りであると説き、一人また一人と機会をみては逃がしていった。

しかし平民も中には、悪気はなくても自分なりの正義感で上長の士族に取り入って大きな顔をする者が出て来るもので、ある時から、その者に軍曹などという階級が授けられて、昨日までの仲間を監視する体制が出来てからは、なかなか事が上手く運ばなくなってきていた。

彼らにしてみれば、逃走することが戦後の村社会での生活にも影響し、ひいては家族にも累が及び兼ねない行動は、当然自制せざるを得ないのである。そうした中にあってはもはや、一旦彼らが戦に出て務めを果たした形にしてから、どさくさで逃がすより外なく、数馬は今、明日の戦場を前にして様々に思いを廻らせていた。

和田越は延岡市街の北の端にあって、それより北の丘陵地帯とを隔てる峠である。そこから北西に権現山、小梓峠、長尾山が連なり、南東には神楽山、無鹿山、友内山が連なる。薩軍はこの和田越を西郷はじめ、桐野利秋、村田新八、別府晋介、池上四郎の本営司令官と精鋭が固め、そこから長尾山までの右翼に、熊本隊、竜口隊、中津隊、奇兵隊（野村忍介、重久雄七隊）、熊本協同隊、振武隊、雷撃隊を配置し、友内山までの左翼に、行進隊、破竹隊、常山隊、干城隊、鵬翼隊、正義隊、奇兵隊（伊東直二、佐藤三二隊）、飫肥隊、高鍋隊を配置した。そしてこれらの部隊とは別に、後方の長井村周辺の守備に竹田報国隊をはじめとした救應隊の一部が当てられた。この時集結した薩軍の総勢は三五〇〇人程であったと言われている。

一方、政府軍は約五万人と言われているが、これは征討軍の総数であって、実際に対峙したのは、和田越から友内山までを第四旅団、和田越から長尾山までを別働第二旅団の二個旅団で、およそ七〇〇〇人程であったと思われる。右翼から支援する新撰旅団と左翼から支援する第二旅団もあったが、正面の二個旅団のみに集中すれば、古来、この位の兵差で少ない方が勝利した例がない訳ではないので、この際敵情を正確に把握し、何らかの軍略を講ずれば絶望的とまでは言えない状況であった。惜しむらくはこの時、薩摩軍に伊地知正治のような軍略家でかつ、参謀としての立場で物が言える人物がいなかったことであるが、それはこの戦争の全ての期間を通してであると言えなくもない。

八月十五日、その日は日の出の時間をとうに過ぎても薄暗く、空には雲が覆い、地上には霧が立ち込めていた。薩軍側がどれ程政府軍の情報を得ていたのかは不明であるが、薩軍は和田越とその両側の山に向かって政府軍が大挙して押し寄せて来るのを、確信を持って待ち構えていた。

一方政府軍は前方の山並に薩軍が集結しているのを把握していて、その圧倒的な兵力で取り囲むように部隊を配置した。参軍の山縣有朋は和田越から約一・五キロメートル南にある安全でかつ、おあつらえ向きの高さの樫山から、あれやこれやと指示を出しつつ、さらに欠けているものはないかと思いを廻らせていた。

午前七時、眼下に広がる稲の緑が徐々に明るくなってきた頃、大汗をかきながら夏場には不向きの黒羅紗の陸軍大将服に身を包んだ西郷は、ゆっくりと立ち上がって、側近が制止するのも構わず、より眺めのいい場所へ移動を始めた。そして麓の土地が見渡せる場所まで来て悠然と佇立し、不動の姿勢で薩軍と自身の定めが下されるのを静かに待った。

太郎と九蔵は中津隊の陣にあって堡塁に身を潜ませながら戦が始まるのを瞑目しながら待っていた。するとその時、何やら左後方辺りが騒がしくなってきて、一気に緊張が高まって身構えたところ「西郷先生が」という声が耳に入ってきた。太郎は敵襲でなかったことに安堵しつつ、何があったのかを聞くために一旦堡塁から這い出た。

「西郷先生がどうかされたのですか」

「西郷先生が前線にお出ましになられたらしい」

そんな話を聞いている間に、大西郷を肉眼で拝している者達の歓声は轟音となり、それがあたかも合図であったかのように砲撃が開始された。政府軍の放った砲弾は和田越付近で炸裂し、大きく土煙が上がった。薩軍も直ちに砲撃で応射し、和田越の戦いが開始された。

銃剣を構えながら政府軍の歩兵は、畦道を埋め尽くすが如く次々と薩軍の堡塁を目指して進軍を始めた。それに対して火器の少ない薩軍は、まず敵の砲撃を不能とすべく砲台を目指して早くも斬り込み隊が吶喊して山を下り、政府軍の歩兵を散々に蹴散らし始めた。薩軍は主として攻めは斬り込み、守りは堡塁に拠って狙撃するという戦い方がほぼ定着していた。

政府軍は畔を進む縦隊の先頭が薩軍の兵と刺し違えるようにして次々に倒されていくので、後続の部隊は脇の田圃に展開するしかなくなり、進軍速度と攻撃力が極端に低下していった。それを見た薩軍の各隊はこの時とばかりにかさに懸かって攻め込み、別働第二旅団と第四旅団は進撃するというよりも死傷者を出しながら何とか戦闘の形態を維持しているという状態であった。

何と言っても白兵戦においては薩軍の側に分があり、別働第二旅団が陣を布き、大砲を据えている稲葉崎は一時、ほとんど包囲されるまでに攻め込まれ、第四旅団も崩壊寸前にまでなったが、それでも持ち堪えたのは、薩軍と比較して圧倒的に多い兵の数に因るものであった。

薩軍にいくら不屈の精神があっても、限りなく体力が続く訳はなく、その刀も際限なしに切れる訳ではない。さらにまた方財沖に停泊している軍艦（孟春、日進、丁卯、春日）からの砲撃も、無鹿山、友内山方面の薩軍に相当な打撃を与えていた。それにより、午前九時を過ぎたあたりから、薩軍の攻撃力は徐々に落ちていった。

和田越で戦闘が行われていた頃、先に降伏した延岡隊の隊員は押し込められた方財島でその砲声を耳にする。恐らくその多くの者が、その音を聞きながら忸怩たる思いを抱いたのではなかろうか。なかでも隊長の大嶋は自身の判断で降伏したことの是非について改めて迷い、そしてその責任についてもまた煩悶したことであろう。

前線で指揮を執っていた桐野が血刀を担いで和田越に戻って来た。戦況とは裏腹に溌剌とした表情でいるのは氏の生来の気性ではあるが、その性格が器量を過大に想像させて他人から頼られる一つの要因であったように思う。しかし、池上らと話す時には一転して厳しい表情となり、すぐさま西郷を下がらせるべく説得に向かった。

西郷は戦闘開始からずっと直立不動の姿勢でその大きな目を見開いて戦の様子を凝視していた。時折、紅潮した顔で頷きながら「んん」「おお」などと、声を発するものの汗を拭うこともなく、その大将服は濡れそぼって滴り落ちる程であった。桐野や池上が傍に来て、「後は自分達に任せて下がって欲しい」と懇願しても、この時ばかりは頑として受け付けず、敵の攻撃が付近に波及しても意に介さず、そのまま観戦を続けるのであった。

その西郷が立っている場所の麓にあたる堂坂の東側には馬場命英大尉の部隊がまっ先に取り付き、集中攻撃を受けながらも必死でその拠点を確保していた。別働第二旅団はその場所を和田越攻略の足懸かりとすべく、この方面に次々と部隊を投入し、強化していくが、薩軍側も流石に中央の守りは堅く、激戦となるのであった。

和田越の右翼、小梓峠の中津隊の陣では、傷ついて自身の力では移動出来ずに別の隊員に抱えられた隊員が、次々に帰陣するようになってきていた。堡塁にいる部隊は、追撃して来る政府軍の兵隊から同志と堡塁を守るべく銃撃、或いは斬撃を繰り出していった。

太郎と九蔵は中津隊にあっても、相も変わらず弾込めや水運びが主な役割であった。慌しく水汲み場から戻る途中、太郎は思いがけず竜口隊の中津大四郎を目撃した。騎乗して鵯越（ひよどりごえ）さながらに峠を駆け下って行くその雄姿に鳥肌が立って、すぐに誰かに話したいと思ったが、戦の最中で皆それどころではなかった。九蔵も自陣に踏み込まれる前に討ち倒した敵兵の鉄砲を残らず回収する作業に勤しんでいた。

まだ息のある敵兵の止めを刺すのは中津隊の隊士で、その後に九蔵が屍から鉄砲と弾薬を頂くのであるが、その様が見ようによっては厭わしく見えるので、太郎や九蔵のような百姓がやらされるのである。しかし太郎はどっちでもそう大差はないと思っている。傷つき倒れた兵隊は大抵刀を深く突き刺すと、「ぐえ」という蛙のような声を喉から発して息絶える。

太郎がそんな光景から目を移すと、鉄砲を構えながら、慴然として戦の様子を見つめている青年が目に入った。

中津隊に加わった延岡の青年士族は戦闘経験が浅いということもあって、取り敢えずは後方に控えて先鋒の援護するよう増田隊長から言われていた。その中でも十七歳の青年は、初めて見る大戦の有様に当てられて、半ば茫然自失の状態であった。

途切れることのない爆音と火薬の匂い、至る所で発せられる気の違ったような叫び声、生命の生臭さが充満した重たい空気、その中で青年は、怖気付いている自分自身を否定して頭の中で鼓舞し、意識的に大きくゆっくり息をしながら、必死で自我を保とうとしていた。それでも、「弾丸が体を抉ってめり込んでいく時、刀で体を貫かれる時、人はどれ程の痛みを感じるものなのだろうか。皆その痛みを感じながら死んでいくが、自分はその痛みに耐えられないのではないだろうか」といった考えに捕らわれて、自然と背中に冷たい汗をかき、体の中を幾匹もの虫が這っているような不快な感覚に見舞われていた。

致命的な傷を負えば、耐えられる痛みであろうがそうでなかろうが、次の瞬間には死しかないのであるが、青年はまだ若く、そこまで達観して物事を考える余裕はなかった。そうした青年の様子を垣間見た太郎は、柄杓で水を汲んで持って行き、飲むように勧めた。

青年は、中津隊の隊員から太郎と呼ばれている雑役夫から勧められるままにその柄杓の水を飲んだ。しかし、それは生温くてきな臭く、むせ返るばかりで容易に喉を通らなかった。背中をさすられて青年は、自分のことを侮って余計な気遣いをするこの雑役夫を厭わしく思った。

正午も過ぎた頃、和田越のすぐ右にあたる権現山付近に布陣していた熊本隊は、堂坂方面からの援軍要請に応えて相当数の部隊を派遣する。充分とは言えない兵力を割けば自分達の陣が危うくなるのは明らかであるが、薩軍の本営が破られれば元も子もない。熊本隊の指揮を執る山崎定平にとっても難しい采配をしなければならない局面であったと思われる。果たして、兵力の落ちた熊本隊の陣には、別働第二旅団の山本路郷大尉の部隊がここぞとばかりに攻めかかるのであった。

薩軍の各陣には、白刃を切り抜けて堡塁に迫り来る敵兵が徐々に多くなってきていた。中津隊の陣でももはや、敵の鉄砲を回収する余裕はなくなり、皆、堡塁に入って引っ切りなしに撃ち続けていた。他の陣では早くも弾薬が払底し、撤退するか、敵兵の中に吶喊して斬り込むか、二つに一つの状況になりつつあった。

小梓峠の奇兵隊では弾薬が底を突いた部隊から斬り込むよう命令が下った。それは、農兵であっても例外ではない。士族の上官が刀を振り回して追い立てた。

「何してる、早く行け。行かないとぶち殺すぞ」

被支配者に甘んじて生きてきた者達であっても、この無情な命令に従うのはさすがに躊躇し、何か「ばぉ、おぇ」と言うような言葉にならない言葉を発して、それぞれが鎌、鍬、刀を持ちながら、行きもやめるも出来ない様子で体を揺らしてばかりいた。

そんな様子を見て島田数馬は、「ここにいる農兵を解放するのは今しかない」と考えて、農兵の前に進み出た。

「大丈夫だ。俺についてこい。決して俺から離れるなよ」

猛り狂っている戦乱の中へ、島田数馬を先頭にした十人足らずの農兵は腰を屈めながら連なってゆっくりと前進して行った。「なんまんだぶつ、なんまんだぶつ」誰とはなしに念仏を称え出すと、やがて皆が称え出した。

敵と味方が入り乱れる状況では多くの者が一種の興奮状態になる。勿論それは人それぞれであるが、歩兵ともなればその程度は高かった。その恐怖とおぞましく不快な事物を目の当たりにしても、そこから逃れられないという絶望的な状況により、一時的に自己の崩壊が始まる。しかし攻撃の対象物はあくまでも自己または味方を傷付ける者であるとの理性は辛うじて失われていない場合が多い。念仏を称えながら進む一団に対しては、明らかに違和感に似た自制心が働き、攻撃対象からは除外される。しかし興奮の度合が高くなり理性を失って見境が付かなくなる者も中にはいる。

島田数馬は自分自身で心拍数が上がっているのを感じつつも敵兵を見分けられる位には冷静であった。異常に興奮している敵兵には近づかないよう気を付けながら、速くもなく遅くもない、ちょうど念仏を称えるくらいの調子で脇道へと農兵を誘導していった。

もう少し行けばこの忌まわしい戦場から逃れられるという所まで来た時。農兵の一人が頭から血を飛び散らせて倒れた。運悪く流れ弾に中ったのであった。血を浴びた農兵数人が叫び声を上げ、一目散に駆け出した。

「待て、行くな」

数馬の声で彼らを制止させることは不可能であった。今まで無害と見逃されていても、喙り狂えば一転して標的となる。

「伏せろ」

数馬の目の前で駆け出した農兵は撃たれた。数馬が地面に這いつくばったまま後ろを確認すると、同じように這いつくばって農兵達が数馬のことを見つめている。

「なんまんだぶつ、なんまんだぶつ」「死んだ者も一緒に連れて帰るんだ」
数馬は皆を落ち着かせるために念仏を称えて、遺体を運ぶよう指示した。
取り乱して駆け出してしまった農兵が臆病であった訳では勿論ない。逃げる者を臆病者であるとか腰抜けなどと安易に考える方がいるが、そうした人は戦場や自然、または社会の中で命の危機に直面したことのない人か、或いはそれを忘れてしまった人であろう。想定外のことや経験上対処方法が不明なことが起こった場合、咄嗟に身の安全を確保しようとして取る行動は自らの意志とは関係のない動物の本能とも言えるものである。それ故に後から思い返して自分の行動が滑稽に映ったり後悔したりするのである。それにも関わらず逃げる人々を単純に愚弄する表現は往々にして存在する。

太郎は激しい戦場の中にあって、どうした訳か百姓衆が紛れ込んでいる奇妙な光景を目撃した。しかしそれも束の間で、一旦目を離し、次に見た時にはもうその一団は消え失せてしまっていた。

混じりては　嘆く田圃の赤米も
それは死者の血　誰か伝えむ

島田数馬はこの二日後、竹田報国隊が長井村で降伏したのを機に、自身も政府軍に投降する。

別働第二旅団の猛攻を凌いできた熊本隊であったが、ここにきて死傷者が相次ぎ、指揮を執っていた山崎定平も負傷する。さらにこの時、救援に駆け付けた奇兵隊総軍監で飫肥の小倉処平も太腿を撃ち抜かれる重傷を負い、指揮命令系統が破綻して士気の下がった熊本隊はやむなく撤退する。その結果、薩軍の右翼側の一角は政府軍に占領される。また、薩軍の左翼側もこの頃までに政府軍の砲撃によって殆どの陣が壊滅的な状態となっており、士気の高さで何とか持ち堪えていたものの、間もなく無鹿山(むしかやま)が第四旅団に攻め落とされた。

右翼も左翼も徐々に切り崩されてゆき、薩軍の各隊は正面だけでなく側面からの攻撃にも対応しなければならなくなった。そもそも薩軍は政府軍に兵力で劣り、多方面からの攻撃を受けては、そこからの挽回はほぼ不可能であった。

薩摩軍の本営では、その人の周りだけ洞然としていて何か声をかけるのも憚られる様子であったが、流石にそうも言っていられなくなり、私学校の生徒が慇懃に、それでいて有無も言わせず数人がかりで西郷を駕籠に乗せ、和田越の峠を後にした。北へと下って行く西郷を見守っていた薩摩軍の幹部も、各隊に撤退を伝達し、順次西郷の後を追った。

そして午後二時頃、最後まで奮戦していた辺見十郎太の雷撃隊も北の俵野方面に向けて退却する。和田越を中心とした薩軍と政府軍の戦いは開始から約七時間で終了した。この戦いで薩軍は一〇〇人余、政府軍は二〇〇人余の死傷者を出したと言われているが、詳細は不明。

退却する薩軍に対して政府軍はこの日、徹底的に追い討ちをかけるというようなことはしなかった。別働第二旅団と第四旅団は疲労や人的損害の大きさからか、薩軍がいた陣地に入り、反攻に備えて守りを固め、そこに留まった。しかしこの時、この二個旅団に代わって後方の山に控えていた第一旅団や第二旅団、或いは熊本鎮台が討って出て、挟み撃ちにすればこの戦はここでけりが付いたと思われるが、この方面においても積極的な戦闘は行っていない。熊本鎮台に至っては、未だ日豊国境の三川内にあって、前日まで対峙していた奇兵隊が和田越に移動していたのに気付いておらず、いつの間にかいなくなったことに戸惑い、敵の行方を捕捉するのに努めている最中であった。

この帝国陸軍の黎明期、戦場における情報の伝達は電信があったとは言っても場所が限られているため、人による伝達が大半であった。このため、瞬時に敵の情報を把握し、味方の部隊を展開するなどということは困難であり、政府軍が充分な兵力を擁しながら薩軍を攻め切れなかったのも致し方ないと思われる。

斯くして政府軍の総督本営では、早速次なる攻撃目標と作戦を企図するため、敵の情報収集に努めていた。しかし、その軍事作戦についての認識は、その後の状況によって次第に変わっていくこととなる。

和田越と、それに連なる山々の陣から撤退した薩軍は、北へ約四キロメートルの俵野一帯に屯集していた。多くの者が地べたにへたり込み、空腹であっても食糧を調達しに行く気力もなく、ただうな垂れて顔から滴る汗が土に染み込むのを見つめているばかりであった。

薩軍幹部は自軍の状態を憂いつつも、明日以降の戦闘を見越して、武器弾薬と糧秣を一刻も早く確保しなければならないと考えた。そこで、振武隊、行進隊、奇兵隊などから意気軒昂な者を集めて政府軍への奇襲や延岡への潜入を試みる。

こうした中で西郷は、自ら戦場に赴いて自軍と政府軍の歴然たる戦力差を目の当たりにして、今さら僅かばかりの武器と糧秣を手に入れたところでもはや勝ち目のないことを明確に認識していたと思われる。しかし、錦江湾に入水した時と同じく、自分の命を既に後輩子弟に与えている以上は、薩摩軍の行動について極力関与すべきでない。とも考えていたのかもしれない。

翌八月十六日、昨夜から今朝にかけて散発的に仕掛けた奇襲は捗々しくなく、目立った成果も得られなかった。薩軍幹部は三千人近くの兵を維持しながら、戦闘を続ける見通しが立てられず、この日、本営としていた西郷が身を寄せる児玉家において、改めて今後の方途を協議する。しかし、選択肢は幾つもない。不本意ながら政府軍に降伏するか、全軍で最後の攻撃を敢行して討死するか、或いは、決死の覚悟で政府軍の勢力圏から脱し活路を拓くか、およそこの三つであった。そして幹部らが最終的に選択したのは三番目の脱出案であった。

この時どのような議論がなされたのかは不明であるが、結局のところ決定した方途は問題の先送りと見えなくもない。勿論、薩摩軍幹部には先送りなどという気持ちはさらさらなく、そもそも自分達こそが正義であり、現実を直視しても尚、負けるはずはないという不屈の精神の顕れであったのかもしれないが、それでも心のどこかに「今までしてきたようにすればいい」

という消極的な気持ちがなかったとは言い切れないのではなかろうか。

何人においても、人的、物的、経済的、何れかの損失を負った場合、その責任を回避、またはそれに至った原因を正当化出来る手段が僅かでもあれば、それに縋り付きたくなるのが人の常である。ましてや戦争は人、物、金の全てを失う行為であり、仕掛けた側は掲げた大義が薄弱であれば、元よりその責任は免れず、正当化する手段は勝って取り繕うより他はないのである。

方途が決まり、後は実際にどこに向かうかであった。幾つか提案されたものから桐野の「熊本城攻略」、別府の「鹿児島帰還」、野村の「大分突出」の三案に絞られた。しかし、南と西は奇襲の結果からみても難しいという見方があり、結局、野村が主張する「大分突出」が採用された。大分へ突出と言っても、その前に敵中を突破しなければならないため、必ず成功するという保証はない。もし、突破出来たとしてもその先には今より厳しい苦難が予想された。

西郷はそういう状況の中で、多くの徴集兵や党薩隊員をこれ以上道連れにすることに些か遣り切れなさ感じた。薩摩軍幹部もこの先はいっそ少数精鋭の方が動き易いと考えたのか、この際、西郷の名を以って「解軍令」を発する。その解軍令の中で西郷は、薩軍の窮迫と、後は死ぬしかないことを披歴し、その死については各人の思いを尊重するとして次のように通達している。

「降伏しようと思うのであれば、武人の道を捨てて生きるもよし。死を決意したのであれば、戦って武人として死ぬのもよし。それは各人の思うままにせよ」

この解軍令を受けて党薩隊の隊員はどのようなことを思ったであろうか。薩摩の支配から解放されたと思ったであろうか、はたまた突き放されたような思いを抱いたであろうか。しかしその中でも多くの者が、大西郷は降伏する者も、死を決した者も、そのどちらにも寄り添ってくれる。と、そう感じたに違いない。

一方、政府軍は次なる決戦に備えつつ、情報の収集に注力していた。そしてこの時、最も必要としていた情報は、薩摩軍幹部の居所、取り分け西郷隆盛の居所の特定であり、一刻も早く西郷を発見して動向監視をすることは現下の最重要課題であった。

約四カ月前の四月二十日、城東会戦で勝利した後、悉く賊を取り逃がし、今に至るまで戦闘を続けざるを得なくなったのを山縣は苦い教訓としていた。再びあの過ちを犯す訳にはいかなかったのである。それ故に包囲網の確立と情報収集を急がせたのであった。しかし薩軍側の警備も厳重で、求める情報はなかなか得られない。どうやら薩摩軍の幹部は、俵野にいるらしいというところ迄は掴んでいたが、西郷の居所までは特定出来ないでいた。この戦を終らせるには西郷隆盛という巨人の死が絶対に必要であり、それは取りも直さず将来の反乱の芽を摘むことにもなるのであった。

そうした中、薩軍の投降者が次から次へと大挙してやって来るようになり、政府軍内ではその対応に些か苦慮する事態に陥っていた。総督本営には薩軍内で解軍令が出されたという情報ももたらされ、ある程度想定していたこととは言え、これにより進撃の作戦を立てていた本営内では、今少し様子を見ながら慎重に行動しようという雰囲気が醸成されていった。

もはや、会戦で敵を制圧するという段階は過ぎ、後は包囲網を狭めつつ賊を捕縛さえすれば征討は完了するという考えも一部には表れ始めていた。

そしてこの時山縣は、およそ四カ月前の四月二十三日に、西郷に宛てて出した書簡の返答が漸く受け取れるものと期待していたかもしれない。他人に書かせた物ではあるが、その書簡の中で山縣は、尊敬し、大恩ある西郷の心情を推し量り、山縣なりに同情を寄せた上で自決を勧めていたのであった。首と胴が繋がっていた時の西郷を改めて思い返し、その偉業を偲ぶと共に今日の零落を見るにつけ、同じ轍は踏むまいと自らを戒めていたのではなかろうか。

この日の夕方、竜口隊の中津大四郎が別れの挨拶をしに薩摩軍の本営を訪れた。ほぼ半年に亘って戦闘だけにとどまらず、物資の調達にも粉骨砕身して薩摩軍を支え続けた竜口隊であったが、解軍令を受けて中津大四郎も遂に解隊、降伏を決断した。しかしその顔に悲壮感は微塵もなく、隊員には降伏した後も堂々と自分達の蹶起の趣意を主張するよう諭し、薩摩軍の幹部諸士には降伏することを深謝するも、逆に今までの薩摩軍への多大なる貢献を感謝されたのであった。

全ての始末を付けて清新な心持ちの中津大四郎は、近くの天満宮の裏手において、竜口隊敗北の責任を一身に受けて自刃する。

竜口隊の他にこの日政府軍に降伏した党薩隊は、高鍋隊、佐土原隊、熊本隊であった。尚、高鍋の秋月種事と佐土原の島津啓次郎は投降せず、これ以後も薩摩軍と行動を共にして、最期は城山で戦死する。

その夜、中津隊でも隊の去就について話し合いが行われた。その中で多くの隊員が「現在の状況を鑑みるに、この際、降伏するのもやむを得ないのではないか」という意見であった。そして増田宗太郎も中津隊の方針としてそれを支持し、改めて隊長として全ての隊員に、志を遂げられずに今に至ってしまったことを謝した。しかし増田自身はこの先も薩摩軍と行動を共にすると隊員に告げる。

それを聞いた中津隊の隊員は皆、懸命に翻意を促すも、増田は微笑みながら断固としてそれを拒んだ。増田の頑な決意と西郷への敬慕の情を聞くにつれ、「ならば自分も隊長と共に行く」と言い出す者が続出し、今度は増田が慰撫する。そして、最終的には実弟の岡本真阪ら十数人と延岡の青年士族が残ることに決まったのであった。

この時、末席からさらに離れた所で所在なげに話を聞いていた太郎と九蔵は、未だ身の振り方を決めかねていた。

もののふは　世もさいごかと嘆きしも
さにあらざれば　物思いなし

その同じ頃、向かう先が野村の提案した「大分突出」に決まった後も、あまり気に染まない桐野は、夜になって自ら前線を視察する。そこでは、街道は勿論のこと、山腹でも篝火が煌々と焚かれ、その明かりに照らされた兵の数は千を下らず、その無数の兵の警戒網にひとたび掛かれば、途端に怒涛の勢いで攻めて来られそうな、そんな気配であった。普段の桐野であれば敵の人数などお構いなしに、多ければかえって闘志が湧き上がって来るのであるが、元々乗り気でなかったことも手伝って、早々に「大分突出」は不可であると結論付ける。

翌八月十七日も午前中から最後の一戦を交えた後、降伏する部隊が相次いだ。この日は、飫肥隊、熊本協同隊、竹田報国隊、そして中津隊が降伏し、一部には未だ残留している部隊もあったが、党薩隊はおおかた薩摩軍から離脱する結果となった。尚、飫肥の小倉処平は増田宗太郎などと同様に薩摩軍と同道することを望んで残留するが、和田越の戦で受けた銃創は、早々癒えるような傷ではなかった。

中津隊を離れた太郎と九蔵は今後の身の振り方について話し合っていた。そもそも九蔵は延岡隊の解隊に伴って自分達の役割も終わったと考えており、後は太郎の気持ち次第であって太郎の考えを尊重するという立場であった。そして当の太郎はまだやり残したことがあると考えていた。それはつまり、たった二人きりではあるが〝薩摩軍の中に高千穂隊が確かにあったという証を留める〟この一点であった。延岡や中津と同じく、高千穂は高千穂であらねばならない。それを明確にするべく従軍したはずであるのに、それを実現するための手立てが分からなかった。しかし残された時間は後僅かしかない。

九蔵にとって太郎の望みは、出来れば叶えさせてあげたいとは思うものの、さして重要とは思われず、取り敢えずこのまま薩摩と心中するのは真っ平御免と思っており、それについては太郎もそこまでする義理は感じていなかったので九蔵も安心した。

それならば、ひとまず太郎の望みは置いておき、この切羽詰まった状況から如何にして高千穂に帰るかを考えた。投降するか、駆り出されただけの百姓としてとぼとぼと帰るか、しかしそのどちらも鉄砲を棄てて帰ることに変わりはなく、九蔵にとって命懸けで獲得した鉄砲は少なからず愛着があり、なるべくなら持って帰りたかった。それならば鉄砲を持ったまま密かに政府軍の囲みから抜け出せる場所を探っておくことにしたのであるが、果たして二人がその場所に目星を付けるのに、そう時間は掛からなかった。

昨日と同様に政府軍に投降する者は引きも切らないが、山縣が望むものは未だ得られていなかった。西郷から何らかの返答があるものと期待していたが、投降者から聞き取った内容などを勘案するに、薩摩軍を率いている主謀者達は未だ抗戦の構えを崩しておらず、幾ら待っても無駄なのが明らかとなった。既に西郷はじめ薩摩軍幹部の潜伏先もほぼ判明しており、これ以上の延怠は士気にも関わると判断した山縣は、翌十八日をもって残りの賊徒を一網打尽にするよう命令を下した。

薩摩軍の本営はあたかも参列者が去った後の葬式のようであった。最大で約三万人にまでなった薩軍が、今や千人にも満たない規模にまで減少し、薩摩軍が劣勢に至っても尚支え続けた党薩隊はもはや一隊もその体を成しているものはなかった。しかのみならず中津大四郎自刃の報せは薩摩軍の将兵の多くを感傷的にさせていた。

そうした中で、この日再び幹部が集められていた。西郷隆盛、村田新八、桐野利秋、池上四郎、河野主一郎、別府晋介、辺見十郎太が着座し、時折り周辺の戦況など何らかの報告に来る者もあったが、概ねこの七人であった。そして桐野以外の六人を一層暗澹たる気持ちにさせていたのは、その桐野が「大分突出」を不可能と断じ、進むべき方向の議論を振り出しに戻したことであった。六人は、この際方途を桐野の主張する「熊本城攻略」に改めれば、この場が収まるのは解っていたが、それは「大分突出」よりも遙かに無謀なようにも思われて、皆、同意出来かねていた。

まさに八方塞がりの状態で発言も少なくなる中、私学校の兵士が取り次ぎのため遠慮がちに問い合わせて来た。

「すみません。高城殿に高千穂隊の者が何やら許可を貰いに来ているのですが、高城殿はいないと言うと、どなたか司令官の方にお願いしたいと申しておりまして、どう致しましょうか」

幹部の七人は皆一様に怪訝な表情を浮かべて即座に返答する者もなく、桐野に至っては、完全に我関せずという態度であった。仕方なく河野が聞き返した。

「その者らはどういった要件で来ているのだ」

「はい何でも、奇襲の許可を貰いに来たと言っております」

それを聞いて皆が何か要領を得ない思いを抱いた。

「奇襲だと。そもそも高千穂隊とは聞いたことのない隊名だが。どなたか存じておりますか」

知っている者がいないのを見て池上が答えた。

「さあ、高城が作った小隊か何かであろうか」

今までずっと腕を組んで黙って話を聞いていた西郷であったが、進軍する方向の議論が行き詰まりを見せている中で、ふと本題から外れた話に興味を惹かれた。

「まあいいから、こっちに連れて来なさい」

皆、意外な面持ちで西郷を見、桐野は不平を漏らすかのように息を吐いた。

程なくして現れた明らかに百姓の二人を見て桐野は露骨に不快感を示した。桐野はこの二人を、おおかた得意になった挙句に勘違いした農兵であろうと決め付けたのであった。

「何だお前らは、ここはお前らみたいな者が来る所じゃないぞ、大事な評議の最中じゃ、高千穂隊などと言って、わしらを愚弄するとただではおかんぞ、とっとと出て行け」

太郎と九蔵はいきなり浴びせかけられた罵声に驚き、唯々恐れおののいて引き下がろうとした。

「お二人さん、まあ、お待ちなさい。信作もやめんか」

太郎は頭を下げながら上目遣いに声の主を窺った。奥に座っている立派な体格の人が西郷であるのは明らかであった。島田数馬の話から受けた印象よりも怖い感じではあったが、一目見て、この人は威丈高（いたけだか）な薩摩士族の中にあって唯一自分達の味方であると確信した。

「お二人さん、それで、どういう願いでしたかな」

西郷は若者を無条件で愛した。自分と対等以上の人間に対しては、その者の器量や品性に合わせた応対しかしなかったが、若者に対してだけは敵味方、身分に関わらずそのままを受け入れた。静かに若者の言に耳を傾け、求められるままに説き、過剰な干渉はせず、それでいて後の始末は自らが背負う。大西郷の大きさの一端がそこにあった。

「我々高千穂隊の二名は、三田井にいる政府軍に奇襲をかけるべく只今より三田井へ向かうことに決しました。つきましてはそのお許しを頂きたく推参致しました次第でございます」

これは太郎が考えた絶対に必要な方便であった。この時、三田井という地名に何か引っ掛かりを覚えた者もいたが、桐野は百姓の言うことなどまともに聞いていなかった。

「何、奇襲だろうが何だろうが、この期に及んでそんなことは勝手にすればよいではないか」

「勝手に致しましては単なる賊と変わりがございません。薩摩の方々の許可を頂ければそれは正式なものになると考えたのでございます」

桐野はこの百姓の賢しらな物言いが癪に障ったが、ひとまずこの件を早く済ませて最も大切な本題の評議に戻そうと考えた。

「何。そうか、そうだな。それでは許可する。とっとと行け」

「ありがとうございます」

これで高千穂隊が認められたかどうかは分からないが、太郎としては大西郷の前で高千穂隊の名前を出したというだけで充分であった。

「実はもう一つお願いがございます」

思いがけない九蔵の言葉に太郎は驚き動揺した。

「何だ、まだあるのか」

桐野の不興は明らかであった。にもかかわらず九蔵はそれを全く気にも留めず続けた。

「実は我々が頂きましたこの軍用札が使えなくなったようでございまして、それで恥ずかしながら軍資金が全くない次第でして、出来ましたら、そこの所を少しばかりお取り計らい頂けないでしょうか」

これを聞いて幹部の中には、軍用札の製造を企てた桐野の顔を窺いながら皮肉な笑みを浮かべる者もおり、桐野は腹が立った。

「何、金が欲しいのか。いいか、その軍用札はな、我が薩摩軍がその価値を保証しているれっきとした金なのだ。お前達のように使えないと言われてすごすごと引き下がる奴がいるから使えなくなるのだ。まあ、お前達のような愚か者に言っても分からんだろうがな」

桐野の高説を聞いた太郎は、「価値を保証していると言っても、そもそもあなた方への信用がなくなっているのが分かっていないのではないか」と思ったが、それは全く顔には出さなかった。

「は、誠に申し訳ございません」

太郎と九蔵は共に飽く迄も恐れ入りながら引き下がりかけた。その時、それを制止するかのような厳しい声が投げ掛けられた。

「待て。さては、お前ら最初から金が目的だな」

もはやただでは済みそうもない、桐野の怒気を含んだ声であった。

「いいえ、そのようなことは決してございません」

太郎と九蔵は桐野の憶測を必死になって否定した。

「お前らだけで、この囲みを抜けて三田井まで奇襲に行ける訳がなかろう。百姓なのをいいことに、おおかた金だけせしめて遁走しようって腹積りだな」

「いいえ、決して、決してそのようなことはございません。囲みを抜ける経路も既に探ってあります」

「いい加減なことを言うな」

「本当です。少し険しいですが、可愛岳を登れば抜けられる筈です」

皆、暫し言葉を失った。この百姓の言ったことが、つい今しがたまで自分達が迷っていたことと唐突に結びついたような気がしたのである。しかし、「いや、そんな訳はない。もしそんなことを言えば恥をかくだけだ」という自尊心から言葉を発せずにいた。そうした中で、西郷だけは、その大きな目で如何にも優しく面白そうに太郎を見、太郎は西郷に「本当です。信じて下さい」と目で訴え掛けた。

「ほうそうか、お二人さん。それではさっきの奇襲の許可は取り消すとしよう。奇襲とはいえ、その方らだけでは儘ならぬであろうから我らが加勢いたそう」

二人にとって全く予想だにしていなかった西郷の言葉であった。

「あ、いいえそのようなお気遣いはして頂かなくても」

西郷はその大きな目を和らげて太郎の言葉を制した。

「よし、行き先は決まった。全軍行き先は三田井じゃ、三田井へ進軍する。そこから先はまた考えればよかろう」

この西郷の決定に異を唱えられる者はいなかった。そうして、太郎と九蔵は三田井までの嚮導を申し付けられたのであった。

十四　突囲

［八月十七日〜八月二十一日］

可愛岳は標高七二八メートル、日向北部にある大崩山付近を中心としたおよそ一四〇〇万年前の火山活動に因るところの南東の外輪にあたる。海を臨む南側は長い間の浸食によって急勾配になっており、植物は岩の窪みや隙間にしか根を張れず、大木はないが、南国の気候風土によってその数は少なくない。そして西側の麓には大崩山に源を発する祝子川が流れ下っている。

第一旅団は八月十六日、可愛岳の西麓にある川岸の集落、浜砂に炊爨場を設置するが、十七日の午後、ここことは別に司令官用として、炊爨機能の一部を山頂付近にも設置することにした。第一旅団と第二旅団の本隊は翌日の総攻撃に備えて、山の東西の中腹辺りに展開していたが、その両旅団の司令長官、野津鎮雄少将と三好重臣少将、及びその参謀は山頂付近の屋敷野と呼ばれる緩やかな斜面に天幕を張り、露営のための体裁を整えていく。この時、ここにいるおおかたの者は、最前線にいるという意識からは程遠く、緊張感も左程高くなかったと思われる。

その周辺には警護の部隊と第二旅団の砲兵隊のみが陣を張り、炊爨場もまたそうした中に設置されたのであった。

炊爨主任に命じられるまま、炊爨道具を背負って来たイナもまた、移転に関してはこれまでとさして変わらぬ心持ちであったが、もうあと数日で戦も終わるという噂を耳にすれば、その実感はまだ湧かないながら、最後の仕事が山の上というのも今までと違っていて少し面白いかもしれない。などと考えていた。

ただ、麓に炊爨場と分配所があるのに、わざわざ山の上に鍋、釜、水、食糧まで運び上げるのを煩わしく思うのもまた事実で、それについては病気が蔓延した昨今の事情よるものと見当はつくものの、「何でお偉い人までこんな山の上に登るのでしょうか」と炊爨主任に聞いてみれば、「そんなことはお前の知ったこっちゃない」とけんもほろろであった。それはまさしくその通りであり、イナは最近、慣れから仕事以外に興味を持ってしまうのを反省しつつ、勝手に、「お偉いさんは最後の戦を高みの見物するつもりなのだろう」と心得たのであった。

西郷隆盛の決定とは言え、軽々しく百姓の言を信用する訳にもいかない薩摩軍の幹部は、まずは高千穂の二人に私学校の兵士数人を付けて、先遣隊として二人の言った南側からの可愛岳登頂を命じた。高千穂太郎も那須九蔵もこれまで可愛岳に登ったことは一度もなく、経験上、行けそうであると思ったに過ぎなかったが、こうなった以上は二人共、覚悟を決めるしかないという思いであったし、それなりの自信もあった。

午後四時過ぎ、陽は西に傾いても真夏の日差しはあらゆる物に反射して登山者を容赦なく照りつけた。それでも太郎と九蔵は休まずに淡々と登って行く。別段焦っているというのでもなかったが、実のところ私学校の兵士の蔑み監視するような視線から逃れたいのと、そんな奴らに吠え面をかかせたいという二人の共通の思惑もあった。

「おい、お前達、ちょっと待て、ここからではなくあっちから登った方がいいんじゃないのか」

少し遅れ始めた兵士が先行する二人に声を掛け、今の場所よりもやや緩やかな場所を指し示した。

「すみません、あちらの側は敵に見つかる恐れがあるものですから、私共と致しましては、こちらの方を御案内したいと思います」

「そうか」

太郎がわざと臆病な感じで言ったのをその兵士は見抜いたかどうか。やや不満気に一言応えたのみであった。

太郎と九蔵はそこで初めてその場に腰を下ろし、水を飲んだ。時折り襟から胸元に入る風が心地よかった。

その後はまたさらに断崖絶壁のような岩場を攀じ登り、所によっては太郎でも懸崖に手を撒しているかのような怖さを感じた。それでもそれを覚られないよう平静を装うのであるが、汗が出てくるのだけはどうにも止めようがなかった。

少し平たい場所まで来た所で二人はまた後続を待った。不意に九蔵が太郎の肩を叩き、指をさした。そのさした指の先を見ると、そこにあったのは羚羊の糞であった。太郎は、「ここにも羚羊がいるのか」と何やら嬉しい気持ちになり、高千穂に帰ったら本格的に猟を教えてもらおうかと考えた。大阪に行くという喜平が羚羊の毛皮を扱ってくれれば好都合であるし、落ち着いたら九蔵に相談してみようと、何かこの時、太郎はそんな思いを巡らせたのであった。

登攀を再開し、目標としていた頂上までもう間もなくという所にまで達して安心したのも束の間、太郎は微かに人の気配を感じ、登るのをやめて九蔵を見た。九蔵も既にその気配を感じ取っていて、後続の兵士に静かにするよう伝えた。そして辺りに気を配りつつ、体全体をへばり付かせるようにしてゆっくりと登り頂上に到達した。そのまま匍匐した状態で声の聞こえる方を望めば、そこには政府軍の天幕が幾張か張られていた。それを見た私学校の兵士は思わず怒鳴ってしまいそうになる声を押し殺しつつ目には怒りを滾らせた。

「おのれ、騙したな」

「騙したなんてそんな」

太郎が言いかけたその言葉を九蔵が遮った。

「騙した訳じゃない。元々俺らは二人で行く予定だったんだ。二人ならあれぐらいの敵がいても見つからずに切り抜けるなんて訳ないんだ。あなた方が行けないと言うのなら今ここで別れましょう、俺らはこのまま三田井に行きます」

「何だと。お前達それで済むと思っているのか」

「まあまあ、ちょっと落ち着いて下さい。敵に見つかりますよ。俺らも登ってみるまで上に敵がいるなんて思わなかったんです。それで、これからどうしますか」

太郎は、九蔵の言った通り少人数でなら難なく抜けられる状況であると判断し、たとえ大勢であっても夜陰に紛れて迂回すれば突破出来ないこともないと考えたのであった。

「んん、とにかく戻ってこの状況を報告しなければなるまい」

私学校の兵士達が内輪で何やら相談し始めた。九蔵は、「いいから俺達だけで帰ろう」と太郎に顎を振るようにして合図するが、太郎はそれに対して、申し訳なさそうに顔を横に振った。九蔵が眉間に皺を寄せるので、太郎は何度か頭を下げた。今の太郎にとって大西郷に高千穂の地を踏ませることが唯一の願いとなっており、それは自分に課せられた使命であると考えていたのであった。

結局、敵の動きを監視する数人の兵士をその場に残し、太郎と九蔵を含めた他の者は一旦下山することになった。

宿営地の俵野では薩摩軍による突囲の準備が着々と進められていた。部隊の編制は前軍、中軍、後軍の三軍として、各軍の指揮官に、前軍は河野主一郎、辺見十郎太、中軍は村田新八、池上四郎、後軍は中島健彦、貴島清をそれぞれ任命し、西郷は別府晋介が警護して中軍に入り、桐野利秋は全軍の統率をすると決められた。次に、残存している兵士を各部隊に振り分けていくのであるが、一部の兵は本軍とは別に政府軍の追撃を足止めさせる部隊として残すことが決まった。残る兵士の思いは様々であろうが、所謂「捨て奸（すてがまり）」として覚悟を決めた者もいたであろう。

この時点で投降していない兵は皆、西郷こそがこの国を導いて然るべき人物であり、それ以外の者が治める国に未来はないと信じて疑わない狷介の士であり、是が非でも西郷を守り、願わくば西郷と共にあろうする者ばかりであった。そしてそれは戦闘によって身体を害された者も例外ではない。負傷して療養中であった西郷菊次郎が延岡から俵野に移って来ていたのも西郷を慕う気持ちの発露であろう。しかし、可愛岳を登るとなると片足では儘ならない。西郷ら幹部は怪我人や病人などはなるべく残留して降伏するよう命令を下した。

忸怩たる思いを抱いて涙する菊次郎に、西郷は「生きて親に孝養を尽くせ」と諭す。もはや西郷自身が出来なくなるであろう妻へのそれを息子に委ねる思いもあったのかもしれない。

西郷はまた、突囲に先立って陸軍大将の制服と中原尚雄の供述書などを焼却し、連れていた二匹の猟犬も野に放った。この境界に至って西郷も漸う桎梏から解放され、身一つになることを願ったのであろう。しかし当然自分を信じ慕っている者達については最後まで切ることは出来ず、完全に身一つという訳にはいかなかった。

そうして最終的に突囲を行う軍勢はその数、五〇〇人余であったと言われている。尚、〝先陣ほぎ〟の異名を持つ中津隊は、この部隊編成において前軍に組み入れられた。ここで中津隊と記したが、人数にして十数人の残留部隊を党薩隊と呼べるのであれば、蓋し中津隊は城山まで薩摩軍と行動を共にした唯一の党薩隊であった。

先遣隊が下山したのは太陽と月の間の時刻であった。私学校の兵士は戻るやいなや薩摩軍の幹部に、「可愛岳の山頂では敵が陣を張っており、高千穂の二人は飛んだ食わせ者であるのが判明した」と、口さがなく罵った。太郎と九蔵は、それに対して懸命に釈明するも、桐野などは全く取り合う気がないばかりか怒りを含んだ眼差しを二人に向けた。

「やはり出任せだったか。我々を謀ってただで済むと思うなよ」

そう言われて凄まれれば流石に命脈も尽きたものと覚悟せざるを得なかったが、一方で太郎は、「西郷がきっと助けてくれる」という望みも持ち続けていた。ところが、西郷が庇うまでもなく、その場には二人のことを知る者達が居合わせていた。

「まあ、待って下さい。この二人のことはよく知っています。山にも詳しく、そんないい加減な奴らではありません」

そう言って、高城七之丞が二人を擁護し、さらに中津隊の増田宗太郎も加わって。

「この二人は延岡隊に従って熊本からここまで、戦場においても健気に働いてきた者達ですので、あまり疑って掛かかるのは情けがないというものでしょう」

などと、これまでの二人の働きの一端を明らかにし、熊本から今まで従軍していたという戦歴は、ある程度その志を認めてやらない訳にはいかないという心情を持たせるのに充分であった。

もはや後戻り出来ない状況で、ここにいる誰もが事態を憂慮し、前軍の河野主一郎も同様であった。

「敵の数はどれ程であった」

「はい。およそ五〇〇でありました」

河野の問い掛けに私学校の兵士が答えたが、太郎は「果たして五〇〇もいただろうか」と疑問に思った。

「五〇〇か。よし、それでは我が隊は今から予定通り登頂して、自分が突破の可否を判断します。突破出来ない場合の行動についてはそちらでまたこれから決めて頂きたい。よろしいですか」

この河野の提案に異議を言ったところでどうしようもないのは皆承知しており、敵の数が五〇〇ならば河野の判断を待つまでもなく行くしかないという考えの者もいた。

太郎と九蔵は下山して早々、再び河野隊の嚮導として可愛岳に登ることになった。

日のある時と違って暗い中での登山はやはり困難であった。太郎と九蔵は龕灯を持って嚮導にあたるが、ふと前と違って見える辺りの様子が二人を不安にさせることもあった。ただそんな時でも、どちらかが必ず率先して先に進むので、お互い声に出さずとも助けられているのを感じていた。そして河野が本隊の登攀を見越して、経路の途中途中で監視の兵を配置し、案内する際の指示を出すので、その分、前の時より時間がかかるが、その間に経路の確認が出来るので、それも太郎と九蔵には都合がよかった。

頂上で監視に就いていた兵士達は、「ひょっとして見捨てられたのではないだろうか」と不安に駆られていた中で、漸く来た味方に安堵して緊張が解けた様子であった。そしてまた、やって来たのが指揮官の河野であったことも喜びを大きくさせた。しかし、すぐさま真剣な眼差しに戻り、自らの能力を示すが如く、小声で報告する声には殊更力がこもっていた。

「異常ありません。あれから敵の兵力は変わりなく、こちらの動きもまだ気付かれておりません」

「ん、御苦労」

河野はそう言って自ら匍匐して敵の様子を窺った。談笑しながら飲食する敵兵は灯火に揺らめく影となっていて、その数を正確に把握するのは不可能であったが、河野はその灯火の数から敵兵の数を見積り、後ずさって窪みに入ると、私学校の兵士を呼んだ。

「下山して、桐野さんに伝えろ」「山頂の敵およそ四〇〇足らず、地の利あり、難なく突破可能、敵に覚られないよう粛々と登頂のこと」

兵士はその伝達事項を復唱した。

「よし、それでいい。いいか、滑落して死んでは元も子もない。焦らず慎重に下りるんだ。俺はここに残って監視を続ける」

河野はそう言って兵士を送り出し、残った兵士については数人ずつの組にして、周辺の警戒を交代でするよう指示した。そして河野自身は思いついたまま辺りを探索して攻撃に備えるのであった。


暫くして、太郎と九蔵が待機している場所に河野も居合わせ、警戒しつつも太郎は何となく気安い雰囲気のように感じた。

「健軍で一度お見掛けしましたが、またお目に掛かれるとは思いませんでした」

しかし、そう話し掛けた太郎を河野は一瞥しただけであった。その様子を見た九蔵に太郎は肘で小突かれて、不用意に口を開いたことを後悔した。ところが、遠くに視線を向けていた河野がおもむろに口を開いた。

「そうか健軍にお前達もいたのか。お前達は何故延岡隊と共に投降しなかったのだ」

投降しなかった理由は偏に太郎の身勝手であったので、九蔵はそれについて全く与り知らぬというように無表情に徹していた。その様子を見た太郎は改めて申し訳なく思いながら、この際、九蔵にも何とか自分の気持ちを解ってもらいたいと思うのであったが、結局、上手く説明出来る言葉は思い浮かばなかった。

「延岡は延岡、高千穂は高千穂ですから、ずっと一緒という訳にも参りません。離れる頃合だと思ったのです」

太郎はこの時、河野よりも九蔵の反応の方が気になったが、九蔵の表情に変わりはなかった。

「そうか。まあ、お前が高千穂のためにどういう志しを持って従軍したのかは知らないし、聞こうとも思わないが、その志しを果たすのは今の状況では恐らく無理だろうな」

「はい。薩摩の方々の無念を思えば、我々の望みなど言っていられないことは充分承知しております」

太郎はそう応えたが、そもそも太郎の望みは太郎自身も未だ漠然としか捉えられていないものであり、高千穂隊も、西郷を三田井に案内するのも、それはそのための手段でしかない、則ちその望みとは、「高千穂の民としての自尊心を持ち、高千穂の自主を確立すること」であった。当然それは一朝一夕で成せるものではなく、ましてやこの戦争に勝利したからと言って手に入れられるものではない。しかもそれは、ともすると時代に逆行した考え方と見做されて誰にも理解されない恐れもあった。それ以前に太郎自身がこの時、現実社会の中で何をどうすべきなのかが解っていなかった。今の太郎にはただ、為政者から無慈悲に搾取されない「まほろば」が見えていたに過ぎないのであった。

「悪いが、戊辰の時とは違ってしまったのだ」

河野はそう言うと、太郎にその違いについて訊ねられるのを避けるかのように、監視している兵士の方を気に掛ける素振りをして、自分だけ監視場に行ってしまった。

太郎はもう少し戊辰のことなど聞きたかったが、取り敢えず今は目の前の敵を討ち破らねばならず、何事もその後のことであると、改めて気持ちを引き締めたのであった。

頂上付近では、登攀を終えた無言の兵士の息遣いが徐々に増えてきていた。未だ疲労困憊の者がいるとはいえ、味方の人数が徐々に増えていく有様は、既に到着していた者達にとってそれはまさに戦力の増強であり、敵に対して気後れする気持が勝利する自信へと変わっていくのであった。

この頃、俵野の北東約三キロメートルの川坂畑ヶ谷の神田伊助宅で治療していた飫肥の小倉処平は、西郷出立の報せを聞いて自らも同行を決意する。しかし動こうとしても銃創によって蝕まれた身体は、激痛と熱さのみを小倉の知覚に訴えかけ、それを精神力で押さえ込もうとするも、どう足掻いてもほんの僅かしか持ち堪えられないのであった。その途切れかける精神力は、不甲斐なさと西郷への敬慕の念によって少しずつ崩壊していく。家の主人は、その様子を見て不憫に思ったのか、はたまた小倉に懇願されたのか、駕籠を用意し、それを担ぐ若者も呼び寄せた。この時の小倉の心情を斟酌するなど僭越であると思うものの、一つには、同行出来ずとも一言西郷や同志に別れを告げたいという思いもあったのではなかろうか。

薩摩軍が集結している頂上付近には十七日の夜の闇がまだ辺りを支配していた。登攀は未だ続いており、人影は夜陰に紛れているが、目を東の海に転じれば、その水平線には陽の光の端が現れて朱く滲んでいた。

攀じて来し　かいなの痛み　癒えぬまに
　日も昇らしむ　可愛のみささぎ

河野主一郎と辺見十郎太の二人は、全ての部隊が到着するのを待つことなく、すっかり明るくなる前に襲撃を敢行すべきであるとして、前軍を粛々と移動させて奇襲の態勢を整えていった。そして、この方策を受けた後続の部隊もまた、その奇襲の状況を見極めて速やかに三田井方面へと抜け出せるよう行動を開始した。

政府軍に気付かれないよう細心の注意を払っていた薩摩軍であったが、これだけの軍勢の行動が捕捉されない筈もなく、間もなくその動きは第一、第二旅団の警備兵に察知される。しかし、部隊全体の動きを把握せぬままなされた報告によって、これらの動きは、戦線からの脱出を図っている少人数の部隊としてしか認識されず、その結果、政府軍側が採った行動は、邀撃態勢としては不充分であった。

そして夜明け前、喇叭の号令で始まった薩摩軍の襲撃は殆ど奇襲とも言えるものと成った。警備兵による哨線は予想外の軍勢に圧倒されて早々に崩壊し、第一、第二旅団の陣営には間もなく混乱の波が押し寄せる。薩摩軍を迎え撃てるだけの戦力を保持していても、指揮命令系統が寸断され組織として機能しなくなれば、およそそれは無意味であった。目の前に死に物狂いの兵隊が突然現れれば、討たれるか、或いは個々人の能力で切り抜けるか、そのどちらかしかない。そうした中で、司令長官の野津、三好の両少将は、参謀に促されるまま素早くこの場から無事脱出した。

飯の支度を始めていたイナは、突然鳴り響いた喇叭の音に心臓が止まる程驚き、間髪入れずに巻き起こった幾つもの銃声に思わず両の耳を塞いだ。そしてそれが一体何なのか分からないながらも、「兵隊さん達の何かの合図か儀式だろう」と考えて、別段自分に危険が迫っているなどとは露ほども思わないようにして、ただ、「これじゃあうるさ過ぎて支度が出来ない」と嫌気が差したふりを自分自身にしただけであった。ところが炊爨主任が只事ではない様子で炊爨場に入って来たのを見れば、やはり自分にも危険が迫っていることを認めざるを得ないのであった。

「イナ何してる、早く逃げろ」

「え、でも主任、逃げるってどうしたらいいんですか」

逃げなければならないという考えがどうしても手足に伝わらず、苛立たしく思っていたところ、炊爨主任にいきなり手首を掴まれた。そのまま引っ張られたイナは、ただ引かれるまま付いて行く他はなかった。不思議と切羽詰まった恐怖心はなくなり、炊爨主任に握られた手首が痛いのと指先が痺れてきたのを告げようかどうしようかと、それぱかり思っていた。


俵野から南に約一キロメートルの地点から見上げる可愛岳。その頂上で鳴り響く発砲音を小倉処平は絶望的な気持ちで聞いたのではなかろうか。再び開いた傷口からの出血は止めようもなく、もはやあの場所へは赴くことが出来ないと覚ったこの場所は、終焉の地であった。駕籠を止めさせ担ぎ手の若者に諸事を託すも、士族ではない彼らにとってそれらは要領を得なかったものと思われる。飫肥西郷と呼ばれた俊英は、一人自刃して路傍に屍を晒すこととなった。

奇襲によって可愛岳山頂付近の政府軍をおおかた追い落とし、辺りも明るさが増してきた頃合、いよいよ西郷隆盛を擁する本隊が三田井へ進向することになった。三田井へ戻るにあたって太郎も九蔵も、当初は西に向かって、言わば大崩山の外輪の縁を辿るように進もうと考えていたが、その方面は政府軍が逃げている方向とも重なっていて、態勢を立て直した政府軍に邀撃される恐れがあった。血気にはやる者達の中には、「この機に乗じて一気に山を下り、街道に出て進軍すべし」という意見もあったが、太郎はそんな無謀なことをすれば三田井に着く前に全滅するのではないかと思った。

「街道沿いは五ヶ瀬川の支流が幾筋もあって滞りなく進軍出来るとは限りません。まずは北西の祝子川上流を目指して、それから西へ転じた方が反って早いと思われます」と、あくまでも控えめに進言した。その際、「そっちの方が敵に見付かり難く、逃げるのに都合がいい」という含意は間違っても覚られないように気を遣った。そのせいもあってか進行経路についてはあっさりと太郎に委ねられた。

太郎と九蔵は尾根伝いに北へ進路を取り、出来れば日のあるうちに祝子川上流の集落まで行こうと考えていたが、行軍は二人が呆れる程遅々としていた。傍にいる兵士が常に後続との距離を計り、事あるごとに「待て」とか「止まれ」と命令するので一向に先へ進まないのである。それというのも、可愛岳では未だ小規模な戦闘が続いており、尚且つ物資の鹵獲や運搬も合わせて行っていて、そうした後続と離れすぎないようにしなければならなかったのである。

可愛岳から直線距離にして約六キロメートルの地蔵谷に着いた頃には夕刻となり、結局この日はこの場所で野営を余儀なくされた。鹵獲した物資は山砲一門、約三万発の弾薬、数挺のスナイドル銃、その他多くの食糧などであった。

一方、征討軍本営では、情報が錯綜していて事態を容易に把握出来ないでいた。最終的に西郷ら首魁が行方をくらましたと判明した時、山縣有朋は、予め敵の脱出を警戒し、それを将兵に告げていただけに、この失態に打ちひしがれた。陸軍省参謀局長鳥尾小弥太中将宛書簡の中で、「九仞（きゅうじん）の功（こう）を一簣（いっき）に虧（か）く、有朋与って罪有り」と記している。しかし、これは政治家山縣有朋が征討参軍として責任を感じている姿勢を単に示しただけに過ぎないのではないか。心の底では、「あれだけ警告したのだから、自分の所為ばかりではない」と割り切っていたと思われる。現に戦後、自らの責任は等閑に付して、黒田清隆、川村純義と共に勲一等に叙せられ、旭日大綬章を受章し、さらには年金七百四十円も受領している。これらの栄誉に気を良くして購入した旧久留里藩下屋敷を改築したのが椿山荘である。

「一将功成りて万骨枯る」という言葉を知らなかったとは思われないが、山縣のみならず、上級将校に対するこれら一連の特恵待遇は竹橋事件の一因になったと言われている。

結局、征討軍本営では総攻撃どころではなくなり、西郷らが向かう先の特定と、脱出した薩摩軍の討伐に全力を挙げなければならなくなった。捕縛した薩軍の兵を問い質してみても信用出来る供述は得られず、政府軍の兵もまた西郷らを視認した者はなく、その姿はまたしても茫漠たる彼方に消えてしまった。政府軍は漸く絞り込んだ包囲の網を再び広げなければならなくなったのである。しかし、もしこの時政府軍が、可愛岳の宿営地を襲撃した薩摩軍を、出来るだけ多くの部隊で追撃していれば、或いは薩摩軍は鹿児島に帰還する前に討伐されていたかもしれない。しかし当初、政府軍は薩摩軍が一団となって同じ方面に向かって行動しているとは考えていなかった。

四月二十日の城東会戦後、薩軍は南九州の各地に展開し、全く予想外の豊後にまで侵出した。このことを政府軍の士官らが忘れていよう筈もなく、今回もまたそうした薩摩軍の行動を顧慮した上で自軍の配備をせざるを得なかったのである。

山縣は大分と宮崎の要衝に部隊を派遣すると共に、海軍の川村参軍とも連絡を取り合い、海路で大分、佐賀、長崎、熊本へ警備の部隊を展開させる。しかもそれらは早急に行う必要があるため、政府軍はこの後の数日間、旅団編制を蔑して、大隊単位或いは中隊単位で、場合によっては現場司令官のみの判断で、移動可能な部隊を臨機応変に展開していくことになる。

しかしこうした方策は、確実に薩摩軍の所在を捕捉することは出来ても、各拠点における部隊の規模が小さくなり、薩摩軍を追撃、或いは邀撃するにあたって、反って政府軍の側の損害を大きくする弊害を伴うものでもあった。

政府軍にこうした方策を採らしめた一つの要因が、約三カ月前の野村忍介率いる奇兵隊の豊後侵出であったとするならば、鹿児島帰還が成し遂げられたのもまた、野村がその遠因を作ったと言えるのかもしれない。

薩摩軍に囲みを破られ、部隊配備がある意味場当たり的となったとしても、それはあくまでも局所的なものであって旅団体制が崩壊した訳では勿論ない。各旅団はそれぞれに概ね次のように部署が定められていった。

第一旅団と別働第二旅団は薩摩軍の追撃を行い。熊本鎮台は豊後各所の警戒。第二旅団は熊本南部から薩摩方面各所の警戒。第三旅団は日向南部各所の警戒。第四旅団は九州北部各所の警戒。別働第一旅団は熊本城の部隊と連携し、その周辺の警戒。そして新撰旅団は本営と日向北部各所の警戒。であった。こうして広げた網もおよそ一カ月後には、薩摩軍の鹿児島帰還によって鹿児島で収束することになる。

薩摩軍は地蔵谷の野営地において、政府軍から奪った食糧を惜し気もなく兵達に分け与えた。しかし兵達が使う分の食器などはあるはずもないので、炊きあがった飯は筵にぶちまけられ、そのままの状態で運ばれる。それでも量だけは充分にあり、飢えた兵達は手掴みで貪る。腹が満たされれば眠くなる。昨夜、可愛岳を登攀し、中にはその後、戦闘を経て縦走してきた者もいて、疲労は限界であった。ここで政府軍に追撃されれば壊滅的な打撃を被るであろうと懸念する向きもあったが、そうかといってそれを恐れている者は一人もいない。閉塞された場所から逃れ出た高揚感と、「敵が来ればその時のことである」といった、ある種の諦観が兵達を眠りに落とした。

太郎は自分の頬に相当する部分に何やら冷たく硬い棒のような物が押し当てられているのを感じた。それが一体何であるのか思い巡らせてみても一向に分からなかったし、分かろうともしなかった。そのうちその棒は増々きつく押し当てられ、終いにつつくようにされた時、はじめてそれが鉄砲の銃身と気付き、慌てて起きて身構えた。

「二人とも起きろ。斥候に出るぞ」

暗がりの中で銃を構えているその男は以前から見知っている中津隊の隊員であった。太郎は自分の身に危険が及んでいる訳ではないことを覚り、欠伸をしながら手足を伸ばした。

地蔵谷から約四キロメートル北西、祝子川上流域では、下祝子村から東の黒原山南麓までを第一旅団の川崎宗則少佐の部隊と遊撃隊が哨戒の任にあたっていた。中心を成す部隊の規模としては二〇〇人余の中隊であったろうか。薩摩軍突囲に関する情報は未だ到達しておらず、邀撃する態勢は整っていなかった。

戦場から隔絶されたこの辺鄙な集落に押し遣られた多くの兵は、手柄は立てられない代わりに死傷する恐れも少なく、この節は投降して来る飢えた敵兵を捕らえて営舎に送るだけの無為な日常を過ごしていた。ところが、八月十九日午前九時頃、突如として起こった複数の銃声と「敵襲」という叫び声が、この後方部隊の日常を一瞬にしてあの殺伐とした戦場に引き戻したのであった。

川崎少佐の部隊は突然の襲撃に初めのうちこそ怯んだものの何とか踏み止まり、近隣の部隊に援軍を要請して、この窮迫した者共を返り討ちにすべく、果敢に戦闘に臨んでいった。しかし間もなくその賊が単なる末端の小部隊ではないことが明らかとなり、逃げ出す兵も出始める。戦闘開始から数時間経っても援軍は一向に現れなかった。その頃遊撃隊が守備する長野越方面も薩摩軍の襲撃を受けていたのである。劣勢の中、川崎少佐自ら前線に出て兵を鼓舞するも遂に自身も被弾する。事ここに至って祝子川上流の守備隊は崩壊し、やむなく川下へと退却せざるを得なくなった。この時の兵五〇人余、川崎少佐はもっこに乗せられて何とか離脱した。

薩摩軍は祝子川上流域において思いの外頑強な政府軍の抵抗に遭ったため、結局この日は、野営地の地蔵谷から直線距離にして約七キロメートルの進行にとどまった。夜は水流近辺で分宿することになり、西郷は農家の小野熊治宅に宿泊する。

必ずしも順調とは言えない行軍であったが、それでも、今まで討ち負かされて後退ばかりしていた薩摩軍にとって、たとえ逃避行であっても表面的には敵を討ち破って前進していることに違いはなく、それで桐野は気を良くしたのか、或いは険阻な山岳路が物資運搬に差障り、嫌気が差したのか。佐藤三二に兵を付けて先行させ、高千穂往還に出て進軍出来るかどうかの調査を命じた。

下祝子周辺での戦闘の様子は間もなく征討軍本営にも伝えられる。可愛岳以降行方を眩ました薩摩軍の現在地が判明したことは、政府軍にとって、この上なく有意な情報に違いなかった。投降兵の供述などからそこに西郷や桐野も必ずいると観ていたのである。しかし現在地が判明しても依然としてその行く先については不明であり、豊後方面へ出る公算が高いと考えながらも、そこは計画通りに各拠点への配備を進めていった。

八月二十日早朝、薩摩軍は水流から大崩山の南麓を西に向かって行軍を開始した。上手く敵をかわせれば日之影川の先辺り（直線距離にして約一四キロメートル先）までは行けると太郎は見込んでいた。

鹿川越の僅かな哨兵を撃退して順調な行軍であったが、ここで一旦停止を余儀なくされる。ここから綱の瀬川沿いに南下して高千穂往還に出ることを桐野が提案し、先に派遣した佐藤三二の調査結果を得るまでは先に進めなくなったのである。

太郎にしてみれば、「何故今そのような危険を冒すのか理解出来ない」という思いしかなく、高城にその旨を伝えれば、高城も同様の考えであり、差し当って太郎と中津隊はこのまま先行して経路を確認する任務に着き、高城は元高千穂派遣隊司令官の立場から桐野をはじめとした幹部に、このまま西へ向かって行く訳合いを説くことになったのであった。

その頃、佐藤三二は何とか新町に潜入し、政府軍が寡兵であるのを見て取り、充分に街道を進軍出来ると判断した。そこで、そのことを本隊に知らせるべく部下を戻し、自身はそこに留まった。

薩摩軍内では、高城が幾ら論じても、まずは佐藤三二の調査結果を待つということで一向に進まず、虚しい時を過ごし、日が暮れた頃になって漸く佐藤三二の報せが届いた。そして時を同じくして西に向かった中津隊の報せも那須九蔵によってもたらされる。

報せの中身は、南も西もどちらも進行可能というものであった。しかし、南は新町に出るまでが険阻であり、新町から高千穂往還を進軍出来るとしても三田井に行き着くまでに一日以上要する見込みであるのに対して、西は峠道で険阻ではあっても南回りよりは距離が短く、明日の昼間には三田井への進入が可能というものであった。

高城が説いた街道へ出ることの不利と考え合わせればもはや議論の余地はなく、一旦はこの場で野営、明日夜明けを待たずに西進することに決した。そしてこの日以降、中軍の指揮官に高城を充てるなどして、一部、部隊編制の変更が行われた。

薩摩軍が新町への進行を中止にしたことは、結果的に薩摩軍の延命に繋がった。この日政府軍は、延岡周辺の兵を割いて第一旅団の長谷川好道中佐の三中隊を新町に、別働第二旅団の高島信茂少佐の四中隊を菅原に、同じく河野通行少佐の二中隊を舟の尾に向かわせていた。もし薩摩軍が新町に進出していたら当然これらの部隊との戦闘は避けられなかったと考えられる。戦力差はもとより歴然としていて、戦闘に及べば薩摩軍は壊滅的な打撃を被ったことであろう。

進行経路が決まり薩摩軍本隊は、新町に潜入している佐藤三二へ書簡をしたためた。その中で、新町経由での三田井進行を中止して、山裏、岩戸方面から三田井に入る旨を記すと共に、佐藤には殿で続くよう指示を出している。しかしこの書簡は佐藤三二に届けられる前に政府軍に奪われてしまった。結局、街道へ出るという企ては政府軍に三田井進行を知らしめただけであって、佐藤三二の調査も徒労に終わった。放置される形となった佐藤三二の部隊は、その後何とか本隊との合流を果たす。

三田井進行が明らかとなっても政府軍としては既に後手に回っているので、その上陥穽に陥るのを避けるため、警戒網は変更せずに薩摩軍が次に向かう先を慎重に見極めようとしていた。しかし、三田井には兵站基地があり、それにも関わらずこの時三田井周辺には戦闘員が配置されていなかった。第一旅団は移動可能であった遊撃隊五〇人余を急遽岩戸に派遣する。

八月二十一日払暁、中津隊と高千穂太郎は早くも岩戸村の東の集落を望める山の中腹に到達していた。遠くの山並が明るく照らし出される中で、その集落は山影が覆っていてまだ薄暗かった。

日之影川沿岸の楠原の陣が落とされてから約ひと月半が経過して、生きてまた高千穂に戻って来たという感慨は今の太郎には殆どなかった。それよりどうにも今回の戦が幾度も高千穂とその周辺でばかり起きている理不尽な思いと、図らずも今回は直に荷担する形で、またしてもこの地に引き戻されてしまったのが遺る瀬なく、自らの所業でありながら因縁めいたものを感ぜずにはいられなかった。

いくさ立ち　山々を越え鳴く蝉の
　果ての山の木　元の空蝉

この時、薩摩軍の前軍は未だ行軍のただ中にあり、片や政府軍の遊撃隊は早くも岩戸に迫りつつあった。

十五　帰還

［八月二十一日］

この年の八月二十一日は旧暦の七月十三日にあたり、高千穂ではこの日から三日間が盂蘭盆の期間であった。真宗以外の家では招霊棚を設け、普段着ではない着物を身に着け、たとえ貧しくとも出来得る限り綺麗に飾り付けて御先祖様をお迎えする。そして、狭い社会では多くの家同士が血縁で結ばれており、こうした機会に供え物を送り合う。それを子供達にやらせることもあって、子供達は行く先々で菓子などを貰えたかもしれない。先祖との繋がり、今を生きる人との繋がり、そして未来を生きる子供達。こうして連綿と受け継がれてきた地域社会であった。それが五月辺りから入って来た戦乱と疱瘡の流行によって大きく揺り動かされる。蓋し、高千穂の住民にとってこの年のお盆は、鎮魂の意味合いが大きいものとなったであろう。

しかし、こうして高千穂の住民がお盆の支度に勤しんでいる最中であっても、戦をしている者達にとっては全く埒外の事柄であった。

この時、中津隊と高千穂太郎のいる山の中腹からは当然、三田井及び、高千穂全体の政府軍の様子を窺い知ることは出来ない。手っ取り早く知るためには、住民に聞いてみるのにしくはないので、太郎は秘かに岩戸村の商家の息子高田高吉を訪ね、当人を中津隊の前まで連れて来て領内の様子を語らせることにしたのであった。

高吉が中津隊の前でやや緊張した面持ちで述べるには、「最近は物資を運ぶ荷駄方の往来を時折り見掛ける程度で、部隊は駐屯していない。しかし三田井の区長事務扱所には数人の軍人がいて作業をしている様子であるが、何をしているのかは分からない」ということであった。

ところが、中津隊が高吉から聞き取りをしている最中に、眼下の集落を政府軍の兵隊らしき者が数人、行き来しているのが見えた。高吉の話を聞いて安心したのも束の間で、領内の情勢は予断を許さない状況に変わりつつあった。

「あのお、少し様子を見て参りましょうか」

今まで話していたことが、現実と齟齬を来している様子に、少しばかり体裁が悪くなった高吉がおずおずと申し出た。

隊長の増田宗太郎が高吉の方に顔を向け、じっとその目を見た。

「我々のことを敵に話すつもりではないか」

「いいえ、滅相もない。そのようなことは絶対にいたしません。信じて下さい」

その高吉の真剣な表情は、高吉を連れて来てしまった太郎をいたく後悔させた。

「いいよそんなに無理しなくても。高吉の口が堅いのは分かってるけど、もし捕まったら話してしまうかもしれないだろ」

「何言ってるんだよ太郎さんまで、俺は何にもしゃべらないよ」

高吉が断固として言い切る様子に増田も信じていいような気持ちになってきていた。

「太郎、この男、本当に信用して大丈夫か」

太郎は、増田が初対面の高吉を探索に遣るつもりになっているのが予想外であり、もし高吉に何かあったら取り返しがつかず、絶対にそれだけはやめさせなければならないと一人焦っていた。

「はい、この者、物腰は柔らかいが口は堅いので評判なのは間違いありませんが、こういったことには慣れておりませんので、ここは私が見て参ります」

増田はその申し出をあっさりと受けて、太郎に政府軍の様子を探りに行かせた。

太郎は「増田隊長は本当の所、自分を見に行かそうと考えていたのではないだろうか」などと考えながら、早速、偶然通りかかった村人の風体で、政府軍が屯集している場所へ進入した。

初めのうち少し怖気付いたのは別にそういう振りばかりでもなかった。そこにいる兵隊は随分と疲れた様子で地面にへたり込み、だるそうな視線を太郎に幾つも向けてきた。「どうも御苦労様でございます」そう言って会釈するのも本当にそう思っての言葉であった。

「おい。お前ちょっと待て」

案の定呼び止められ、太郎は素直に従った。

「何をしている」

「はい、あっちの上の家に届け物をした帰りでございます」

「こんな朝っぱらにか」

「はい、実は届けたのは昨日の晩でして、それからそのまま泊まることになってしまいまして、それで今帰るところなのでございます」

こういった類の調べでは、話の内容もさることながら、むしろその者の挙動を見ると太郎は心得ていたので、一刻も早くこの場から立ち去りたいという気持ちも、中津隊のこともすっかり忘れて、いつまでも付き合うつもりで調べに応じていた。

「ところで最近薩摩の賊を見なかったか」

幸いにも取り調べの兵士は、別段太郎を怪しむ様子もなく、早くも切り上げようとしているのが見て取れた。しかし太郎は安心した素振りを毫も見せなかった。

「三カ月程前に官軍の皆様に追い払って頂きましてからは見ておりません。ところで今その成敗は一体どのような具合になっておりますのでしょうか」

「そんなことお前には関わりない。もういいから行け」

小部隊の兵士でも、薩摩軍に翻弄されている現状を苦々しく思っているのが明らかであった。

「はい、どうもすみません、失礼します」

そう言いながらも太郎はすぐに立ち去る素振りを見せず、兵士一人一人の方に向けて「どうも失礼します」と頭を下げるので、堪りかねた兵士が鉄砲の銃床で太郎を小突くようにして追い立てた。太郎は背後に神経を配りながら、走るでもなく歩くでもない、家路を急ぐ風にしか見えない巧妙な足取りでその場を離れた。

太郎が中津隊のもとに戻った時にはもう既に前軍が到着しており、指揮官の辺見十郎太と貴島清も増田らと共に太郎を待っていた。

太郎は遅くなったことを詫び、たった今見てきた部隊の様子、人数、装備など、ありのままを話した。それを聞いて辺見と貴島は今が好機とばかりに、すぐにでも突入する意欲を示したのであるが、増田がそれを押しとどめた。増田は、邀撃するために政府軍が差し向けた部隊が、たかだか一個小隊であることに釈然としない思いを抱いたのである。「敵の計略かもしれない」という考えを述べ、「敵に何らかの謀り事があれば、三田井付近に本営と別の部隊を置いている可能性が高いので、それを確かめるまでは突入するのを待って頂きたい」と二人に要請した。辺見も貴島も、増田に対して「考え過ぎだろう」と意見しつつも、到着したばかりで疲労しているのも事実なので、ここは増田に従うことにした。しかし、突入するのであれば早ければ早い程有利な状況にあるので、何れにしても今から三〇分後には突入すると決まった。但しその際には、敵に伏兵があるのを前提にして充分注意するよう申し合わせた。ついでながら、高田高吉は村内の案内役としてその場に残された。

区長事務扱所での留守居が終わり、津田新太郎は家に帰ろうと通りに出たところで不意に自分を呼ぶ懐かしい声が聞こえ、そっちの方に目をやると、物陰から手招きする者はどこか見覚えがあるように思えて、太郎に違いないとは思っても、その様変わりした風貌に新太郎は身の毛がよだった。日に焼けているのか汚れているのか、褐色の顔に痩せて落ち窪んだ目が痛いくらいに光っていて、髪の毛も髭も単に伸びた所を刮いであるだけで、まるで人と獣の中間の生き物のように思えた。しかしよく見ればあの人懐こい表情は健在で、人格まで変容した訳ではない様子に新太郎は安心し、そして初めの動揺を隠すため、殊更作り笑いをして太郎に近づいた。すると突然数人の男に羽交い絞めにされ、口を塞がれて物陰に引きずり込まれた。

「新さんごめん。この人達は中津隊の方々で、新さんに危害を加えるようなことはされないと思うけれど、もし新さんが騒ぎ立てたり、言うことを聞かなかったりした時には、その限りではなくなると思うから、それは分かるよね」

新太郎は頷くしかなかった。口にあてがわれた手が外され、中の一人が新太郎の着物の衿を掴んだ。

「この建物の中に政府軍の奴らは何人いる」

殺気立った者達に対して、新太郎はそれを言ってはならないような気がしたが、かといって上手く言い逃れる方法も全く思い浮かばなかった。

「中に軍吏が二人いるだけで、兵士はおりません。他は人夫と吏員だけです」

「そうか。よし、行くぞ。太郎はそいつと一緒に来い」

皆おもむろに刀を抜き一斉に駆け出した。新太郎は訳も分からず太郎に袖を掴まれ引っ張られるままついて行った。

突然現れた一団を見て外にいた政府軍の人夫が何か言ったところ、いきなり袈裟懸けに斬られた。それを見て腰が抜けたもう一人の人夫も容赦なく胸を突かれた。中津隊はそのまま区長事務扱所に侵入し、全員有無を言わさず外に出した。

「軍吏はどいつだ」

そう聞かれた新太郎は外に出された面々を見て少し安心した。

「この中にはおりません」

「何。嘘を付くと只では置かんぞ」

新太郎は、もしこの場に軍吏がいれば、その軍吏もきっと殺されるに違いないと思った。しかし、いないものはしようがないので、襟を掴まれて脅されても「本当です」としか言いようがなかった。

その時、誰ともなく「あっ」という声を発し、たちまち全員の視線が一点に集まった。

「逃がすな」

隠れていた軍吏二人が隙を衝いて逃げ出したのである。数名の隊員がすぐさま後を追う。増田は顔をしかめたが、ここに至るまでに別段謀り事があるようにも思われなかったので、そのことを前軍に伝えるべく、ひとまず隊員を遣わした。

その後、脱出した軍吏二人は命からがら逃げおおせたが、その途中で二人合わせて官金二三〇〇円余を逸し、それを奪われたことは本人達にとって痛恨の極みとなったであろう。

「新さん、ちょっとそっち持ってくれるか」

太郎が死体となった人夫を移動させるため、新太郎に声を掛けた。

「何も殺さなくてもいいのに」

そう口走った新太郎を延岡士族の青年は睨み付けた。二人を殺害したのは中津隊の隊士ではなく、中津隊に付き従っていた一番年若のこの青年であった。

新太郎は別段斬った青年を非難するつもりはなかった。ただ斬られた人夫を憐れに思って出た言葉であったが、自分より四、五歳は年下に見えるこの青年を、つい諫める口調になってしまったのを後悔した。しかしこの青年に謝るのもおかしな気がして新太郎は青年の視線を感じながら人夫の死体を運んだ。

新太郎のその言葉は中津隊の隊士にしても、太郎にしても思ったことであった。しかし思っても口には出さなかった。母親に「武士らしく生きよ」と送り出され、和田越で初めて殺し合いを目の当たりにしておののくも、武士らしい行いを考え続けてきたであろうことは、行動を共にしてきた者達には何となく伝わっていたからである。青年が和田越からこれまでに見たり聞いたりしてきたことを、意を決して実行したのである。「武士らしくとはこういうことではない」と言うのは簡単ではあるが、自らを顧みた時に誰もがそれを面と向かって言うことが出来なかった。ただ一言、「刀に付いた血はちゃんと洗いながしておけよ」と、一人の中津隊士がそう声を掛けただけであった。その言葉に青年は引きつったような笑みを浮かべ、水路の脇の水場へ刀を洗いに行った。

「新さん、どっかに菰(こも)ないかな」

「ああ、ちょっと貰ってくる」

悪意がなくてもふとした他人の言動が自らの罪悪感や、わだかまりと相俟って、いつまでも忘れられない心の傷となる事象は近代以降、様々な主題として語られてきている。繊細な心の持ち主で歳も若ければ尚更その傷も深く、その後の長い人生の至る所でその傷の疼きに耐えなければならない。この青年もまた、時代と戦の犠牲者となった。

増田がすぐ傍の木の枝に絡めてある電信線を指して言った。

「太郎、あの線も切っておけ」

「分かりました」

増田は無論、電信というものを、仕組みはともかくとして機能自体は理解していた筈である。しかしこの頃、電信は青森から鹿児島まで主要都市を繋ぐ形で整備されつつあったものの、広く一般の民衆がそれを理解するまでには至っていない。太郎とても同様であった。

「太郎、やめておけ」

新太郎が太郎だけに聞こえるように言った。しかし太郎はそれを全く意に介さなかった。

「新さん、梯子と鉈ないかな」

「いや、ここにはないからやめておけ」

太郎はその言葉を無視して、ありそうな場所に見当を付けてさっさと取りに行ってしまった。

一人残された新太郎は混乱していた。死んだ人夫もこのままにはしておけないし、逃げた軍吏も気になった。何よりも副戸長としてこの状況を然るべき所に報告しなければならないとは思うが、一体誰にどうやって報告すればよいのか、それも分からなかった。「そう言えば、(那須)

九蔵さんはどうしたんだろう」急に嫌な考えが頭をよぎった。そんな時、新太郎は増田に呼ばれ、行きかけたところ。梯子を持って来た太郎が見る間に梯子を上り、電信線を切らんと腰紐に引っ掛けた鉈を掴んだ。

「やめろ太郎。その線を切ったらきつい御仕置きがあるって話だぞ」

新太郎は思わず大声で言ってしまった。

「何を言うか。いいから太郎さっさと切れ」

中津隊の隊員が新太郎の着物の襟を絞り上げた。しかし太郎は新太郎の言ったことがどうにも気にかかり、線を切ることにためらいを感じた。

「きつい御仕置ってどんな」

襟を掴まれたままの新太郎が苦しそうに声を絞り出した。

「まだちゃんとは決まってないようだけど、その線を結んだ柱に牛を繋いでた爺さんがいて、牛が柱を引き倒したはずみで線が切れて、その爺さんはこっ酷く叱られた挙句に、きつい荷役を担わされて死んじまったって噂だ」

新太郎は目の前の隊員には目もくれず、太郎の方だけを諭すように見詰めた。

「何だ。打ち首にでもなるのかと思ったじゃないか」

そう言って太郎は電信線を鉈で切った。

辺見と貴島が率いる前軍は、戦力が整うのを待って直ちに岩戸の政府軍に向かって攻撃を仕掛けた。意表を突かれた遊撃隊も果敢に応戦するが、いかんせん戦力に劣り、間もなく退却を余儀なくされる。政府軍を撃退した前軍は後続との連絡部隊を残して、そのまま中津隊のいる三田井へと進行した。前軍が進入した三田井周辺は、政府軍の間隙を衝く形で薩摩軍が占領する所となったのである。

増田から、政府軍が置いていった物を洗いざらい申告するよう申し付けられた新太郎は、「軍吏でもない自分が分かる訳ない」と言っても、それで免れ得る筈もなかった。薩摩軍は、政府軍が保管していた現金約二万五〇〇〇円（軍吏が持ち出し逸した分も含めて）、米二五〇〇苞、弾薬、酒などを接収している。収奪という印象も拭えないが、私有物ではなく全て官金、官品なので当然、戦利品と見ることも出来る。未だ向かう先が決まっていない中、これらの物資を運搬することだけは確かなので、新太郎はその手配をもさせられたのであった。

「新さん、悪いけど、ここお願いしてもいいかな。許可貰ったから、ちょっと家に帰って無事を知らせてこようと思って。いい加減心配しているだろうし」

「うんああ、その前に、太郎。あの、九蔵さんはどうしたんだ」

新太郎はずっと気に掛かっていたことを、別段それで結果が変わる訳でもないのに、敢えて、なるべくさり気ない風を装って尋ねた。

「ああ、九蔵さんは後ろの部隊に行ってるから、追っ付け来ると思うよ。九蔵さんが来たら先に家に帰ったこと、謝ってたって言っといてくれるかな。家に顔見せたらすぐ戻るから」

それを聞いた新太郎は安心して自然と笑みがこぼれた。

「そうか。それなら良かった。あとそれから、家に帰るなら、顔洗って、髭は剃って行った方がいいぞ」

太郎はこの時初めて自分の今の身形があまりにも無様であるのに気が付いた。

久しぶりに眺め見る集落は半年季節がずれただけで、出征した時と何ら変わっていないように感じた。それが太郎を安心させもし、また反対に、数多の人が傷つき命を落としたこの戦を以てしても、結局何も変えられないことが明らかになったようで残念で寂しかった。

出でし日と　同じ故郷の家と人
　我植えずとも　稲わたる風

高千穂家の庭内では太郎を欠く中、家族三人による盆の迎え火が焚かれていた。

「お父さん、太郎は今頃どうしているんでしょうね」

「んん、そうだな」

久しく太郎のことを話さなくなっていたのが、何の気兼ねもなく話し出せたのは、柔らかい炎の揺らめきのお蔭であろう。

「戦が終わったらすぐに延岡へ行って尋ねてみるしかないだろうな」

「そうですねえ、早く戦が終わるといいんですけどねえ」

「もしかすると誰もいない所で迎えに来るのを待っているかもしれんしなあ」

「そうだとしたら、早く行ってあげないと、可哀想ですからねえ、ほんとうに」

声を掛ける機会を逸した太郎は、自分の存在を覚られないよう後ずさりながら、ふと自分が本当に生きているのか心許なくなってきた。「自分が何の疑問もなく生きていると思っているだけで、実際はどこかの山で屍となっていて自分はただの霊魂なのではないだろうか」と、そんな想像をしながら頭に浮かぶのは、やむなく戦場に残してきた何体もの戦死者の姿であった。

「あれは自分だったのかもしれない」

太郎はひとつ呼吸を整えて家に入り直した。

「太郎です。ただいま戻りました」

迎えるも迎えらるるも　輝きぬ
人の命も　せんの星ぼし

この同じ夕刻、漸く西郷隆盛が岩戸に入った。ひとまず休憩したいという一行の求めに応じて高田高吉は戸長宅へ案内する。高名な大西郷を目の当たりにして高吉はこの上ない喜びを感じていたが、迎え入れる側の土持信吉は、九日前に自宅謹慎が解かれたばかりで何とも有難迷惑な話であった。それでも西郷の様子を見れば、光栄に思うのと同時に労しい（いたわしい）という思いも募り、下にも置かずもてなしたのであった。

新太郎から、太郎が一旦家に帰ったと聞かされた九蔵は少し腹を立てつつ、高田高吉にシノに草鞋を返すよう頼んだのを、「自分で返しに行けばよかった」と後悔した。それでも身内を後回しにして他人の家に行くのもおかしいと考え直し、自分も許可を得て実家へ行くことにしたのであった。

新太郎もいい加減家に帰りたかったが、なかなかそういう訳にもいかなかった。薩摩軍が奪った米二五〇〇苞の内、運搬出来ない分を近隣の住民に呼び掛けて、一升あたり五銭での売却を企てたのである。相場の半値程で、戦の前と同じ位の値段であった。新太郎はそれらの雑用も担わされたため、とりあえず太郎が戻って来るまではこの場に留まらざるを得ないと諦めていた。

ついでながらこの米は、後に返却命令が出され、区長事務扱所が回収して返納したが、その際、不足分は立替たとのことである。

シノは高田高吉から九蔵も太郎も無事で帰って来たと聞かされて、心底「良かった」と思うのと同時に、九蔵に対して自らが行った恥ずかしい言動の数々がはっきりと甦ってきて、居た堪れない気持ちになるのが自分でも情けなかった。

「この草鞋のお蔭で助かったそうです」

そう言われて手元に戻って来た草鞋は、ぼろぼろに汚れきっており、これを返してくる九蔵の意図を図りかねた。「こんなになるまで大切に持っていた」とでも言いたいのか。「助かった」という言葉の意味も、当然シノは中の銭を幾らか使ったのであろうとしか思わなかった。

「九蔵さんはまだ務めが終わっていないそうで、近日中に改めてお礼に伺うと言ってました」

高田高吉が何か意味有り気に微笑んでいるのが訝しく、不愉快であった。

「そうですか。わざわざありがとうございました」

無愛想に言ったつもりでも、高田高吉には全く通じない様子で、相変らず笑みを浮かべたまま会釈して帰っていった。

高田高吉が帰り、シノは改めて両手の中に重ねられた一足の草鞋を見て、おもむろに開いてみた。すると石ころのような物が落ちて転がった。しかしそれは石ころなどではなかった。めり込んでいたそれの痕が草鞋にくっきりと刻まれていたのである。行った訳でもない戦場の感覚が身の内に迫って来て、体の芯が震え出した。慌ててその草鞋を胸の前で重ね合わせ、目を閉じてゆっくりと息を整えた。

戦場の恐怖が去った後、シノの身体と精神の全てを満したのは自分も九蔵も、いま生きているということであった。そしてシノは心の中で死んだ父親のことを想い、父親に礼を言った。

夜になって薩摩軍の幹部は、後軍の指揮を執る河野主一郎を除き、三田井の戸長役場に集まって、これから向かう先について話し合いを行った。そこで桐野利秋は改めて熊本進攻を主張する。俵野にいた時と比べれば随分と近づいたのは確かであるが、全体で五〇〇人足らずの兵力と乏しい火力では、やはり無謀と見る向きの方が多かったであろう。

桐野に、単なる精神論ではなく何らかの目算があったとするならば、この時、一般的に勝ち目がなくなってからしばしば採られる「負けない方法」も或いは考えていたかもしれない。熊本城を落として籠城し、停戦に持ち込む。或いは船を調達して九州から脱出する。などの方策が一応考えられるが、しかしどれも成功する可能性は極めて低く、賛同は得難い。

もしかすると桐野は、そうした戦略は蔑して、最期の時を迎えるのであれば、そこは数多の盟友を失った熊本でありたいという個人的な願望を抱いていたのかもしれない。心の奥底には城東会戦で敗れた時の「此の地に死せん」という思いが燻ぶっていて、それにより、出来ることならば時計の針を戻したい。そういう思いもあったのかもしれない。

しかし西郷はもはや桐野の意見を聞き入れなかった。桐野の意見というよりも、戦の継続を望んでいなかったのであろう。勝つことは勿論、負けないことも出来ない今、西郷が考えていたのは、この戦の終わらせ方、自分と自分を慕う者達の死に場所を如何にすべきか、ということであったのではなかろうか。そして西郷の出した結論は、故郷鹿児島への帰還であった。

行先が鹿児島に決まったことは主だった者にだけ伝えられ、太郎達へは、「三ケ所の坂本を経由して七ツ山へ向かうので、七ツ山まで嚮導するように」とのみ、言い渡されただけであった。

「それじゃ太郎、九蔵さん、俺は帰るから」

薩摩軍の雑用からやっと解放された新太郎が少し表情を緩めて帰りかけた。

「駄目だよ新さん帰っちゃ。今帰ったら敵に西郷先生達の行先を知らせてしまうかもしれないじゃないか」

太郎は何とか新太郎を引き留めたかった。けれども新太郎に対して素直にそれを頼むことが出来なかった。

「俺はそんなことしないよ」

新太郎は思いがけず、自分の人格を否定するようなことを言われて俄かに怒りがこみ上げてきた。

「それはそうでも捕まったら、言ってしまうかもしれないじゃないか」

太郎は新太郎を引き留めるための別の理由が思い付かないまま、尚も畳みかけた。

太郎も新太郎が薩摩軍の行先を進んで政府軍に申告するなどとは思っていないし、薩摩軍の行先は、新太郎が言おうが言うまいが早晩、政府軍に知られると思っている。太郎が新太郎に残ってほしい理由とは、この半年の間、太郎と九蔵が負った労苦のほんの僅かでも、新太郎に身を以て解ってほしいという太郎の身勝手な願いであった。

そもそも従軍するにあたって新太郎は反対していたので、太郎が幾ら辛酸を嘗めようが、或いは戦死しようが、それは全て太郎自身の問題であって新太郎には何の責任もなく、その労苦を負わなければならない理由など何一つなかった。であるからこそ太郎は新太郎に「一緒に来てくれ」とは言えなかったのである。

「ああ、俺はこれでも副戸長だからな。その職責において言うかもしれないな。だったらどうする太郎」

新太郎は怒りに任せて開き直り、太郎を睨み付けた。

太郎は新太郎の怒りに戸惑いつつも、新太郎の尚も拒絶する態度が自分に対する背信のように思えてきた。そして肩に負っていた鉄砲を持ち直し、銃口を新太郎に向けた。

「おい、何やってんだ。やめろ」

すぐに九蔵が銃身を手で押さえ銃口を下へ向けた。弾も入っていないし撃鉄も起こしていない。それでも九蔵は看過出来なかった。

「太郎、もういいだろ。新太郎を帰してやれよ。初めからずっと二人でやってきたんだから、終いまで二人でも別にいいじゃないか」

九蔵は太郎の気持ちが少し分かるような気がした。二人でやってきたと言っても、太郎の高千穂に対する思いについては、九蔵には伝わらないことの方が多く、その意味では太郎はずっと一人であったのかもしれないと思い、自分には負えない役割を、新太郎に頼む気持ちがあるのかもしれないと九蔵は思った。しかし新太郎をこれ以上巻き込むのは、あまりにも気の毒なように思えた。

太郎は鉄砲を肩に負い直し、一つ息を吐いた。

「新さんも最後くらい来てくれてもいいじゃないか」

その太郎の本音とも思える呟きを聞いた新太郎は、半年前、太郎と焼酎を酌み交わした夜のことを思い出した。その時太郎は、「延岡のもんだけが加わって西郷さんの一新が成ったら、高千穂のもんは見下される」そう言っていたのであった。西郷さんの一新は、どうやら成りそうもないが、延岡隊が既に消滅しているにも関わらず、それでも尚、二人は投降せず、官軍の包囲をかいくぐって西郷さん達を高千穂まで連れて来たことを、本当は「よくやった」と讃えるべきなのではないだろうか。高千穂の住民が迷惑極まりないと、こぞって二人を非難したとしても、自分は二人の味方をしなければならないのではないか。新太郎はそう思い直した。

「太郎、分かったよ。でも一旦家に帰って用意してくるから、待っててくれるか」

太郎は表情を変えぬまま新太郎を見、僅かに頷いた。

薩摩軍が三田井に入ったことは、間もなく政府軍の知る所となる。それでも、すぐさま薩摩軍を討滅するための有効な手立てを見出すまでには至らなかった。三田井から北へ向えば竹田、西へ向かえば熊本、南へ向かえば人吉の可能性が高いとはいえ、それ以外の場所へ行くことも充分考えられる状況であり、予断を許さず、確実に包囲網を構築していく方針に変わりはなかった。

しかしそれは飽く迄も政府軍全体としての方針であって、追撃を担っている第一旅団の野津鎮雄少将は一刻も早く薩摩軍を討滅すべく、三田井への進撃を長谷川好道中佐と大島久直少佐に命じた。

そこで長谷川中佐は、高千穂往還を二個中隊で西進させ、別の二個中隊を五ヶ瀬川の南側から三田井へ進行させた。そして大島少佐は長谷川中佐の部隊よりも先行する形で、二個中隊を同じく南側から三田井へと進行させたのであった。

十六　弊履

［八月二十二日〜八月二十四日］

八月二十二日、和田越での戦の日あたりからずっと晴れが続いていて、この日もまた朝から暑い晴れの日であった。高千穂太郎は何やら一人、また新たな戦に出立するような清新な心持ちでいた。しかしそう思っていたのも束の間で、哨戒の兵士から、「五ヶ瀬川の対岸、南側の道を政府軍が進行してきている」との報告がもたらされ、俄かに周辺が慌しくなってきた。

三田井の南側を押さえられると橋を渡って五ヶ瀬川の対岸に出るのが困難になる。前軍と中軍はすぐに出立すればよいが、後軍は未だ三田井に到着しておらず、このまま政府軍の進行を許せば、後軍が包囲殲滅される恐れがあった。

一刻も早い対応を迫られた桐野利秋らは、やむなく中軍の兵を分けて五ヶ瀬川の対岸、稗之上とその周辺の高地に兵を配置し、そこから銃撃して政府軍の侵入を阻止する態勢を整えさせた。そして、坂本へ向かうにあたっては、西から進行してくると予想される政府軍との衝突を避けるため、肥後街道ではない経路で行くよう太郎達に命じたのであった。

昨夜、西郷隆盛が鹿児島への帰還を表明したその時から、恐らく薩摩軍の幹部らは、「西郷に無事鹿児島の土を踏ませる」という使命感を各々が抱いたであろう。そのためには西郷と政府軍をなるべく遠ざけておくこと。ここから先も、前軍、中軍、後軍は適宜距離を取って進軍し、戦闘は前と後が担って、中軍に政府軍の攻撃が及ばないようにすること。そうした体制の堅持が重要となった。

そうして薩摩軍の前軍と中軍は厳戒態勢の中、進軍を開始した。太郎は中津隊と共に前軍で嚮導を担い、津田新太郎は比較的安全とされる中軍で人夫と共に荷を負い、那須九蔵は後軍の嚮導として後軍到着を三田井で待つことになった。

前中軍は高千穂峡に架かる橋を渡ってそのまま西に向かい、徳別当で一旦休止となった。そしてその頃になると既に後方では銃声が響き始めていた。

後軍は三田井の東、岩戸川沿いあって、高千穂往還を進行して来た部隊と戦闘に入り、三田井に残った中軍の部隊もまた、五ヶ瀬川の南岸で政府軍に対し、盛んに銃撃してその進行を阻んでいた。

午後になって徐々に雲が厚くなり、久々に本格的な雨となる空模様に変わってきた。前中軍が二上山の南麓、杉ノ越の峠に差し掛かった辺りから降り出して、雨は次第に強くなり、暑さは幾分和らぐも身に着けている物の不快さは増すばかりであった。

そうした中で、三田井へ差し向けられた政府軍の兵士もまた、肉体的、或いは精神的な疲労を感じていた。それにも関わらず半ば駆り立てられながら戦闘を強いられ、弾薬も充分とはいえず、士気は徐々に下がっていった。その上強雨ともなれば雨を避けようとする者もおり、戦闘はやがて交綏（こうすい）となった。

午後四時、前軍と中軍は坂本に到着し、西郷は炎王山専光寺に入ってここに宿を取る。

後軍の指揮官河野主一郎は、敵が積極的に攻めてこないのを見極めると、逐次部隊を三田井に向かわせ、夕刻には全部隊が三田井に入った。三田井では元々官品の食糧が後軍の割り当て分のみ残されており、兵士はここで充分英気を養ったのであった。

坂本では、西郷のいる中軍はそのままそこに留め置き、休憩を終えた前軍が早くも灯りを手にして七ツ山へ向けて出立した。しかしこの時、七ツ山へ向かっていたのは薩摩の前軍だけではなかった。

七ツ山の南東、宇納間で警戒にあたっていた別働第二旅団の二個中隊の指揮官が、薩摩軍の南下を警戒して、精兵を七ツ山へ派遣していたのである。ただし、その数は四〇人とされており、一〇〇人余の前軍と対峙するにはやや戦力不足であった。

日付が変わって二十三日の午前一時、雨はとうにやんで、星空に薄い雲が懸かる中、三田井の後軍と中軍の残留部隊が、坂本へ向けて行軍を開始した。

この時点で中軍の本隊は坂本にあり、後軍と中軍の残留部隊が三田井に朝まで居続けて、政府軍と再び戦闘する戦術上の意味合いは全くなく、そのため、河野が夜中の進発を決定したのであった。

そうして九蔵は前日に太郎と新太郎が通ったであろう経路を辿り、後軍の嚮導を務めた。

二十三日の未明、夜通し歩いた前軍は七ツ山村の本村に到着し、その後、その付近に来ていた別働第二旅団の斥候部隊と遭遇して戦闘になる。戦闘の経過などは不明であるが、結局四〇人の斥候部隊はすぐに自隊の不利を覚って宇納間にいる本隊と連絡を取るべく、宇納間村との境まで退却する。

後日、別働第二旅団は「この時この斥候部隊が、あと一日七ツ山で敵を食い止めていたならば、ここで薩摩軍を包囲殲滅することが出来ただろう」と悔やんだそうであるが、その後も政府軍は何度かそういった機会を活かすことが出来ず、結局、薩摩軍の鹿児島進入を許している。

どこへ向かっているとも知れない流離（さすら）う軍隊を捕捉し、滅ぼすことは現代であっても難しく、情報の量も精度も、また速度も劣っている明治初期ともなれば尚更困難であったと思われる。

そして前軍が七ツ山で戦闘に及んでいた頃、中軍が坂本を出立し、その中軍と入れ替わるようにして後軍が坂本に到着している。


前軍は、七ツ山で政府軍の斥候部隊を撃退した後、一旦そこで休止して周辺を巡見するが、差し当たり、さらなる攻撃の恐れがないのを見極めて、またさらに南進を始めた。

一方、昨日三田井の手前で進行を阻止された第一旅団の部隊は、また昨日のような抵抗があるものと警戒しつつ進軍したところ、意外にも薩摩軍は既に撤収していて、易々と三田井に入ることが出来た。ところが、そこにあった筈の弾薬や食糧は一切なくなっていて、まずそれらを調達しないことにはこれ以上の進軍は儘ならず、すぐに追撃に移るべき時であっても、それが出来ない状態に陥ったのであった。

　三田井の政府軍がすぐに追撃に移れない中で、薩摩軍は順調に進軍し、中軍は昼前に七ツ山の本村に到着した。中軍の後を追って来た後軍も昼頃到着し、ここで一旦合流する。その後、中後軍は順次七ツ山本村を後にして南進を続けた。殆ど各人の気力と体力が許す限り歩き続けたという状況であったと思われる。

　そして前軍は既に七ツ山村の南端まで辿り着き、目の前に流れるのは耳川の渓流であった。川の向う側は、高千穂領の外側となる山三ケ村で、太郎の嚮導の役目もここで終わった。

「それじゃ、太郎、達者でな」

「はい。中津隊の皆様も、きっと御本望達せられますよう。僭越ながらお祈り申し上げております」

　川の浅瀬に綱を張り、その綱を辿って前軍の兵士達が次々と川を渡って行った。

　太郎は綱の端を踏ん張って保持しながら川の向う側へ行ってしまった彼らを眺め見た。あっち側へ行かなくてもいいという安心と、離脱することの後ろめたさを同時に感じていた。「彼らの行先にあるのは、今までと同じく、いつ終わるとも知れない戦の日々なのだろう」しかしそこは別世界の情景のようにも思え、彼らの周りにだけ戦が取り憑いているような何か不思議な感覚を覚えた。

一たびと　心定めし人の行く
　美々津渡りて　九重と咲け

この後中津隊は、西郷達と共に城山に入る。しかし、九月二十四日の城山総攻撃で西郷達が逝くよりも前に、九月四日、官軍の米倉を襲撃する抜刀隊（隊長貴島清、副隊長増田宗太郎）に加わって、その際に殆どの者が戦死する。中津隊はその異名である〝先陣ほぎ〟の矜持を最後まで貫いたのであった。

この日の夕刻、七ツ山村の南端の集落である松の平に、中軍とその後に後軍も到着した。両軍共にこの日はここで一夜を明かすことになり、西郷は藤本槌三郎宅に宿泊する。太郎は新太郎と九蔵にここで無事合流した。

その頃政府軍は、薩摩軍が七ツ山に入ったとの情報を得て、人吉を目指している可能性が高いと判断し、その周辺の八代、佐敷、加久藤などへも警戒を促している。

政府軍内では、鹿児島へ向かうであろうと、早くから見る向きもあったようであるが、それも可能性の一つとしか捉えられていなかった。しかし西郷達の気持ちに近い人物であったなら、或いはある程度それを確信していたのではなかろうか。

八月二十四日早朝、中軍に続いて後軍も松の平を出立した。その様子を太郎達三人は集落の境で見送った。

「高千穂隊の高千穂太郎殿はおられますか」

「はい。ここにいます」

私学校の兵士が一人、太郎に何か用事がある様子で戻って来た。その兵士は太郎を一瞥し、隣にいた新太郎に向かって用件を切り出した。この兵士は、「仮にも隊長を称する人物がこんな百姓風情であろう筈がない」として、太郎のことは、従者か何かで、代わりに返事をしただけであると決め付けているようであった。

「これは桐野司令から貴隊へ、可愛岳からここまでの嚮導の手当です」

そう言って帯封付きの札束を一冊、新太郎の前に差し出した。

「いえ、私は」

新太郎は太郎ではないし、当然それを受け取るいわれもなく、暫し躊躇して太郎を見ると、太郎は屈託のない笑顔で数回頷いた。新太郎は兵士の誤解を解くのも億劫になった。

「過分の御配慮、誠に有難く存じます。桐野司令に宜しくお伝えください」

そう言って札束を受け取ると、兵士は心得た様子で立ち去った。

「なあ新太郎それ本物か」

九蔵が新太郎の持つ札束を覗き込んだ。

「本物みたいですね、二円紙幣が恐らく一〇〇枚、二〇〇円ですね。さあ帰りましょう」

「待て。その前にこの金を隠そう」

「九蔵さん、何言ってるんですか。この金は官金ですよ。ちゃんと返せば『殊勝なり』ということで一円くらい貰えるかもしれないじゃないですか」

「いるかそんな端金、なあ太郎」

「そうですね。それじゃ半分だけ返しましょうか」

「駄目だよ」「嫌だよ」

太郎と九蔵の半年に亘る従軍は終わった。

太郎は終わってしまったことを少し物悲しく感じた。「あんなにも大変な日々であったのに。明日からまた元の百姓に戻るのだろうか」そう思った時、太郎は自分がとんでもなく醜く傲慢な人間に思えた。「否、大変だったのはむしろ、混乱の中にあっても尚、普段と変わらず働き続けた父や母達の方ではないのか。自分はただ幾つもの草鞋を履き潰しただけではないか」

太郎は足元を見、顔を上げた。

岩の戸の　こおろぎ出でて眺むれば
遥か攢峰　みたい高千穂

断り書き

この話は西南戦争という近代日本の内戦を題材として、史実に虚構を織り交ぜながら、これまで語られることが少なかった地域、党薩隊、民衆について、その一端に触れた戦記物語です。

この話は物語であるため、史実及び現実、実態に即していない箇所があります。

戦闘時における各隊、各人の行動は全般的には参考文献に依拠していますが、多分に作者の想像に因るものなので、史実と異なるところがあります。

《不適切表現について》
文章の中に唖や人夫等、不適切な言葉を使用しておりますが、作者自身は性別、職業、出自、障がい等で人を差別する意識も、差別を肯定する考えもありません。
当時の人々が使用していた言葉を記すことによって、当時の人々の意識及び、社会状況を表現出来ると考えて、そうした言葉を使用致しました。

《題名について》
「攅峰(さんぽう)」とは、重なり集まっている峰、群がっている峰のこと。
「軍鞋(ぐんけい)」は、軍靴と草鞋を組み合わせた作者の造語です。

《文中の話し言葉について》
文中の話し言葉は、作者が解している関東弁で統一しています。
中途半端な方言の記述は、その土地の文化を軽視し、侮蔑する行為であるとの作者自身の考えに因るものです。

《登場人物について》
実在した人を基にして書いた人物
津田新太郎……矢津田鷹太郎氏
土持信吉　……土持信賛氏
島田数馬　……田島武馬氏
架空の人物、団体
高千穂家の人々
佐藤家の人々
那須家の人々

菊池家の人々
田尻（三田井神社の宮司）
佐々木少尉試補とその小隊
高田高吉
茶屋の家族（喜平とその妻）と客（吉松）
右記意外で人名を記している人は実在した人物です。しかし、その人物の言葉や心情、行動などについては、誠に僭越ではありますが、作者の想像で記述しています。
十二章、十三章、十五章に記した延岡の十七歳の士族の青年については、坂本常経氏の行為から着想を得ていますが、青年の行動及び、心情については大部分が作者の想像によるものです。

《その他》
①「薩軍」と「薩摩軍」の表記について
「薩軍」は薩摩軍と党薩隊を合せた軍隊の呼称として記しています。
「薩摩軍」は主に薩摩士族で編成された軍隊の呼称として記しています。
②年齢については満年齢で記しています。
③「先陣ほぎ」について
中津隊がその勇名を馳せたのが、四月十六日、二十日の大津（熊本県菊池郡）及びその付近

での戦闘であり、それ以降の異名と思われます。

九州地方で穴があくことを「ほげる、ほぐる」と言うことがあり、「ほぎ」は穴をあけるという様な意味合い。「先陣ほぎ」を意訳すると、「突破口を開く」というのが近い意味であると思われます。

主な参考文献

《延岡隊の動静について》
山室元吉『延岡丁丑戦記』赤塚鮮進堂印刷所　大正六年
河野弘善『西南戦争　延岡隊戦記』尾鈴山書房　昭和五十一年
西川功・甲斐畩常『西南の役　高千穂戦記』西臼杵郡町村会事務局　昭和五十四年

《高千穂の風土、歴史について》
田尻恒『高千穂夜話』田尻恒　一九八一年
『高千穂町史　郷土史編』高千穂町　平成十四年
工藤寛『名利無縁』みやざき文庫　二〇一九年

《西南戦争の経過について》
川口武定『従西日記　上巻、下巻』青潮社　昭和六十三年
『西南戦争資料集』青潮社　平成八年

亀岡泰辰『第三旅団　西南戦袍誌』青潮社　平成九年
佐藤盛雄、渡辺用馬『西南戦争　豊後地方戦記』青潮社　平成九年
参謀本部陸軍部編纂課『明治十年　征討軍団記事』青潮社　平成九年
小川原正道『西南戦争』中公新書　二〇〇八年三月　三版
原口泉監修『戦況図解　西南戦争』サンエイ新書　二〇一八年
長野浩典『西南戦争民衆の記』弦書房　二〇一八年
参謀本部編纂課編集『征西戦記稿』陸軍文庫　国立国会図書館デジタルコレクション

《党薩隊の動静について》
香春建一『西南役　中津隊　先陣ほぎ奮戦史』西南役中津隊顕彰会　昭和十七年
北村清士『西南戦争血涙史』北村清士　昭和四十年
河野富士夫『西南戦争と飫肥隊』みやざき文庫　二〇二〇年

《人物の経歴、人柄について》
小寺鉄之助編『西南の役薩軍口供書』吉川弘文館　昭和四十二年
西田実『大西郷の逸話』南方新社　二〇一三年
桐野作人『薩摩の密偵　桐野利秋』ＮＨＫ出版新書　二〇一八年
伊藤之雄『山県有朋　愚直な権力者の生涯』文春新書　二〇二〇年

《その他》
山口保明『宮崎の狩猟』みやざき文庫　二〇〇一年
宮崎克則『逃げる百姓、追う大名』中公新書　二〇〇二年
ウィキペディア（些少ではありますが寄付致しました）

攅峰の軍鞋　西南戦争高千穂異変

発行日　2023年10月27日　第1刷発行

著者　馬﨑 智治（ばさき・ともはる）

発行者　田辺修三
発行所　東洋出版株式会社
〒112-0014　東京都文京区関口1-23-6
電話　03-5261-1004（代）　振替　00110-2-175030

http://www.toyo-shuppan.com/

印刷・製本　日本ハイコム株式会社

ISBN 978-4-8096-7983-4　定価はカバーに表示してあります

ISO14001取得工場で印刷しました